KB141937

우리가 있기에 내가 있습니다

우 리 가   있 기 에

—————— WORLD CULTURE OPEN ——————

내 가   있 습 니 다

홍석현 지음

차례 ────────────────────────────────────

────────────────────────────────────

다르기에
더 아름답습니다

저는 직업상 세상의 시끌벅적한 소식을 먼저 챙기며 아침을 시작합니다. 그런데 뉴스를 접할 때마다 안타까운 마음을 억누르기 힘듭니다. 환경문제와 종교분쟁, 가난과 기아, 테러와 살상무기로 인한 생존 위협에 이르기까지, 지구촌 곳곳에서 살려달라는 비명이 들려옵니다. 과학기술의 발달로 세상은 하루가 다르게 변해 가는데 왜 세상은 하루도 조용할 날이 없을까. 왜 인간들은 서로 다투기만 할까. 왜 우리는 이런 문제들을 슬기롭게 해결하지 못할까. 어떻게 하면 인류가 다 함께 행복해질 수 있을까… 저의 고민은 이러한 문제들로부터 시작되었습니다.

저는 손자 넷을 둔 할아버지입니다. 손자들의 옹알이를 들으며 발견하게 된 흥미로운 사실이 있습니다. 세상에 태어난 아기들이 내는 첫

마디는 보통 엄마나 아빠를 부르는 말일 텐데, 그 말소리가 지구촌 어느 곳이든 매우 유사하다는 것입니다. 엄마는 '마(ㅇ, ㅁ)', 아빠는 '파(ㅂ, ㅍ, ㅃ)' 소리가 들어간다고 합니다.

이렇게 비슷한 말소리를 내던 세계 곳곳의 아기들은 점차 자신이 자란 환경에 따라 다른 언어를 사용하고 다른 목소리를 내게 되지요. 그러다가 자신과 다른 목소리를 내며 다른 표현을 하는 사람과 마주쳤을 때, 상대방을 있는 그대로 보기보다는 자기와 다르기에 틀렸다고 생각하게 됩니다. 그러나 다르다고 틀린 것은 아니지 않습니까? 다르기에 더욱 아름다울 수 있지 않을까요? 지구촌의 많은 문제가 이렇듯 서로 간에 미래를 함께할 식구로 느끼지 못하고 서로 공감하지 못해서 일어나는 것이 아닌가 하고 생각하게 되었습니다.

저는 지난 17년간 '월드컬처오픈'이라는 '열린 문화운동'을 해왔습니다. 그러다 보니 주변에서 저나 함께하는 동료들에게 '월드컬처오픈'이 무엇인지, 도대체 무슨 활동을 하고 있는지, 이런 일을 왜 하는지 물어오는 분들이 있었습니다. 초기에는 반신반의하며 이렇게 묻는 이들이 더 많았습니다.

"문화라고? 문화는 우리 사회를 좀 더 윤택하게 만들기는 하지만, 밥이라기보다는 반찬과 같은 존재가 아닌가? 도대체 문화가 '월드컬처오픈'의 비전인 '다 함께 잘사는 조화로운 세상 만들기'에 어떤 직접적인 효용이 있겠는가? 당신들만의 믿음이자 철학일 뿐이지 현실과는 거리가 먼, 뜬구름 잡는 행동 아닌가?"

하지만 20년 가까이 활동해오면서 지켜보니, 최근 들어 문화에 대한 사람들의 인식이 많이 변했음을 느낄 수 있습니다. 그동안 많은 이들이 주로 예술을 통해 '문화'를 인식해왔다면, 이제는 문화를 개개인의 특성이자 라이프스타일로 인식하게 되었지요. 그리고 우리 사회의 흐름을 알려주는 지표이자, 경우에 따라 인류 공통의 언어, 감성시대와 공감시대의 상징으로서 언급됩니다. 이전보다는 확실히 좀 더 넓은 개념으로 사람들에게 이해되고 있습니다. 공감과 협업이 중요해진 오늘날의 지구촌에서 문화의 역할이 점점 더 커지고 있는 것입니다.

문화에 대한 고민을 오랫동안 해왔지만, 문화는 공기나 물과 같은 존재라서 특별히 가시적인 결과물로 우리의 활동을 드러낼 수 없었던 게 사실입니다. 그래도 활동의 흔적은 필요했기에 우리가 하는 운동의 취지가 무엇인지, 어떤 생각을 가지고 이 활동을 하고 있는지, 왜 하는지 등의 고민을 담아, 몇 해 전에 활동가들과 공유할 용도로 작은 책자를 만들어본 적이 있습니다. 그것을 바탕으로 이제 좀 더 많은 분들과 월드컬처오픈의 취지를 공유하고자 이 책 작업을 하게 되었습니다. 왜냐하면 '월드컬처오픈'은 어느 누구의 것도 아닌 문화의 소중함과 열림의 철학에 공감하는 분이라면 다 같이 실천해나가는 우리 모두의 열린 문화운동이라고 생각하기 때문입니다.

사람마다 비전을 실천해나가는 방법은 다양할 수 있습니다. 지역에 따라, 시기에 따라, 대상에 따라 다르기도 합니다. 하지만 '다 함께 잘사는 조화로운 세상'이라는 비전만큼은 인류 공통의 바람일 것입니다.

우리 사회 곳곳에는 '다 함께 잘사는 조화로운 세상'이라는 이 비전을 조용히 실현해나가는 분들이 적지 않습니다. 우리는 이들을 '컬처디자이너'라고 부릅니다. 자신의 재능과 열정을 발휘하여 조금이라도 더 나은 사회를 디자인해가는 사람들…. 언뜻 보면 평범한 시민일 수도 있지만 이들은 자신의 문화를 가꾸고 당당하게 펼쳐내는 창의적이고 매력적인 시민입니다. 또한 누가 알아주든 아니든 공공의 이익을 위해 묵묵히 자신이 할 수 있는 것부터 실천해가는 숨은 영웅이기도 합니다. 우리는 그런 컬처디자이너들이 사회 곳곳에서 많이 발견되고 서로 연결되어, 대중에게는 희망적인 미래를 비춰주는 등불이 되고, 서로에게는 협력하여 더 큰일을 함께할 수 있는 파트너가 되기를 바라고 있습니다.

이 책을 내는 데는 많은 고민이 있었습니다. 비전은 하나이되 그 실천방법이 다양하듯이, 월드컬처오픈이 지나온 발자취 또한 조용하지만 다채로웠습니다. 지난 17년간 월드컬처오픈에 동참한 동료들의 생각이나 의견, 체험도 다양했습니다. 이 모두를 담아내려니 한도 끝도 없고, 어떻게 하면 담백하게 우리의 뜻이 공유될 수 있을까를 컬처디자이너들과 의논한 결과, 시작부터 함께해오며 현재 월드컬처오픈 운동의 선장 역할을 맡고 있는 제 자신이 나서서, 저의 시각에서 이 책을 내는 것이 가장 좋겠다고 의견이 모아졌습니다.

한 번도 제 이름으로 책을 내본 적이 없는 사람으로서 부끄럽기도 하지만, 부족한 대로 책임을 진 사람으로서 역할을 해야 함이 맞겠다 싶어 이렇게 그간의 활동을 밝힐 시간을 갖게 되었습니다. 책의 초반부에는 우리가 연구하고 체험해왔던 열린 문화운동의 발자취를 담았고, 후반부에는 저 역시 다 함께 잘사는 조화로운 세상을 꿈꾸는 한 명의 컬처디자이너로서 그동안 제가 어떻게 살아왔고 어떤 생각과 고민을 해왔는지, 독자 여러분과 나눌 기회를 가져보았습니다. 여기에 많은 분들과 논의하고 토론한 결과로서 나온 제안들과, 최근 몇 차례 초청을 받아 나갔던 강연 자리에서 여러 계층에 계신 분들을 만나 나누었던 이야기들을 정리하였습니다.

솔직히 말씀드리면 저는 글재주가 없고 더군다나 국내외로 참여하고 있는 일들이 워낙 많다 보니 조용히 앉아서 집필할 수 있는 시간도 없었습니다. 하여 틈틈이 제 생각을 구술하고 이를 제 동료들이 기록하여 글로 담아내게 되었습니다. 국내외 신문에 실은 기고문이나 강연문 중에서도 이 책의 취지와 맞는 이야기들은 새롭게 다듬어서 담았습니다. 이 과정을 통해서 우리는 그간 숨 가쁘게 걸어온 발자취를 되돌아보며 잠시나마 성찰의 시간을 가질 수 있었습니다.

'다 함께 잘사는 조화로운 세상'을 향해 뚜벅뚜벅,
이 시대를 걷고 있는 컬처디자이너들에게 감사의 말씀을 드리며,
그 한 분 한 분 모두에게 우리의 마음을 전합니다.

세상의 모든 컬처디자이너들과 함께하는 마음을 담아

홍석현

우리는 지금
어떤 세상에
살고 있나요?

세상 곳곳이 다른 멜로디와 다른 노래를 부르는 것 같지만

지구촌 아기들의 첫 말소리가 같았던 것처럼 결국 우리는 하나와 같습니다.

영화에 등장하는 슈퍼 액션 히어로는 아니지만

지구촌 모든 사람들의 즐거움과 행복을 기원하며,

모두가 하나같이 조화롭게 살기를 바라는 간절한 바람,

그런 '다 함께 잘사는 조화로운 세상'을 지금 이 순간에도

세계 곳곳에서 크거나 작게 디자인하고 있는

세상의 많은 컬처디자이너들의 이야기가 모여 월드컬처오픈이 됩니다.

눈을 감고 상상해볼까요?

30년 후의 내 모습.

당신은 행복한가요?

당신은 어디에 있나요?

옆에 누가 있나요?

어떤 일을 하고 있나요?

무슨 생각을 하고 있나요?

30년 후의 당신은

행복한가요?

삶의 길

사람들은 각자 '삶의 길'을 걷습니다.
이 길을 짧게 걷는 사람도 있고
60년, 70년, 80년,
심지어는 100년을 걷는 사람도 있습니다.

어쩌면 10년 후에는 100년을 사는 사람들이
지금보다 훨씬 많아질지도 모릅니다.

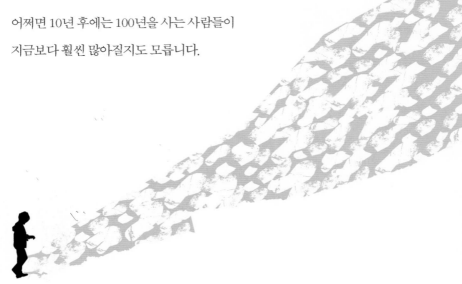

무수한 삶의 길

언제부터일까요?

인류의 시작에서부터 오늘날까지 정말 많은 사람들이

그들만의 '삶의 길'을 걸어왔겠지요.

인류의 역사

그 '삶의 길' 위에 남겨진 발자국들은
보이게 혹은 보이지 않게 서로에게 의미를 전하며
시간적, 공간적으로 세상의 흐름을
만들어가고 있습니다.

가득 찬 지구

사람들은 삶의 터전을 계속해서
넓히고 넓혀왔습니다.
이제 지구라는 공간은 230여 개
국가란 단위로 가득 찼습니다.

7,000,000,000

그리고 오늘,

지구에는 70억 명의 사람들이

행복한 미래를 꿈꾸며 살고 있습니다.

나도 그중의 하나이고

당신도 그중의 하나입니다.

잘 아는 우리,
또 잘 모르는 우리가
함께 살고 있습니다.

지구라는 아름다운 마을을 이루며….

58,288여 개의 항공로

그 아름다운 마을은 비행기, 배, 기차, 자동차의
수많은 길로 연결되어 있습니다.
우리 몸속의 수많은 세포가 서로 연결되어 있듯이….

월드와이드웹

눈에는 보이지 않지만
우리는 가상세계에서도 무한하게 연결되어 있습니다.
지구를 인간의 몸에 비유하면
온라인 세상은 마치
인간의 정신세계를 나타내는 듯합니다.

우리들의 세상은

부분적으로, 전체적으로,

모두의 행복을 위해 발전해왔습니다.

그리고 지금 이 시간에도

빠르게 변화하고 있습니다.

때로는 그 속도가 너무 빨라
종잡을 수 없이 혼란스럽습니다.
그리고 함께 사는 지구촌의 구성원들에게
이런 변화가 충분히 설명되지 못할 때가 있습니다.
그래서 가끔은
상황이나 관계가 위험해지기도 합니다.

그때 이 위험은
나와 너, 우리 마을과 우리나라,
더 나아가 하나뿐인 우리 모두의 지구촌을
위협할 수도 있습니다.

우리는

지금 이런 세상에 살고 있습니다.

나와 당신은

지금 하나뿐인 이 아름다운 지구를

바라보고 있습니다.

동시에 우리는

이 아름다운 지구의 일부이기도 하지요.

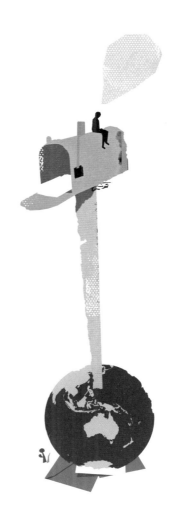

다시 말하면

지구와 우리는 하나이고

우리는 서로에게 있어

공동운명체입니다.

지구가 우리 인간에게

진정으로 바라는 것은 무엇일까요?

다시 한 번

잠시 눈을 감고

진심으로

우리 지구촌의 인류와 모든 생명,

그리고

지구를 위해 생각해보아요.

우리는 모두 소리를 내어 표현합니다.

우리가 진정으로

듣고 싶은 소리는 무엇일까요?

우리는 모두 몸짓으로 표현합니다.

우리가 세상에서

기대하는 몸짓은

무엇일까요?

우리는 모두 도구를 이용하여 표현합니다.

우리에게 과연

어떤 도구가

필요할까요?

엄청난 속도로 변모하며
너무나 많은 것들이 표현되고 나타나며
이로써 이것저것 떠들썩한 변화가 일어나고
정보의 홍수가 범람하는
혼란스러운 이 세상에 태어난 아이는

어떻게 진실을 발견하고
어떤 관습에 적응하며
과연 어떤 가치를
인생의 기준으로 삼아
삶을 살아갈 수 있을까요?

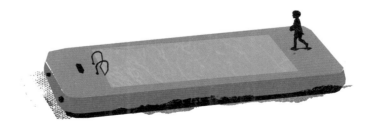

만약 총이 악기였다면
세상은 어떻게 달라졌을까요?

만약 분노하는 이가
들판에서 들려오는 노랫소리를 듣는다면
어떨까요?

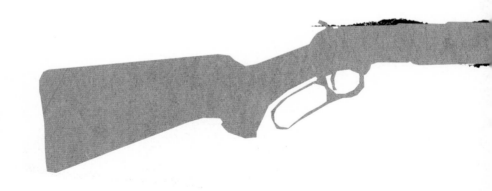

만약 전쟁 중에 모두가 한마음으로

합창을 한다면 어떨까요?

건강하게 살기 위해,
몸에 좋은 음식을 먹고,
운동을 하고,
명상을 합니다.

아름답게 살기 위해,
멋스러운 옷을 입고,
시를 읊기도 하고,
신나게 춤을 추기도 합니다.

더불어 살기 위해,
사람들과 대화를 하고,
규칙을 만들기도 하고,
서로 돕기도 합니다.

이 모든 생각과 행동, 양식과 관습이 문화가 됩니다.

과거로부터 전해 내려온 수많은 문화유산,

그리고 지금 이 순간

우리들이 만들어내고 있는 새로운 문화,

이들은 서로의 호기심을 불러일으킬 정도로

매우 다채롭습니다.

서로 다른 지역과 시대를 살아온 우리들은

자라난 환경과 상황이 다르기에

행복을 추구하는 방법도 다양한 모습일 수밖에 없겠지요.

때로는 내 문화와 다르기에 어색하게 느껴지고 두렵기도 하지만,

서로의 문화 속에는 배울 것이 많이 있습니다.

행복을 위한 지혜가 담겨 있기 때문입니다.

다르기에 더 아름답습니다.

생각해보면,

다른 것만큼 좋은 것도 없습니다.

서로 다르기 때문에

풍성함을 경험할 수 있고,

다채롭게 느낄 수 있습니다.

나와 모두가 다르기 때문에

모든 것은 언제나 새롭습니다.

그래서 설렘을 가질 수 있고

기대할 수 있습니다.

이보다 더 좋을 수 있을까요?

지구촌
합창단을
꿈꾸며

저는 합창을 좋아합니다.

한 사람이 부르는 노랫소리에서 그 사람의 개성을 느낄 수 있다면,

합창에는 여러 사람의 인생이 녹아들어간 풍성함의 매력이 있습니다.

합창에는 한 사람 한 사람이 각자의 위치에서

최선을 다해 자신이 지닌 고운 소리를 내려는 열정이 모여 있고,

동시에 혼자 나서지 않는 절제가 있으며

전체가 하모니를 이루는 균형이 담겨 있습니다.

클라이맥스에 다다를 때 뿜어져 나오는 수십 명의 하나 된 그 에너지는,

아! 이루 표현할 수가 없습니다.

생각만으로도 마음의 문이 활짝 열리는 것 같습니다.

포장마차 속의
의기투합

• • • •

이 세상 70억 인구는 저마다 고유한 문화를 가지고 있습니다. 세계인들이 문화를
나누고 문화를 통해 서로 화합할 수 있다면 좋지 않을까요? 그런 무대가 만들어져
신명 나는 어우러짐이 연출되면 인류가 평화와 화합의 하모니를 만들어낼 수 있
지 않을까요?

월드World, 컬처Culture, 오픈Open이라니?

'월드컬처오픈'이라는 단어를 처음 접한 분들은 많이들 궁금하실 겁
니다.

'앞에 월드가 들어갔으니 무언가 국제적인 것 같은데 도대체 문화로
무엇을 어떻게 하겠다는 것일까.'

홈페이지나 언론 보도 등을 통해 관련 기사를 접해봤던 분들도 마찬
가지일 겁니다.

'문화로 뭔가를 하는 곳은 분명한데 컬처디자이너를 발굴하고 공간
을 나누고 지혜나눔 토크콘서트를 한다니, 대체 정체가 뭐지?'

의외로 많은 분들이 이런 생각을 가지고 계셔서 이번 기회를 빌려 월드컬처오픈이 시작된 배경과 그간의 활동내용, 의미 등을 간단하게나마 소개해볼까 합니다.

하나의 주체가 만들어지려면 사람이 필요하고, 그들의 지향점이 서로 비슷해야 하고, 누군가 그 일을 꾸준히 추진해야 합니다. 처음에 세운 계획만큼 일정 부분은 성과도 있어야 하고, 잘나갈 때는 잘못되어 가고 있지는 않은지 되돌아볼 수도 있어야 합니다. 어느 개인의 의지만으로 되는 일도 아니고, 사회적으로나 시기적으로도 상황이 맞아야 하며, 시대가 그런 일을 필요로 해야 하겠지요.

월드컬처오픈은 그런 의견들을 모으고 교환해야겠다는 필요성을 느끼게 되면서 자연스럽게 생겨났습니다. '자연스럽다'는 말보다 더 적절한 단어는 없는 것 같네요. 어느 개인이 특별한 열정이나 욕심을 갖고 이런저런 일을 하겠다는 생각 속에서 월드컬처오픈의 방향이 결정된 것이 아니기 때문입니다.

좀 거창하지만 우리가 살고 있는 지구, 태양계, 혹은 이 세상도 우리가 아직은 알지 못하는 어떤 인연의 결과물이 아닐까요? 월드컬처오픈도 그렇습니다. '오늘날 세상에 이런 것이 필요하지 않을까?'라는 생각을 가진 사람들이 하나둘 모여 점점 계획이 구체화되기 시작했습니다.

그 시기는 대략 1990년대 중반 즈음으로 기억됩니다. 당시에는 제가 지금처럼 얼굴이 많이 알려진 때가 아니어서 일이 끝나면 비교적 자유롭게 친구들도 만나고 포장마차에 들러 술도 한잔하고 그랬습니다. 제게는 늘 '저 사람이 신문사 사장이구나.' 하는 명찰이 붙어 있었기에 저의 본업과 무관하게 마음을 터놓을 수 있는 친구들과도 어울리고 싶었습니다. 그러다 보니 자연스럽게 사람들이 모이더군요. 그중에는 역사를 공부하는 사람도 있었고, 무예나 명상수련을 하는 사람도 있었고, 종교인과 연구원도 있었고, 금융인도 있었습니다. 그런데 이들과 교분을 나누다 보니 흔히들 사회에서 말하는 직업의 차이, 신분의 차이, 진보와 보수라는 사상의 차이, 나이 차이라는 것이 무색했습니다. 각자이 사회 곳곳에서 자기 몫을 하며 사는 사람들이 우연한 기회에 친분이 생겼고, 가끔 모여서 술잔도 기울이며 자연스럽게 세상 돌아가는 얘기도 하고 그랬습니다.

특별히 모임의 이름이 있었던 것도 아니고, 주기를 정해놓고 만난 것도 아니었습니다. 시간이 맞으면 모이고, 각자 볼일이 있으면 흩어지고, 그런 자유로운 모임이었죠. 요즘 젊은이들 문화에 비유하자면, 아마도 가벼운 동호회 모임과 비슷하지 않았을까요? 뜻과 생각이 맞는 사람들끼리 모여 온라인, 오프라인에서 우정도 나누고, 모임의 특색에 따라 활동도 하고, 책도 엮어내고, 저마다의 위치에서 가치 있는 일들을 하는 그런 모임들 말입니다.

그만두거나 들어오는 것도 자유였습니다. 만나서 하는 얘기도 다양했습니다. 정치 얘기도 하고 사회 돌아가는 얘기도 하고, 종교나 철학, 역사에 대해 토론하기도 했습니다. 자기주장이 옳다고 목소리를 높이기보다는 상대방의 주장을 들어주고 때론 격려하고, 또 누군가가 좋은 것을 알려주면 함께 배우고 공부하기도 했습니다. 모여서 대화를 나눌수록 서로의 가슴이 열리는 느낌이 들었습니다. 이 세상을 위해 우리가 해야 할 일이라든지 사회가 바르게 나아갈 길에 대해 이야기할 땐, 가슴이 뜨거워지는 경험을 하기도 했습니다. 지금 생각해보면 그때 동지애를 싹 틔웠던 것 같습니다.

때론 격렬한 토론이 이루어지기도 했습니다. 대체 왜 세상은 공평하지 않은가? 지구촌 한쪽에서는 전쟁이 계속되고 아이들이 굶주림에 허덕이는데, 왜 다른 한쪽에서는 음식이 남아 폐기되고, 비만으로 사람들이 고생을 하는가? 이러한 불균형과 격차는 어디에서 오는가? 세상을 변화시키려면 무엇부터 시작해야 할까? 사람들의 의식구조가 어떻게 변해야 인류가 올바른 길로 나아갈 수 있을까?

이런 대화들이 심심찮게 오고 가면서 어느 날엔가는 '모여서 말로만 이렇게 떠들 게 아니라 우리도 뭔가를 시작해보면 어떨까.' 이런 결론에 도달하게 된 것이죠. 모래가 걸러지고 걸러져서 마침내 누런 황금 빛깔을 드러내는 것처럼, 우연치 않게 만난 인연들이 격식 없는 술자리를 오가며 자연스럽게 뱉은 말들이 모이고 모여, 마침내 하나의 모양을 갖추고 아름다운 빛깔과 가능성의 향기를 뿜어내기 시작했던 겁니다.

하지만 이때만 해도 무슨 뚜렷한 실체가 있지는 않았습니다. 그것은 무형적이고 추상적인 어떤 '가능성'일 뿐이었죠. 하지만 '세상 사람들이 행복해할 어떤 것' 혹은 '세상에 변화를 줄 수 있는 무엇'이라는 방향성이 설정되었기 때문인지, 관심을 가진 사람들끼리 더 깊이 논의할 수 있는 시간이 계속됐습니다.

지금은 사라지고 없는 종로의 피맛골과 종각역, 인사동 주변의 이름 없는 포장마차와 지나가는 이들에게 막걸리와 파전을 파는 대폿집들이 그런 회합의 자리였습니다. 날씨가 선선하고 분위기 좋은 날엔 공원 같은 데서 신문지 몇 장 깔고 앉아 시간 가는 줄 모르고 대화에 몰두하기도 했습니다.

워낙 다양한 성향의 사람들이 모인 자리라 그런지, 다들 자기 나름의 인생철학을 가지고 대화 판에 끼었던 것이 기억납니다. 거친 세상을 살아가기 위한 자기만의 칼자루를 하나씩 쥐고 있었던 것인데, 저는 부모님으로부터 영향을 받은 불교적인 철학의 토대 위에 유불선 및 기독교에 대한 책들을 두루 읽었기에, 그럭저럭 이런 분들과의 대화가 가능했습니다. 지금도 그렇지만 시간이 날 때마다 명상을 하며 머리를 맑게 하는 것을 좋아하는데, 거기 모인 분들 중에는 저와 비슷한 성향을 가진 분들이 많았습니다. 직업이나 신분, 사회적 위치나 배움의 길고 짧음을 넘어 다양한 사람들과 친구가 된다는 것은 참으로 기분 좋은 경험이었습니다.

모두 함께 행복해지는 길,
열린 문화로 시작해볼까?

"우리가 이렇게 매일 모여서 세상 돌아가는 얘기만 할 게 아니라, 이런 뜻을 행동으로 실체화해야 하지 않겠습니까?"

술잔을 건네며 누군가 말했습니다.

"네, 그렇지요. 고민이 깊어지고 함께한 이야기들도 무르익었으니…. 그러면 구체적으로 어디서부터 무엇으로 시작하면 좋겠습니까?"

다른 사람이 또 받습니다.

"어디서부터 시작한다, 딱 정하고 나면 우리의 의식이 협소해질 수 있으니, 우리의 생각이 가닿는 대로 그냥 흐름에 맡겨보면 어떨까요? 그것이 무엇이든 말입니다. 이렇게 저렇게 하자고 정해놓지 말고, 걸어가면서 모양을 만들어가는 겁니다. 실체를 고정해놓으면 그 틀에 갇혀버리게 될 테니까요."

"네, 역시 그게 좋겠군요."

"일단 세상이 실제로 어떻게 돌아가고 있는지 좀 알아야 되지 않겠습니까?"

"좋아요. 누군가 총대를 메고 일단 첫걸음부터 뗍시다."

때론 신중해지기도 했습니다.

"대신 우리가 어떤 명예심이나 공명심을 위해 이 일을 추진한다면 본질과 취지에 어긋나는 것이니 반드시 공적인 마음을 담아 세상에 꼭 필요한 무언가를 통해 사람들을 행복하게 할 수 있었으면 좋겠습니다."

"맞는 말씀입니다."

이런 이야기들이 두서없이 오갔습니다.

사람들이 행복해질 수 있는 일, 그것이 무엇일까요? 물건이나 기부금을 받아 가난한 사람들을 돕는 일도 의미 있는 일입니다. 봉사단체를 만들어 노약자나 어린이 등 사회적 약자를 돕는 일도 물론 그렇습니다. 고통받는 사람들, 청년들이나 실업자들, 강제 퇴직자들, 사회적 소수자들을 위해 뭔가 할 수 있는 일도 있었을 겁니다. 하지만 좀 더 근본적으로, 특정한 키워드를 정해놓고 나아가는 게 아니라 나라와 나라, 이념과 종교, 인종의 벽을 넘어서서 세계인이 다 같이 행복해지는 방법이 무엇일지를 고민해보았습니다.

누가 엿듣는다면 참으로 거창해 보이는 대화였을 겁니다. 어쩌면 철학적이고 어쩌면 순진하게 보이기도 했겠지요. 허나 만나는 장소들은 허름했지만 대화의 주제나 깊이만큼은 국제회의장의 논의처럼 진지하고 소중한 것들이었습니다.

그러다가 하나로 모아진 생각이 바로 '문화'입니다.

누군가의 입에서 그 단어가 나왔다기보다는 그간의 대화들이 갈무리되고 걸러진 것을 하나로 압축해보니 문화라는 단어가 남았다는 말이죠.

'그렇다! 이 세상 70억 인구는 저마다 고유한 문화를 가지고 있다. 세계인들이 문화를 나누고 문화를 통해 서로 화합할 수 있다면 좋지 않을까. 그런 무대가 만들어져 신명 나는 어우러짐이 연출되면 전쟁과 기아, 폭력과 테러, 온갖 배타적이고 적대적인 행위들을 넘어서 인류가 평화와 화합의 하모니를 만들어낼 수 있지 않을까. 문화로 세상을 변화시킬 수 있지 않을까.'

생각이 여기에 미치자 그다음 고민들이 파생되었습니다.

'그렇다면 문화로 무엇을 어떻게 하지?'

'이미 크고 작은 문화 교류는 국가나 민간 차원에서 이루어지고 있다. 하지만 이제 시작이다. 함께 살아가야 하는 21세기 지구촌은 소통과 교류, 이해와 존중이 과거 어느 때보다 더욱 절실하다. 세계인들이 정말 마음을 활짝 열어 서로를 마주하고, 서로 다름을 가슴 깊이 인정하고, 나아가 공존을 위한 진정한 협력을 이끌어내려면 어떤 계기가 만들어져야 할까? 문화를 대상으로, 문화를 소재로, 문화를 매개로, 서로 마음이 통通하는 공감과 협업이 가능하도록 돕는 넓은 플랫폼이다. 지역 내에서도 벌어지고 세계하고도 연결되는 그런 열린 플랫폼을 만들어가는 것! 그런데 어디서부터 시작하지? 자금은 어떻게 할 것이며, 누가 총대를 메고 일을 추진할 것인가. 무엇을 한 번 하려면 온갖 기관의 허락을 받아야 하고, 사람도 모아야 하고, 해야 할 일이 한두 가지가 아닌데, 세계인을 상대로 그런 일을 벌일 수 있을까? 정말 그런 일을 우리가 해낼 수 있을까?'

"괜히 변죽만 울리다가 실패하는 것 아닐까요?"
"실패가 두렵다면 하지 말아야겠지요. 뜻이 옳다면 가는 겁니다."

대화를 수도 없이 하면서 내린 결론은 "한번 해보자!"였습니다.
해보자고 마음먹으니 더 구체적인 그림들이 떠올랐습니다.
'문화는 세계 각처에 무수히 존재하고, 그것을 누리고 향유할 사람도 무수히 많다. 문제는 그것을 저마다의 울타리 밖으로 꺼내어 어떻게 하면 세계인이 함께 누릴 수 있게 하느냐에 대한 고민이다. 플랫폼을 만들고 스테이지를 만들어보자! 좋은 아이디어와 재능을 가진 사람들이 언제라도 와서 자신의 끼를 보여주고, 누구든 구애받지 않고 문화를 누릴 수 있는 그런 참여무대 말이다. 이렇게 하다 보면 자연스럽게 교류가 일어나고 소통이 활발해져 지구촌이 더 가까워지지 않을까. 그래, 문화에 답이 있다. 이제는 문화의 시대다. 진정한 문화의 시대가 되어야 우리가 바라는 다 함께 잘사는 조화로운 세상이 열릴 것이다.'

사람들을 만나고 돌아오는 길에 혼자 곰곰이 생각해보곤 했는데, 지금껏 제가 누려온 그 모든 가치 있는 문화들은 누군가의 헌신이고 누군가의 재능이고 누군가의 땀방울이며 앞선 수많은 사람들로부터 모여진 지혜와 유산이었습니다. 저는 그것을 단지 향유만 한 것이죠. 그리하여 '내가 그간 문화로부터 받아왔던 혜택과 고마움을 다시 사회에 갚아야 하겠구나. 한국, 나아가 세상을 위해 나의 역할을 해야겠구나.' 하는 그런 결심을 하게 되었던 것 같습니다. 그렇게 해서 정치, 경제, 사회를 넘어선 문화의 포용력과 치유력을 느끼고, 이 시대 문화의 역할에 대한 비전을 공유하던 국내외 친구들과 함께 현재의 '월드컬처오픈'이 될 철학적 밑그림을 그려나가기 시작했던 것입니다.

생각도 다르고 살아온 길도 다르고 모든 게 서로 다른 사람들이 모여 많은 얘기를 나누었습니다. 그 과정에서 서로의 다름을 인정하게 되었고, 무엇인가 공공성을 바탕으로 세상을 위해 우리가 작은 역할이라도 하자는 뜻과 마음이 모여 점점 무르익었습니다. 이렇게 되기까지 즉, 서로 마음을 열고 가장 깊은 곳에 품고 있던 마음을 내보이기까지, 사회적인 명성이나 개인적인 이득은 조금도 생각하지 않고 순수하고 진솔한 대화가 계속되었습니다.

"단, 시작하되 길이 아니라면 더는 미련 두지 말고 언제든 접을 수 있어야 합니다. 우리가 세상 전체를 문화의 무대로 바꿀 수는 없습니다. 우리는 세상에 씨앗을 던지고 그것을 발아시켜 널리 퍼지게 하는 역할을 합시다. 시작은 우리가 하지만 우리 것이 되어서도 안 됩니다. 본래의 취지를 벗어나 변질되거나, 다른 욕심이 끼어들어 상업화되거나, 목적이 상실된다면 과감히 연을 끊을 수도 있어야 합니다. 세상을 향해 외쳐봅시다. 이기심과 갈등을 넘어서 하나가 되어보자고."

'문화'라는 씨앗이
향기 나는 '꽃'으로

당시 우리는 이런 논의들을 비빔밥, 혹은 개똥開道 철학이라고 불렀습니다.

개똥철학이었지만 진지하기는 공자를 논하듯 했습니다. 우리는 소수의 몇몇 국가에 집중되었던 세계의 세력이 아시아와 세계 곳곳으로 퍼지며 세상이 골고루 균형을 갖게 될 것이라고 보았습니다. 서양과 동양이 힘의 균형을 유지하면서 수직사회가 아닌 수평사회가 도래할 것으로 내다봤습니다. 지금 같은 자본주의가 언제까지나 맹위를 떨치지도 않을 것이고, 다양한 변화가 일어날 것이라 상상했죠. 이런 대변혁의 시기에는 국가도 바뀌어야 하지만 개인의 마음도 바뀌어야 한다고 보았습니다.

이를 우리는 새로운 세기가 열린다 하여 '개세기開世紀', 그리고 눈에는 잘 보이지 않을 수 있는 가치인 '감성과 공감'이 중시되는 세계라 하여 '기세계氣世界'라고 표현해보기도 했습니다. 이렇게 인류의 변화와 흐름을 관통하고, 또 폭력과 이기주의가 배제된 방법을 포괄한 개념에는 바로 문화가 자리하고 있었습니다.

"우선 문화가 무엇인지 연구부터 해봅시다. 그다음 문화의 현장으로 나가 문화를 경험해봅시다. 실천은 그 이후에 해도 늦지 않을 테니까."

행동을 실천하기에 앞서 중요한 전제가 떠올랐습니다. 바로 '오픈'이었습니다. 우리가 생각하는 문화의 밑그림이 현실로 적용되기 위해서는, 우리 자신부터 마음을 열고 이제껏 고수해왔던 생각과 방향을 내려놓은 텅 빈 상태에서 시작해야 했습니다. 그런 상태에서 세상을 살펴보고 체험하고 연구하는 자세, 겸허하게 공부하는 자세를 갖추는 것이 가장 중요하다고 생각했습니다. 문화의 힘으로 서로를 알고 화합하고 나누고 인류의 진정한 평화를 만들어 나가기 위해서는 열린 마음, 열린 행동, 즉 '오픈'이 핵심이니까요. 누구에게나 열려 있는 플랫폼, 누구나 참여할 수 있는 플랫폼을 꿈꾸며 우리는 오픈된 마음으로, 문화로 벽을 허물고, 문화로 미래를 열기 위해 더 구체적인 그림들을 생각해보았습니다.

1999년, 작지만 큰 꿈을 지닌 첫걸음이 마침내 시작됐습니다. 우리는 문화로 무엇을 하기에 앞서 먼저 문화가 무엇인지 바로 이해하고 싶었습니다. 인류 공통의 언어라는 문화의 본질이 무엇인지, 이것을 어떻게 우리가 제대로 활용할 수 있는지에 대해 고민하기 시작한 것입니다. 논문을 쓰는 것처럼 학술적인 연구를 했다기보다 다양한 관점을 듣고 보고 배우면서 프로젝트를 직접 추진해보고 경험했습니다. 그러면서 우리가 가고자 하는 방향이 맞는지, 사람들의 반응은 어떤지 등을 알아보기 위한 현장체험형 연구이자 실천을 해온 것입니다.

대학교수와 언론기관, 문화계 인사, 예술가 등 각계각층의 다양한 사람들이 모여 서로의 생각과 자원을 교류하고 나누었던 이 연구와 실험은, 오늘날 월드컬처오픈이 받아하는 데 없어서는 안 될 토대가 되어주었습니다. 처음부터 거창하게 무엇을 시작하기보다는 시대의 흐름에 맡기며 땅을 다져가는 마음으로 임하였습니다.

이후 월드컬처오픈은 각 지역의 숨은 재능인들을 찾아 소개하는 소셜네트워킹 프로젝트를 온라인에서 시행하기도 하였고, 이렇게 연결된 문화예술인들과 함께 코엑스에서 '세계문화오픈 BMS박람회'를 열기도 합니다. 2004년엔 뉴욕에서 세계 각국의 문화인과 단체들을 초청하여 '월드컬처오픈 글로벌 페스티벌'을 개최했고, 2006년엔 유엔개발기구와 함께 아프리카의 창의적 잠재력을 통해 경제발전을 모색하자는 취지의 '아프리카 문화장관회의'를 르완다에서 개최했습니다. 그 외에도 문화를 통해 세계인들이 모여 공감할 수 있는 크고 작은 열린 마당들을 만들어왔습니다.

이 과정을 통해 우리는 문화라는 씨앗이 세계인의 가슴에 심어져 폭력과 이기심, 종교와 이념, 민족 간의 갈등을 풀어내는 향기 나는 꽃으로 자라길 희망했습니다. 총이 아닌 꽃으로 우리에게 아픔을 주는 세상의 벽들이 허물어지길 바랐습니다.

Friend of WCO says ———————————————

사람들은 폭력에 의지해서
문제를 단번에 해결하려고 하는 경향이 있습니다.
하지만 갈등의 간극을 좁히고 진정으로 문제를 해결하기 위해서는
양쪽이 서로 공감할 수 있는 새로운 현실을 창의적으로 그려내야 합니다.
새로운 현실이란 단순한 타협이 아니라
새로운 차원의 이상을 함께 만드는 것을 말합니다.
문화는 예술만을 말하지 않습니다.
문화란 우리를 정의하는 모든 것입니다.
문화는 우리에게 의미를 부여하는 모든 것입니다.
문화와 갈등해결을 얘기할 때,
이는 외교관들이 배울 기술들이 아니라고 생각합니다.
오히려 전 세계에서 워크숍을 해보면
기술적으로 가장 잘하고, 가장 창의적인 사람들은
예술가와 건축가였고 엔지니어와 여성들이었습니다.
창의성이란, 새로운 현실을 만들어냄으로써
양립할 수 없는 것들을 초월해내는 것입니다.

— 요한 갈퉁, 오슬로 국제평화연구소 창설자·소장

월드, 컬처, 오픈?
뭐하는 곳이지?

· · · ·

한 방울의 물이 모여 결국은 둑을 허물고 지형을 바꾸지 않습니까? 메마른 땅을
푸르게 바꾸지 않습니까? 우리는 그런 물방울들이고 또한 거름입니다. 그리고
언젠가 그 거름 속에서 월드컬처오픈의 씨앗이 스스로 피어날 수 있도록 우리는
이 생에서 최선을 다할 것입니다.

많은 분들이 월드컬처오픈의 조직에 대해 궁금해
합니다. 그러나 사실상 조직을 제대로 설명하기가 힘듭니다. 우리는 조
직을 위한 조직을 원치 않았습니다. 딱딱한 업무구조를 갖고 있지도 않
습니다. 월드컬처오픈은 자발적인 활동가들의 집합체이기 때문입니다.
이들은 단체의 직원이나 일꾼이라는 개념보다는 각각이 가지고 있는 재
능을 발휘하여 자기 역할을 수행하는 설계자들이라고 할 수 있겠군요.

제가 의견을 주도하고 사람들이 따르는 구조도 아닙니다. 실제로 어
떤 문제에 대해 토론을 할 때 제 의견이라고 해서 반론이 없는 게 아닙
니다. 활동의 방향을 설정하거나 중요한 안건을 조율할 때는 저 역시

한 명의 구성원일 뿐입니다.

실제로 월드컬처오픈의 문화운동을 움직이는 가장 큰 힘은 '컬처디자이너'처럼 세상을 바꿀 수 있다고 믿는 '사람'들과 그들의 '공익적 마음과 생각'입니다. 즉, 운동의 주체는 이미 세상 곳곳에서 자신의 문화로 더 나은 세상을 디자인하고 있는 사람들이며, 저희는 컬처디자이너들을 세상에 알리고, 이들이 서로 교류할 수 있게 돕고, 응원하고 지원하는, 실무를 진행하는 일종의 '도우미'라고 생각하고 있습니다.

대규모 국제행사부터 작은 프로젝트까지 일이 있을 때는 그때그때 파트너와 자원봉사자들이 모여서 프로젝트를 함께 만들어나갑니다. 거액의 기부금을 받는 것도 아니고, 수십 명의 직원들이 고용되어 조직적으로 일하는 것도 아닙니다.

이렇게 외부적으로 상당히 허술해 보이는 집합체가 문화올림픽 같은 큰 행사를 개최하고, 아무도 엄두를 못 냈던 아프리카 대륙 문화장관회의 같은 것을 주도적으로 개최했습니다. 그런 추진력과 응집력은 어디에서 나왔을까요? 그때그때 취지에 공감하여 동참했던 협력자들이 있었기 때문이고, 열린 마음을 갖고 자신을 희생해온 사람들이 있었기 때문입니다. 월드컬처오픈은 소리 없는 행동가들의 땀과 열정이 녹아 함께하는 곳입니다. 그들은 직원이 아닌 활동가로 인정되길 바라고, 자신의 이름이 공개적으로 드러나기보다 활동이 드러나길 바랍니다.

물론, 쉬운 일은 아닙니다. 무언가 주어진 일이 있는 게 아니라 스스로 일을 찾아서 해야 하는 구조이다 보니, 수동적으로 업무를 처리하는 데 익숙하거나 월드컬처오픈의 비전을 공유하지 못하는 경우 이에 적응하지 못하는 분들도 있었습니다. 하지만 서로 뜻이 맞고 운동의 의미를 잘 이해하며 이것을 인생의 목표로 삼아 초기부터 저와 동고동락해온 분들도 다수 있습니다. 우리에게는 특별한 학력이나 이력도 필요하지 않았습니다. 무엇을 어떻게 실천하는가라는 방법보다 왜 하는가라는 이유에 공감하는 분들일수록 더 오래 일을 함께해오고 있습니다.

지금까지 보이지 않는 도우미를 자처하며 적극적으로 활동해온 분들 중에는 특이한 이력을 지닌 사람들이 많습니다. 컬처디자이너로서 자신만의 프로젝트를 진행하거나 자기 사업을 하다가 월드컬처오픈에 관심을 갖고 적극적으로 참여하신 분들도 있고, 소위 운동권 출신이거나 야지野地에서 삶의 본질을 연구해오던 수도자도 있습니다. 디자인을 전공하고 철학을 전공하고 음악을 사랑해온 청년들도 있습니다. 이런 분들은 하나같이 월드컬처오픈의 취지에 공감하고 함께하기를 주저하지 않는 분들입니다.

사람들은 짐작합니다. '저 사람이 가진 게 있다 보니 재정을 대거나 뒤를 받쳐주고 있겠구나.' 하고 말입니다. 제가 기부를 하지 않는 것은 아닙니다. 하지만 이분들은 저에게 전적으로 의존하지 않고 지속할 수 있는 환경을 만들어가고 있습니다. 프로젝트별로 그 프로젝트의 취지에 관심 있는 파트너들, 관계자들, 협력자들이 함께 힘을 합쳐 공동으로 운영하는 과정을 만듦으로써 누구의 것도 아닌 '모두의 운동'으로 만들어가는 것이 바람직한 모습이라고 생각했기 때문입니다. 어떤 경우에는 오히려 저에 대한 고정적인 사회적 이미지가 모두를 아우르는 활동을 하는 데 어려움이 되는 경우도 있었습니다.

여러 어려움 속에서 자신이 할 수 있는 방법으로 힘과 시간과 노력을 다하기에 이분들의 활동이 더욱 빛나는 것 같습니다. 지금까지 함께해온 우리들은 서로가 다른 영역에서 개성을 발휘하고 있지만 진한 동지애가 있습니다. 한 분 한 분 들여다보면 다들 사연도 가지각색이지만, 자신의 한계와 어려움을 극복해가며 더 큰 사회를 위해 고민하고 더 나은 세상을 만들고 싶다는 열망과 바람만큼은 다르지 않은 사람들입니다.

어려움 속에서도
지켜내고 싶은 사명

'인생은 지나간다.'는 말이 있지요. 구효서 작가의 책 제목이기도 합니다. 지나온 인생을 돌아보면, 저 역시 많은 시련을 겪었고 참으로 힘든 격정의 시간을 보내기도 했습니다. 아시는 분들도 계시겠지만 저는 감옥에 다녀온 적도 있습니다. 끊임없는 사회적 경쟁에 휘말리기도 했습니다. 어떤 부분은 분명히 제가 잘 챙기지 못한 것도 있고, 또 어떤 부분은 사실과 진의가 왜곡된 가운데 커다란 상처를 남긴 경우도 있었습니다. 유엔 사무총장 진출을 준비할 때도 그랬습니다.

어느 날, 노무현 전 대통령께서 제게 유엔 사무총장 한국 후보와 주미 대사직을 함께 제안하며, 한국인의 한 사람으로서 국제사회에서 역할 해줄 것을 요청해온 적이 있습니다. 저 스스로에게도 놀랄 만한 일이었습니다. 부모님으로부터 물려받은 인생의 가치와 유산을 토대로 제가 기업인으로서, 언론인으로서 역할을 하기 위해 나름대로 노력을 다한다고는 했으나, 제가 그러한 공직을 맡기에는 저의 태생적 배경, 재벌 관련 이미지, 언론사 사주라는 지위가 오히려 많은 것들을 더 어렵게 만들지 않을까 하는 우려가 되는 것이 현실이었습니다.

한편으로는 이런 배경적 한계와 개인적인 부족함을 극복하고, 그간 제가 국제활동을 통해 배우고 경험한 것들을 잘 펼쳐낼 수 있다면 어떠할까 하는 생각도 들었습니다. 미력하나마 세계무대에서 한국을 위해 노력하고, 제가 받았던 혜택을 땀과 열정으로 세상에 환원하고 싶다는 나름의 욕심이 있었던 것도 사실입니다. 세계 속에서 나의 능력을 유익하게 펼쳐보겠다는 소신과 자신감도 있었습니다. 그런데 그 준비 과정이기도 했던 주미대사 시절, 사회적으로 책임을 져야 할 문제가 드러나면서 참으로 힘든 시기를 겪게 되었습니다.

당시 가족과 회사를 포함해 여기저기에 아픔을 안겼고 고민도 많이 하게 되었습니다. '월드컬처오픈 운동에도 어려움을 주고 있구나. 내려 놓아야겠구나.'

저는 하루하루 고민했습니다. 이런 마음이 전해졌는지, 저뿐만 아니라 저와 동행하고 있던 모든 분들이 함께 아파했습니다.

'내가 길을 잘못 가고 있는 것은 아닐까.'

안팎으로 이런저런 시련을 겪다 보니 회의가 들 때도 있었습니다. 저를 대하는 세간의 평가에 실망해서가 아니라, 제 스스로가 좋은 삶을 살고 있지 않다는 자괴감, 옳은 길로 나아가지 않고 있다는 실망감이 들었기 때문입니다. 그래서 누구를 향한 원망이 아니라 제 자신에 대한 성찰의 시간을 갖는 데에 노력을 기울였습니다. 다 함께 잘사는 조화로운 세상을 만들어가는 데 내 힘을 다하고 싶다는 거창한 생각을 갖고 움직여왔지만, 인간이란 존재가 얼마나 어리석습니까. 자기 자신 하나 바로 들여다보지 못하잖아요.

많은 사람들이 그럴 수 있겠지만, 어렸을 때부터 저는 내면 깊숙한 곳에 무언가 소중하고 아름다운 꽃이 되고자 하는 작은 씨앗이 자라고 있음을 느꼈습니다. 하지만 저를 둘러싸고 있는 사회적 틀과 시선은 제가 사회활동을 하면 할수록 오히려 더 단단해져 갔습니다.

계란 속 병아리가 안에서부터 부리로 끊임없이 쪼아 단단한 껍질을 뚫고 나오듯이, 저를 에워싼 사회적 껍데기가 더 단단해질수록 제 내면의 그 씨앗도 동시에 더욱 선명하고 강하게 발아하고 있음을 느꼈습니다. 그 일환으로 시작하게 된 것이 월드컬처오픈 운동이었고, 많은 어려움 속에서도 제가 지켜내고 싶은 사명처럼 느껴졌습니다.

지금 이 순간보다
천년 앞을 내다보며

길게는 1990년대 중후반부터 짧게는 1~2년 전까지 저와 함께해온 동료들의 면면과 우리가 울고 웃으며 함께해온 순간들이 떠오릅니다. 그들이 있었기에 어려운 일이 닥쳤을 때 제가 흔들리지 않고 이 자리를 지킬 수 있었습니다. 한국이라는 나라에서 이름도 생소한 사람들이 찾아와 국제행사를 치르겠다고 나설 때 우리를 바라보던 국제기구 담당자들의 싸늘한 눈빛, 그러나 할 수 있다는 신념으로 그들을 설득해 함께 어우러졌던 '글로벌 페스티벌', 모두가 어렵게 생각하는 아프리카로 날아가 총 대신 문화로 희망을 이야기하기 위해 개최했던 범아프리카 문화장관회의…. 그 모든 순간마다 자신의 시간과 일상을 포기해가며 저와 함께 비전을 향해 노력해온 분들이 있었습니다.

어떤 사람들은 이렇게 말합니다.

"월드컬처오픈은 어찌하여 하나의 행사를 계속해서 줄기차게 밀고 나가지 않는가."

많은 분들이 2004년에 개최한 세계적 문화행사를 생각하시곤 그렇게 말씀들 하십니다. 그러나 제 생각은 조금 다릅니다. 가시적인 어떤 성과보다 이미 그 행사를 통해 퍼뜨린 수백만 개의 씨앗이 지구촌 곳곳 누군가의 가슴속에 자리 잡고 '문화'라는 큰 나무를 꿈꾸며 커가고 있기 때문입니다. 그것이 우리의 가장 큰 보람이자 성과가 아닐까요.

그래서인지 동료들도 기록을 남기는 일이나 눈에 보이는 성과에 연연하지 않습니다. 그냥 흘러가는 현재, 지금의 모습이 바로 월드컬처오픈의 미래입니다. 지금 모양을 잘 갖추고 좋은 씨앗을 뿌리면 좋은 나무가 자라고, 지금 길을 잘못 찾으면 훗날 제대로 자라지 않고 다른 환경에 좋지 않은 영향을 주는 나쁜 나무가 나오겠지요. 월드컬처오픈이 잘 자라기 위해서는 그것을 움직이는 사람들의 마음까지도 먼저 오픈되어야 한다는 것이, 그때 애쓴 모든 이들의 생각이었습니다.

우리는 서로를 격려하며 이런 말들을 하곤 합니다.

"월드컬처오픈 운동은 천년을 보고 걸어가자. 천년 후에 '월드, 컬처, 오픈'이라는 단어조차 필요 없는, 그런 열린 세상을 꿈꿔보자. 한 방울의 물이 모여 결국은 둑을 허물고 지형을 바꾸지 않는가? 메마른 땅을 푸르게 바꾸지 않는가. 우리는 그런 물방울들이다. 우리는 또한 거름이다. 그리고 언젠가 그 거름 속에서 월드컬처오픈의 씨앗이 스스로 피어날 수 있도록 우리는 이 생에서 최선을 다할 것이다. 하지만 우리들이 날린 월드컬처오픈의 연이 우리들만의 것이 아닌 세상 사람들의 것이 되었을 때, 우리 손에 있는 연줄은 우리 스스로가 끊게 될 것이다."

지금 이 자리에서 내가 최선을 다해야 그 마음이, 그 힘이 다음 세대로 이어질 수 있을 거라 되새겼습니다. 저 혼자만이 아니라, 지금까지 월드컬처오픈에 동참해온 한 사람 한 사람에게 크고 작은 이런 마음들이 새겨졌습니다.

Friend of WCO says

우리는 모두 미래를 위한 월드컬처오픈의 큰 노력을 지지합니다.
월드컬처오픈과 함께 상호이해와 평화를 증진시키고
'다양성과 대비'의 아름다운 원리를
널리 펼치는 노력을 계속해갈 것입니다.
예술의 조화로움과 영감을 통해 우리 사회를 변화시키고
세계평화를 위한 단단한 기반을 다져나갈 수 있을 것입니다.

— 호세 안토니오 아브레우, 엘 시스테마 창설자 · 전 베네수엘라 문화장관

컬처디자이너, 더불어
행복한 세상을 디자인하다

. . . .

월드컬처오픈의 핵심은 바로 사람들입니다. 바로 컬처디자이너들입니다. 이 사
회에는 참으로 많은 사람들이 각기 다른 생각을 가지고 살아갑니다. 세상은 주
류를 조명하지만 사실상 이 세상을 이끌어가는 것은 보이지 않는 사람들, 바로
이들의 노력이 아닐까요?

우리가 살아가는 세상에는 많은 벽들이 존재합니
다. 꿈꾸는 나를 위축시키는 사회적 제약의 벽, 다름을 차별로 만드는
우리 마음의 벽, 인종·이념·종교·지역 간의 벽⋯ 이러한 벽들로 인해
안타깝게도 우리는 희망보다는 절망을 느끼고, 해보겠다는 의지보다
안 될 거라는 포기가 앞섭니다. 이러한 절망들이 모여 갈등과 반목이
되풀이됩니다. 긍정보다는 부정적 분위기가 만들어지고, 할 수 있다는
믿음을 갖기보다는 자신의 나쁜 운과 태생적 배경, 사회적 환경을 탓합
니다. 누가 이것을 바꿀 수 있을까요? 바로 우리들 자신입니다.

우리 주변에는 크건 작건, 누가 알아주든 아니든, 묵묵히 끊임없이 벽

을 허물고 우리의 삶과 사회를 건강하고 아름답게 만들기 위해 노력을 펼쳐나가는 분들이 곳곳에 있습니다. 그들 덕분에 우리는 이 사회에 희망이 있음을 느끼고, 아직은 살 만한 곳이라 여기기도 합니다. 물론 우리 사회가 마주한 많은 문제와 어려움을 한두 사람이 일시에 해결해줄 수는 없을 것입니다. 그러나 조금씩 변화를 만들어 나가고 있는 사람들이 1명, 2명, 10명, 1,000명이 모이면 함께 따뜻한 미래를 만들어갈 수 있을지도 모릅니다.

우리는 그들을 세상을 바꾸는 컬처디자이너라고 부릅니다.

'컬처디자이너Culture Designer'라는 말 속에는 자신의 열정과 재능을 창의적으로 펼쳐내어 우리 사회가 필요로 하는 공감과 소통, 공익과 나눔의 문화를 만들어가는 사람들, '다 함께 잘사는 조화로운 사회를 디자인하는 사람'이라는 뜻이 담겨 있습니다.

컬처디자이너는 평범한 사람들입니다. 다만 뚜렷한 개성을 가진 멋진 사람들이고, 공익적인 생각을 실천으로 옮기는 책임감 있는 사람들입니다. 그리고 자신이 자리한 곳에서 자신의 열정과 재능을 창의적으로 펼쳐내는 시민입니다. 이러한 창의적 시민이야말로 우리 사회를 변화시키는 숨은 영웅입니다. 그들이 있기에 이 세상은 아름답습니다.

우리는 누구나
컬처디자이너

　　　　　　'디자이너'는 무언가를 설계하고 만드는 사람들입니다. 넓은 의미에서 보자면 세상을 창조한 조물주도 일종의 디자이너이겠죠. 그것이 종교에서 말하는 전지전능한 신이든, 과학에서 말하는 자연의 법칙이든 말입니다. 머리를 잘 깎는 것도, 아름다운 보석을 만드는 것도 다 디자이너의 일입니다. 인터넷의 가상공간에서 사용될 플랫폼을 만드는 사람도 디자이너이기는 마찬가집니다. 도시를 설계한다든지, 하수도를 낸다든지, 식당 메뉴를 개발하는 것도 일종의 디자인입니다. 문화를 통해 세상을 소리 없이 바꾸어보겠다는 꿈을 지닌 컬처디자이너도 마찬가집니다.

　'월드컬처오픈'이라는 이름에서도 알 수 있듯이 세계 각국에서 자발적으로 활동하는 컬처디자이너들은 우리가 하는 문화운동의 핵심 멤버들이자 주인들입니다. 그들이 디자인하는 것은 종류도 다양해서 이루 헤아릴 수 없습니다. 솔직히 말하자면 어떤 매뉴얼이 있는 것도 아닙니다. 문화 디자인이란 게 딱히 정해진 틀이 있는 게 아니라, 컬처디자이너들이 자신이 사는 곳에서 자신의 창의성과 재능을 발휘하여 조금씩 가까운 지역사회 혹은 좀 더 넓은 범위의 사회 전체를 바꾸어나가는 개

넘이기 때문입니다. 즉, 우리는 누구나 컬처디자이너가 될 수 있고, 누구나 그 혜택을 누리며 자신이 받은 것을 이웃과 나눌 수 있습니다.

월드컬처오픈에서는 지난해부터 컬처디자이너 발굴캠페인을 벌여오고 있는데, 월드컬처오픈의 컬처디자이너 발굴캠페인 홈페이지(www.culturedesigner.net)에는 다양한 컬처디자이너들의 이야기가 올라와 있습니다. 그들은 이웃과 사회를 위해 자신의 재능을 나누는 사람들입니다. 그들 중에는 잘나가는 직장을 접고 꿈을 향해 뛰어든 사람도 있고, 지금껏 누구도 생각하지 못한 자신만의 생각과 상상력으로 세상을 바꾸어나가는 사람들도 있습니다. 주변에서 미쳤다고 수군거릴 때 그들은 자신의 열정과 그 열정이 가닿아 이루어질 이 사회의 변화를 믿었습니다. 결과적으로 그들의 생각이 옳았습니다.

컬처디자이너 유세미나 씨는 사물의 수명을 늘려주는 사람입니다. 물건을 재활용하는 데서 더 나아가 제품의 가치를 재창조하는 일을 하고 있습니다. 한때 잘나가는 의류 사업가였던 그녀는 제품 불량 사고를 겪으며 윤리적인 공급자가 되기로 결심했고, 헌 옷이나 인화지를 재활용해 만든 가방, 유리나 술병을 녹여 만든 액세서리 등을 파는 매장을 오픈했습니다. 누가 이런 제품을 사겠느냐는 의문이 들겠지만 2013년 서교동에 첫 매장을 낸 이래 삼청동과 역삼동, 부산 등으로 매장을 확장해 나가고 있습니다. 고물로 버려지는 제품이 다시 소비자를 만나게 되니 환경문제 해결에도 도움이 되고 새로운 일자리도 창출됩니다. 이보다 더 좋은 일이 어디 있겠습니까?

짝짝이 구두를 만드는 장인도 있습니다.

60년 동안 구두를 만들어온 남궁정부 씨가 그 주인공입니다. 그는 왜 멀쩡한 신발을 놔두고 아무도 거들떠보지 않는 짝짝이 구두 만들기에 매달리고 있을까요? 그것은 장애를 가진 사람들에게 자신의 구두 짓는 재능을 나누겠다는 신념 때문입니다. 그 역시 1996년 지하철 사고로 오른팔을 잃은 장애인입니다. 그는 선천적이든 후천적이든 일반인과 다른 신체적 조건을 가진 사람들을 위한 맞춤 구두를 제작하기 시작했고, 20여 년 동안 자그마치 10만여 켤레의 구두를 만들었다고 합니다. 10명이 넘는 직원을 두고 하루 6~7켤레의 신발을 만드는데, 수익이 나지 않아 직원들 월급이 밀린 적도 적잖았다고 합니다. 그래도 그는 이 일을 멈추지 않고 있습니다. 왜냐고요? 이 세상은 양쪽 발이 같은 사람들만 살아가는 곳이 아니기 때문입니다.

'소리 수집'이라는 아주 독특한 작업을 하는 젊은이도 있습니다.

전광표 씨가 그 주인공인데 그는 지역마다 다양한 고유의 소리가 있다고 주장하는 사람입니다. 그는 고성능 마이크를 들고 거의 매일 공간을 찾아다닙니다. 그는 같은 지하철역이라도 소리가 다 다르다고 주장합니다. 경복궁역엔 경복궁역만의 소리가 있고 공릉역엔 공릉역만의 소리가 있다는 얘기죠. 공간도 마찬가집니다. 빵집엔 빵집 고유의 소리가 있고 김밥집엔 김밥집 소리가 있습니다. 너무도 당연한 얘기 같지만 실제로 이걸 수집하여 기록으로 남길 생각을 한 사람은 그가 유일할 것 같습니다. 그는 이렇게 수집한 소리를 '사운드 페스티벌'을 통해 공개합니다. 아마도 이 작업은 지금보다 몇 백 년 후에 더 가치를 발휘하지 않을까요?

제주도 할망(할머니)의 삶을 기록하는 컬처디자이너도 있습니다.

인터뷰작가 정신지 씨는 12년 만에 제주에 귀향하여 우연한 기회에 빈집과 그 마을을 지키는 할머니, 할아버지들을 만나게 되면서 그들의 이야기를 남겨야겠다 결심했다고 합니다. 그 뒤 그녀는 젊은 나이에 제주도에 정착하여 한 분 두 분 어르신들의 사연을 기록하기 시작합니다. 제주 4·3때 잃은 아들을 여전히 기다리고 있는 할머니, 일요일이면 하나님이 아닌 '사람'을 만나기 위해 교회에 나가는 할머니, 칠순이 넘은 나이에도 소라와 전복을 잡기 위해 파도를 뚫고 바닷속으로 내려가는 해녀 할머니도 있습니다. 그녀는 말합니다. 들리지 않는 목소리, 이름 없는 서민들의 삶을 기록하는 것이 진짜 역사라고. 정신지 씨가 기록하는 제주 할망들의 삶은 단순한 기록이 아니라 제주의 가장 깊은 속살이 아닐까요?

이런 젊은이도 있습니다. 서선미 씨는 여행자와 지역을 연결하고 서로가 서로의 이야기를 공유하는 여행 플랫폼을 꿈꾸는 플레이플래닛을 운영 중인데, 이 과정을 통해 모두가 함께 즐거워지는 착한 여행을 꿈꾸고 있답니다. 그녀의 생각은 남다른 데가 있는데, 다른 친구들이 수능시험을 준비할 때 남극에서 북극까지 무동력 여행 루트를 계획했다고 합니다. 여행을 위한 '할 일 리스트'를 만들고 그것을 준비해나가면서 대학생활 2년을 보낸 뒤, 무작정 비행기를 타고 여행을 시작했다고 합니다. 그 과정에서 그녀는 자신이 여행한 지역에 사는 사람들의 소중한 삶이 자신의 여행을 통해 방해받는다는 사실을 깨닫고, 지역주민들과 진심으로 소통하는 공정 여행을 꿈꾸게 되었답니다. 여행지의 주민들은 고유의 경험이 담긴 일상을 여행자들과 나누고, 여행자들은 그 지역에 살고 있는 친구를 통해 그 지역의 진짜 모습을 공유하는 것이 그것입니다.

'애견 휠체어'를 만드는 분도 계십니다.

경기도 의정부에 사는 이철 씨가 그 주인공입니다. 서울 강남에서 건축사무소를 운영하는 이철 씨는 2003년 어느 비 오는 날 저녁, 집으로 가던 중 우연히 버려진 새끼 강아지를 발견했다고 합니다. 생후 한 달 된 강아지가 쓰레기봉투에 담겨 있었는데, 하반신의 신경이 끊어져 뒤쪽 두 다리를 모두 쓰지 못하는 상황이었답니다. 그는 그 강아지에게 '이슬'이라는 이름을 붙이고 애지중지 키우며 이슬이처럼 몸이 불편한 강아지들을 위해 강아지 휠체어를 개발합니다. 직접 강아지 휠체어를 만들 수 있는 고가의 장비들을 사서 400여 개가 넘는 강아지 휠체어를 만들어 기부하고 있다고 합니다.

이분들의 사연들을 듣다 보면 정말 한 사람 한 사람의 인생이 너무도 위대해 보이지 않습니까?

/

사랑과 긍정을
전염시키는 사람들

월드컬처오픈은 '다 함께 잘사는 조화로운 세상'을 추구하는 다양한 기관 및 활동가들이 창의적으로 협업하는 글로벌 네트워크를 지향하며, 지난 17년간 다양한 문화 연구 및 활동을 전개해왔습니다. 문화적 교류와 공감, 나눔과 소통을 목표로 하는 크고 작은 프로젝트를 전개하는 과정에서 공익을 추구하며 창의적으로 활동하는 다양한 실천가들을 만나게 되었고, 범사회적인 컬처디자이너 발굴의 중요성을 느끼게 되어 이 캠페인을 시작하게 되었습니다. 캠페인의 주인공은 바로 참여하는 여러분 자신, '우리 모두'입니다.

이 캠페인을 통해 소수의 리더보다 다수의 창의적 시민들이 함께 따뜻한 사회를 만들어가고 있음을 공감하고 다 같이 희망적인 미래를 그

려볼 수 있기를 기대하고 있습니다. 공공선公共善을 추구하며 자신만의 열정과 방법으로 더욱 따뜻한 사회, 함께 행복한 세상을 만들어가는 활동을 하고 있는 사람이라면 누구나 추천대상이 될 수 있습니다.

어떤 분들은 종종 우리에게 묻곤 합니다.

"당신들은 도대체 왜 이런 캠페인을 합니까? 좋은 일을 하고 싶은 사람은 자기가 알아서 하면 되는 거 아닌가요?"

물론 이런 의견도 존중합니다. 하지만 우리는 궁극적으로 캠페인을 통해 더 넓게 확산되는 열정에 주목하고 있습니다. 바이러스만 전염되는 게 아니라 사랑도 전염성을 지니고 있습니다. 내가 타인을 위해 한발짝 걸음을 떼면, 그 걸음은 수백 걸음이 돼서 세상으로 번져갑니다. 잠자고 있던 사람들의 의식을 깨우고 지구촌 곳곳으로 사랑의 꽃을 피우게 할 수 있습니다. 그것이 모이고 모여서 궁극적으로 만들어내는 것은 바로 희망의 울림입니다.

컬처디자이너들은 공통된 특징이 하나 있습니다. 세상에 드러나는 것을 별로 안 좋아한다는 것입니다. 하지만 드러내지 않으면 누가 무얼 하는지 알 수 없지 않습니까? 우리는 그런 분들을 발굴해서 신문이나 인터넷, 책 등 다양한 방법을 통해 드러내고 격려해드리고 싶습니다. 좀 더 많은 사람들에게 이분들의 활동이 좋은 자극이 되고 영감이 되길 바라는 마음입니다. 그래서 홈페이지에 활동 영상도 소개하고 이분들께 감사를 전하는 행사도 준비하고 있습니다. 이런 사람들이 사회 곳곳 음지에서 반딧불이처럼 빛을 내고 있기에 세상이 중심을 잡고 유지되는 거라고 말하고 싶습니다. 바로 문화로 어우러진 지구라는 거대한 열린 운동장에서 말입니다.

아시다시피 월드컬처오픈의 핵심은 바로 사람들입니다. 바로 컬처디자이너들입니다. 이 사회에는 참으로 많은 사람들이 각기 다른 생각을 가지고 살아갑니다. 세상은 주류를 조명하지만 사실상 이 세상을 이끌어가는 것은 보이지 않는 사람들, 바로 이들의 노력이 아닐까요?

저마다의 개성과 창의력을 가지고 고정관념을 뛰어넘어 뭔가 다른 변화를 추구하는 사람들, 이념적·사회적 차별의 경계를 넘어 편견 없는 시선으로 전체를 바라보고 따뜻한 시선으로 주변을 돌아보는 사람들, 그런 분들을 발굴해서 무대를 마련해주고 조명해주고 싶습니다. 공식적인 이름이 없어도 우리 사회 곳곳에서 세상을 바꾸는 작업을 수행하고 있는 사람들을 무대 위로 올려 빛나게 해드리고 싶습니다. 그럼으로써 사랑의 울림이 곳곳으로 퍼져나갈 것이고 새로운 제2, 제3의 컬처디자이너들이 계속 생겨날 테니까요.

문화가 왜 중요할까요?

문화가 왜 평화, 발전 그리고 가난을 없애는 데 중요할까요?

오랫동안 문화는 과거의 유산, 습관, 신념, 권리, 관습, 전통으로 이해되어 왔습니다.

반면에 발전은 미래를 향한 과정, 전략, 계획, 목표, 희망, 타깃으로 인지되어 왔습니다.

이런 관점에서 문화 관련자들은 과거에서 온 과거의 사람으로,

경제 관련자들은 미래를 위한 실천가들처럼 간주되곤 했습니다.

하지만 사회는 진화하고 있습니다.

월드컬처오픈이 문화를 통해 인류에 이바지하려는

결심과 표현, 그리고 평화적 공존을 위한 창의적인 수단으로서

문화에 대한 이해를 보전하고 넓히고 나누고 양성하려는 헌신을 보면 알 수 있습니다.

우리 사회에는 도전 과제들이 많이 있습니다.

세계적인 힘의 균형의 변화가, 서로 간의 배척이, 그리고 빈곤이

대화를 방해하고, 또 다름이 지탄받기도 합니다.

유네스코는 월드컬처오픈이 사람들 간에 새로운 다리를 연결해가고

서로 다른 문화 속에 내재된 지혜를 찾아가는 그런 노력들을 통해

이러한 현상에 대응할 수 있을 것이라 확신합니다.

— 제롬 빈디, 유네스코 사회인문 총차관

세상에서 가장
우아한 힘

* * *

내가 의미 있는 일을 하면 그걸 보고 주변 사람이 동화되어 자신도 의미 있는 일에
동참합니다. 그렇게 고리와 고리로 단단하게 결속되어 나갑니다. 강물에 돌을 던
저보십시오. 그 파동이 결국은 둔덕에까지 가닿습니다.

컬처디자이너 발굴캠페인과 함께 월드컬처오픈에
서는 여러 형태의 문화사업을 실험해오고 있습니다. 공간나눔 운동인
C!here(Culture! here)를 비롯하여 다양한 문화행사를 통해 사람들을 만
나는 W스테이지, 지혜나눔 컬처토크인 C!talk(Culture! talk) 등이 그것입
니다. 이러한 문화활동은 우리나라를 넘어서 지구촌 곳곳으로 확산되
어 나가고 있습니다. 보이지 않는 곳에서 활약하는 수많은 컬처디자이
너들에 의해서 말이죠. 앞에서도 말씀드렸다시피 월드컬처오픈은 고정
된 조직이 아니라 마치 살아 있는 생명체처럼 지금도 꿈틀대며 진화해
나가고 있는 셈입니다.

C!talk는 컬처디자이너들의 다양한 삶의 지혜와 경험, 열정이 담긴 소중한 이야기를 나누는 지혜나눔 컬처토크입니다. 서울에서는 2013년 4월에 첫걸음을 내딛어 지금도 다양한 주제로 C!talk가 꾸준하게 열리고 있습니다. 향후 세계 어디서나 독자적인 C!talk가 자유롭게 이뤄질 수 있도록 이 플랫폼을 적극적으로 확산시키고자 합니다. 이미 제주, 청주, 베이징, 상하이에서도 지역의 문화활동가와 지역 커뮤니티가 참여하는 C!talk 시리즈가 열린 바 있고, 앞으로도, 그리고 더 많은 곳에서도 가능하도록 지속적으로 준비되고 있습니다.

/

아름다운 긍정,
아름다운 삶에 관한 이야기

C!talk는 특정 문화현상을 다양한 각도에서 들어보는 강연, 인문 및 철학적 주제에 대한 대담, 문화인과 장인의 삶을 통해 문화적 영감을 전하는 인터뷰 등으로 다채롭게 기획되고 있습니다. 뿐만 아니라 공연, 전시, 각종 시청각 자료 등 오감으로 소통할 수 있는 방식을 도입하여 청중들에게 듣는 재미를 더하고 있습니다. 한 주제에 대해 각기 다른 분야의 활동가들이 자기만의 표현방식으로 이야기하는 C!talk의 취지는, 어떤 주제에 대해 다양한 시각, 다양한 관점을 생각해

보고 경험할 수 있도록 하기 위한 것입니다. 매회 3~4명의 문화인들이 출연해 각자 10분 내외로 발표하며, 발표현장은 영상으로 만들어져 웹사이트와 유튜브 등을 통해 더 많은 청중들과 만나고 있습니다.

한 가지 주제를 가지고 각기 다른 일을 하는 분들이 이야기를 펼친다? 흥미롭지 않나요? 몇 개의 행사를 소개해드리고 싶은데, 그중 하나가 2014년 3월 월드컬처오픈의 복합문화공간 W스테이지에서 열렸던 '위드 마이 하트-장애를 예술로 소통하는 사람들'이라는 주제의 C!talk 편입니다.

이날 행사에는 장애를 극복하고 장애가 오히려 개성으로 표현되는 작품활동을 하는 아티스트, 장애·비장애 구분 없는 문화예술 환경을 만들어가는 분들이 특별히 연사로 초빙되었습니다. 자폐성 장애를 가진 드로잉 아티스트 한부열 씨, 뇌병변 장애를 극복하고 따뜻한 감성의 일러스트레이터이자 동화작가로 활동하시는 강주혜 씨, 장애인들을 위한 수업 및 흥미로운 콜라보 프로젝트를 진행하시는 페인팅 아티스트 백은조 씨, 그리고 다양한 장애인 문화예술 사업을 추진하고 계시는 열정적 소셜워커 정원일 씨가 무대에 올라 진솔한 이야기를 펼쳐주셨습니다.

이들 중 '아름다운 긍정의 눈으로 바라본 세상'을 주제로 이야기를 해주신 강주혜 씨는 사고 후 뇌병변 장애로 오른손이 마비되고 시각이 5도 정도 기울어져 1개의 상이 2개로 겹쳐 보이는 시각장애를 갖게 된 분입니다. 그녀의 그림들은 자연스레 5도씩 기울어져 독특한 뉘앙스를 주는

데 이를 개성으로 승화시켜 활발한 작품활동을 하고 있습니다. 따뜻하면서도 통찰력 있는 짧은 글을 곁들인 드로잉은 그녀만의 특징으로, 왜 그녀가 '미긍美肯: 아름다운 긍정'인지를 알 수 있게 해주죠.

이분들이 하시는 말씀에 공통점이 있습니다. 그것은 장애는 다만 차이일 뿐이라는 것입니다. 장애를 '무능력'이 아닌 '핸디캡 또는 차이'로 받아들이고 자신의 삶과 일상을 예술의 언어로 표현하는 이분들의 이야기는, 토크가 끝난 지금까지도 깊은 감동과 여운으로 제 가슴속에 남아 있습니다.

요즘은 지구촌 시대가 됐고 많은 사람들이 어느 곳이든 마음만 먹으면 갈 수 있는 시대가 됐습니다. 클릭 한 번으로 언제라도 세계의 소식을 접할 수 있고 지구 어디든 들여다볼 수 있는 시대지만, 그래도 여전히 길을 떠난다는 것은 우리의 마음을 설레게 하죠. 제6회 C!Talk에서는 단순히 새로운 음식을 먹고 신기한 풍광을 구경하는 것을 넘어서서, 자신만의 여행목적을 세우고 특별한 여행을 만들어가는 개성 있는 젊은이들을 모셔서 '4인4색 지구별 여행자'라는 주제로 이야기를 청해 들었습니다.

지속가능한 여행을 지향하는 사회적 기업 '트래블러스맵'에서 여행을 기획하며 청소년 및 다양한 사람들의 여행길라잡이를 하시는 공정여행기획자 김미경 씨, 스스로를 '여행하는 사진작가'라고 소개하며 세계 곳곳에서 특정한 장소가 아닌 '지구의 한 조각'을 담아온 케이채 씨, 교사라는 안정된 직업에 사표를 던지고 행복한 사람들을 찾아 세계로 떠난 박윤선 씨, 어머니의 환갑잔치를 위해 모아둔 돈으로 어머니와 함께 300일 동안 배낭여행을 떠났던 태원준 씨 등이 그들입니다. 다양한 직종에서 일하는 분들이었지만 이들이 우리에게 전해준 메시지는 단 한 가지였습니다. '자신이 진정으로 행복하다고 느끼는 순간을 위해서 과감하게 길을 떠나라!'

'나의 삶, 나의 탱고'라는 흥미로운 주제로 이야기를 해주신 분들도 있습니다. 여러분은 탱고 하면 무엇이 떠오르나요? 저는 탱고를 출 줄은 모르지만 춤추시는 분들을 보면 굉장한 열정이 느껴지고 저절로 흥이 돋곤 했던 기억이 있습니다. 탱고는 단순히 춤이 아니라, 정말 많은 것을 담고 있다고 생각됩니다. 탱고에는 슬픔과 열정, 만남과 이별, 종속과 자유가 공존한다고 합니다. 아르헨티나 이민자들의 슬픔이 담겨 있기도 하고, 때론 연인에게 바치는 애절한 춤이자 노래이기도 하죠. 탱고를 통해 세상과 몸짓, 음악으로 소통하는 네 분이 나와서 색다른 이야기를 들려주셨습니다. 탱고 안무가인 박정근 씨, 배수경 씨, 고전 탱고 곡들을 재즈로 재해석하는 클로스오버 밴드 '라 벤타나' 리더인 정태호 씨, 음악 평론가로 탱고에 대해 책을 많이 쓰신 이용숙 씨 등이 그 주인공입니다.

그중 이용숙 씨는 자신의 일이 된 춤, 특히 탱고에 관심을 갖게 된 배경에 대하여 이렇게 이야기했습니다.

"한 가지 일을 오랫동안 하면서 느낀 것인데요, 기본적으로 자기가 애정을 가지고 있는 일에 대한 지속성을 포기하지 않으면 언젠가 어떤 분야라도 스스로 전문가가 될 수 있습니다."

평범한 말이지만 와닿는 게 있습니다. 어떤 일을 할 때 끝까지 포기하지 않고 하나의 길로만 간다는 게 말처럼 쉽지만은 않거든요.

저는 그것이 비단 직업에 국한된 게 아니라는 생각을 합니다. 우리가 어떤 결정을 내릴 때, 자신의 처지를 생각해서 어떤 액션을 취해야 할 때, 인간관계를 고려해야 할 때, 평소 자신의 신념과는 다른 결정을 앞에 두고 종종 망설일 때가 있습니다. 처음부터 끝까지 한 가지 길로, 한 가지 방향으로만 걸어간다는 것은, 외롭고 힘든 일이지만 그만큼 보람된 일이기도 할 것입니다.

이외에도 다양한 분들이 다양한 사연으로 자신만의 문화 이야기와 지혜를 나눠주셨습니다. 인간과 동물의 관계에 대해 토크를 해주신 동물 전문 출판사 사장님인 김보경 씨, 그림과 이야기가 잘 버무려진 놀이 같은 그림책을 만드는 그림책 작가 이수지 씨, 가까이 있어 오히려 그 소중함을 잊게 되는 우리 전통소리의 아름다움에 대해 이야기를 펼쳐주셨던 가야금 산조 명인 지성자 씨, '감동은 '공간'이 아니라 '시간'

이다.'라는 주제로 서울이라는 도시의 독특한 정서와 역사, 특징을 담고 있는 공간에 대한 이야기를 해주신 건축가 조한 씨 등도 이들 참여자들 가운데 한 분입니다.

그중 김보경 씨는 동물 책만 내는 구멍가게 출판사를 운영한다고 스스로를 소개했습니다. 가뜩이나 책이 팔리지 않는 시대에 동물이라는 한 가지 주제만 고집해 책을 낸다는 것은 대단한 용기일 것입니다. 그래서인지 이 출판사의 사훈은 '망하지 말자!'라고 합니다. 망하지 않고 꾸준히 동물 책만 낼 수 있으면 좋겠다는 소박한 바람을 가지고 동물에 관한 글을 쓰고 번역하는 글쟁이의 삶을 열정적으로 들려주어 그 자리에 참석한 많은 분들로부터 박수를 받았습니다.

'서로 다름을 말하다.' 편에 나와주셨던 우리나라 최초의 시각 장애인 플라멩코 무용수인 양서연 씨의 이야기도 가슴에 남아 있습니다. 정열의 나라 스페인의 전통춤 '콰드로 플라멩코'를 만나면서 그녀의 인생은 놀랍도록 변하게 되는데요. 그녀에게 플라멩코는 말보다 편한 언어이고, 공기처럼 중요한 존재라고 합니다. 앞을 보는 데 불편함이 있는 시각장애를 가지고 있지만, 춤을 추는 데는 그 어떤 것도 장애가 될 수 없었던 것이죠. 장애란, 바로 '보이지 않는데 어떻게 춤을 출 수 있느냐?'고 묻는 우리들의 편견이 아닐까요?

우리에게 이야기를 나눈다는 것은 어떤 의미일까요? 인간은 유명한 사람이든 아니든, 나이가 많든 적든 저마다 고유한 이야기를 품고 살아갑니다. 그 이야기 속에는 세상과 나눌 수 있는 지혜들이 많이 들어 있습니다. C!talk는 바로 그 지혜를 나누는 자리입니다. 당장 눈에 보이거나 만져지는 것이 아닌, 그 이야기들을 통해 청중들은 자신의 위치를 되돌아보기도 하고, 삶을 성찰하기도 하며, 자신의 미래를 설계해보기도 합니다. 화려한 공연은 아니지만 이야기도 문화의 일부이며 다른 사람과 나눌 수 있다는 점에서 무한한 매력을 지녔다고 볼 수 있습니다.

많은 사람들이 현대를 '소통 부재의 시대'라고 합니다. 스마트폰 같은 전자기기가 발달하면서 인간보다는 기계와 소통하는 데 더 큰 재미를 느끼는 사람들이 늘어나고 있습니다. 의자에 나란히 앉아 서로 눈빛을 나누며 대화하기보다는 혼자 스마트폰에 얼굴을 담그고 있는 사람들도 자주 보입니다. 어둡고 추운 방 안에서 고독사하는 사람들이 늘어나는 것도, 이웃과 이웃 사이에 경계가 그어지고 소통의 통로들이 막혀서 생긴 결과가 아닐까요? 우리가 하는 실험이 비록 무대를 중심으로 이루어지고 있지만, 궁극적으로 여기에는 구성원 개개인이 서로의 지혜를 나누고 소통하여 지구촌이라는 거대한 마을이 서로 어깨를 맞대고 이야기할 수 있는 날에 대한 열망이 담겨 있습니다.

문화는 무엇이든 담을 수 있는 그릇입니다. 우리가 향유하는 문화 속에는 다양한 삶의 통찰과 지혜가 담겨 있습니다. 우리는 그것을 토크

형식을 통해 사람들과 나누고자 합니다. C!talk는 삶을 풍성하게 해주는 이러한 지혜를 나누고 삶에 도움이 되는 영감을 전달하려는 목적을 지니고 있습니다. 일상적으로 접하기 힘든 문화인들의 이야기를 들으며 새로운 것을 배우고, 우리 주변을 다시 바라보고, 무엇보다 나의 열정을 다시 일깨우는 즐거운 문화의 현장을 만들어가려고 합니다. 향후에는 유명한 사람들뿐만 아니라 일상의 경험적 통찰력과 삶의 지혜를 지닌 평범한 개인들까지 적극적으로 무대에 모시고 싶습니다.

지구촌이라는 다양한 색깔이
만나는 과정

월드컬처오픈은 이밖에도 사람과 사람 사이의 교류를 이끌어내는 다양한 문화 플랫폼 사업을 기획, 추진하고 있습니다. 이러한 운동들을 통해 사람들이 만나고Engage, 함께 즐기고Enjoy, 서로 이해하고 포용하면Embrace 함께 풍요로워질 수 있음Enrich을 중요한 가치로 삼고, 큰 틀에서는 문화나눔과 문화교류, 문화지원 사업을 주요 목표로 삼습니다. 그리고 이를 실천하는 구체적인 방법으로 페스티벌, 포럼, 페어와 같은 문화행사, 어워즈나 캠페인과 같은 활동가 발굴과 연결 사업, 지역민들이 주도적으로 이끌어가는 지역 문화운동을 함께 만들고 전파하는 데 중점을 두고 있습니다.

지구촌의 모든 사람들이 자유롭게 만나고 즐길 수 있는 축제는 다양한 문화가 함께 발전하는 열린 교류와 협력의 장을 만들어가기도 합니다. 또한 문화를 통해 사회발전에 공헌한 개인이나 단체를 발굴하여 상을 주고 축하함으로써 이들의 활동이 널리 알려지고 인류의 귀감이 되도록 하는 일도 하고 있습니다.

이처럼 월드컬처오픈은 지구촌이 함께 발전하는 공동의 비전을 이루기 위해, 전 세계 다양한 문화 간에 이해와 신뢰를 높이고 유기적인 협력을 촉진하기 위해, 공간, 지식, 재능 등의 다양한 문화자원을 자유롭게 나눌 수 있는 활동을 지속적으로 진행하고 있습니다.

또한 이런 활동은 글로벌 협업 시스템을 지향합니다. 그래서 다양한 플랫폼 프로젝트들은 문화에 대한 열정과 비전에 공감하는 전 세계의 많은 프렌즈들의 전문성과 노하우, 그리고 다양한 손길과 지원이 모여 전개됩니다. 유엔, 유네스코 등 국제기구, 다양한 국가 및 지역의 정부기관, 다방면의 아티스트와 민간 문화단체를 포함한 열정적인 문화활동가들, 그밖에도 지구촌의 미래를 고민해온 많은 학자와 기업가들의 성원과 참여에 의해 문화운동이 지속되고 있습니다. 지구촌이라는 다양한 색깔이 만나는 과정이기도 하고요.

이외에도 공연과 전시, 워크숍 등 다양한 분야의 문화행사가 가능한 공간을 공유하고 지원하는 W스테이지, 문화교류와 나눔, 지원을 통해 다양한 프로젝트를 발굴하고 지원하며 연구하고 실천하는 열린문화실험실 '오픈컬처랩Open Culture Lab', 서로 다른 문화와 교류하고 배우며 발전할 수 있는 기회를 제공하는 열린문화 경연 C!game, 나눔과 교류의 메시지를 담은 영화를 통해 우리의 삶이 행복해지기를 희망하는 오픈 상영관 C!nema 등 다채로운 열린 문화 프로젝트를 통해 시민들을 만나고 있습니다.

Friend of WCO says ───────────────────────────

예술은 언제나 모두를 하나로 모으는 힘이었습니다.

광대한 문화·사회·경제·지리적 경계를 초월하여

하나가 될 수 있도록 하는 힘.

예술은 우리를 과거로 연결해줄 뿐 아니라 우리를 하나로 모아줍니다.

— 힐러리 클린턴, 전 미국 국무부 장관

공간을 나누어
광장을 펼치다

· · ·

사람과 사람, 문화와 문화가 교류하면서 만들어내는 커다란 에너지의 흐름을 다른 말로 하면 바로 평화와 사랑이겠죠. 많은 분들이 열린 마음으로 공간과 재능을 기부하고, 또 그렇게 형성된 '광장'에 나와 마음껏 문화를 즐기면 좋겠습니다.

저는 공간나눔 운동의 뿌리를 '공원'에서 찾고 싶습니다. 공원은 누구나 자유롭게 쉴 수 있는 공간입니다. 누구의 소유도 아니지만 누구에게나 열려 있는 곳, 즉 '모두를 위한 정원公園'입니다. 한강시민공원이 없는 서울을 한 번 상상해보세요. 당장 일상에 지장을 주는 건 아니지만 시민들의 입장에서는 굉장히 허전하고 아쉬울 것입니다.

공원에는 언제 가보아도 남녀노소 다양한 사람들로 가득합니다. 조깅하는 사람, 자전거를 타는 사람, 강아지와 산책하는 사람, 나들이 나온 가족, 술래잡기하는 아이들, 데이트하는 연인, '치맥'을 먹으며 수다를 떠는 친구들, 혼자 조용히 독서를 하는 사람…. 누가 시켜서 모이는 것도 아니고, 이래야 한다 저래야 한다 하는 까다로운 규칙이 있는 것도 아닙니다. 모두가 함께 사용하는 공공장소로서, 서로에게 불편이나 피해를 주지 말고 함께 아끼고 잘 사용하자는 무언의 약속 혹은 자연스러운 시민의식이 있을 뿐이죠.

인간은 어울려 살아가며 행복을 추구합니다. 같은 관심사를 가진 사람들끼리 모여 함께 무언가를 배우기도 하고 정보와 지식을 나누기도 하고 친구를 맺기도 하고, 함께 무언가를 만들거나 계획을 세우기도 하지요. 포털 사이트에 가보면 다양한 필요와 관심사에 따라 온라인, 오프라인에서 크고 작은 모임을 가지며 활동을 하는 분들을 볼 수 있습니다. 강연, 세미나, 토론, 모임, 발표, 공연, 워크숍, 프로젝트 모임, 지식 교류·재능나눔 모임, 지역사회 봉사 모임, 종이를 접거나 색칠을 하는 분들까지….

이런 활동에는 여러 사람이 함께할 수 있는 자신들만의 공간이 필요한 경우도 있습니다. 하지만 이런 분들이 마음 놓고 이용할 수 있는 공간을 찾기란 쉽지가 않습니다. 비용도 만만찮고요.

"공원과 같이 누구에게나 열려 있는 문화공간이 있다면, 좀 더 많은 사람들이 쉽게 마음껏 문화를 즐길 수 있지 않을까?"

공간이란 늘 그곳에 존재합니다. 비어 있기도 하고 때론 인간들이 모여들어 무언가를 하기도 하죠. 하지만 대부분은 비어 있을 때도 많은 곳이 공간입니다. 영화가 끝난 극장, 아이들이 모두 돌아간 학교 교실, 1년에 몇 차례 회의를 할 때나 사용되는 회사의 대회의실, 1년 내내 거의 쓰이지 않는 아파트 지하주차장 옆 자투리 공간, 자주 비어 있기 마련인 개인 주택의 창고들, 노인들이 잘 찾지 않아 방치된 시골의 마을회관, 쓰레기가 그냥 방치된 오피스 건물의 옥상들…, 이런 공간들 말입니다.

"비어 있는 공간들을 찾아 필요한 사람에게 연결하자!"

우리의 생각을 실행에 옮기기 위해 굳이 공간을 새로 만들 필요는 없다고 생각했습니다. 우리 주변에 사용되고 있지 않은 빈 공간들을 지혜롭게 이웃과 나눌 수 있다면 그 문제가 단번에 해결될 수 있기 때문이죠.

고층건물들이 빽빽하게 들어찬 도심, 점점 증가하는 공실空室들, 멋있는 공간이지만 특정 시간 외에는 주로 비어 있는 유휴공간들, 이런 공간들이 적절히 나누어지고 오픈될 수 있다면 기부자나 사용자 모두가 행복해지지 않을까? 공간나눔은 바로 그런 아이디어 속에서 시작되었습니다.

따뜻한 마음이 더해진
공간의 새로운 얼굴

첫 공간나눔은 2001년 미국 메릴랜드 주 인근 록빌에서 시작되었습니다. 록빌의 어느 건물에 있는 작은 다목적 공간을 후원받아 지역 커뮤니티의 워크숍 모임을 할 수 있게 오픈했던 것입니다. 이때 우리는 지역주민을 위해 비어 있는 공간을 활용할 수 있는 가능성을 발견했고, 2003년 다양한 국적의 이민자들이 섞여 사는 뉴욕의 한 작은 건물 2층에 '오픈센터'라는 이름으로 지역민을 위한 무료 공간을 개방했습니다. 이때부터 진정한 의미의 공간나눔 운동이 시작되었다고 할 수 있습니다. 건물 주인은 평소 크고 작은 후원이나 기부를 꾸준히 해오던 지역의 독지가였습니다. 이분이 월드컬처오픈의 '공간나눔' 아이디어에 공감하여 세를 주고 있던 자신의 건물 2층 일부를 오픈센터 나눔공간으로 기부한 것이죠.

가령 매월 1,000달러를 꾸준히 기부해도 제한된 소수 외에는 도움을 받을 수 없지만, 같은 돈으로 공간을 하나 마련하여 필요한 사람들이 사용할 수 있게 하면 훨씬 더 많은 사람들이 혜택을 입을 수 있다는 것을 생각한 것입니다. 아직 동이 트지도 않은 새벽, 찾아올 이웃들을 생각하며 보이지 않게 매일 묵묵히 공간을 청소하던 공간 기부자의 따뜻한 마음이 더해졌을 때 우리는 그곳에서 공간의 새로운 얼굴을 보았습니다.

　이후 뉴욕의 오픈센터는 아시아, 남미 등지에서 온 다양한 언어와 배경의 이민자들이 자신의 뿌리와 정체성을 되새길 수 있도록 즐겁게 문화를 나누고 교류하는 지역 사랑방으로서 수년 동안 역할을 톡톡히 하게 됩니다. 이로 인해 지역주민들의 삶이 좀 더 즐거워지고, 건물과 그 주변 지역에 활기가 생겨났습니다. 지역사회가 좀 더 돈독해지고 건강해지는 데 일조하게 되었습니다. 이후에도 뉴욕 일대 다양한 곳에 오픈센터 나눔공간이 마련되어 여러 아티스트와 지역주민들이 문화활동을 지속적으로 해나갈 수 있는 터전이 되었습니다.

　어떤 나눔이든 지속성과 확산성이 있으려면, 무엇보다 부담 없이 즐겁게 행할 수 있어야 합니다. 재능을 나누는 것도, 금전이나 시간을 나누는 것도, 내가 부담 없이 할 수 있는 범위 내에서 내 마음이 원하는 만큼 하면 되지요. 공간나눔도 마찬가지입니다. 꼭 어떤 공간을 완전히 기부해야 하는 것이 아닙니다. 내가 지금은 여력이 되어, 혹은 어떤 공간이 일정 기간 동안 비게 되어 그동안 한시적으로 공간을 기부할 수 있으면 됩니다. 만약 어떤 시간대에 사용을 안 한다면, 정기적으로 그 시간대에만 기부할 수도 있습니다.

　물리적으로 영속하는 '센터'가 있어야 하는 것이 아닙니다. 각각의 공간이 허락하는 기간과 조건에 따라 나눔공간은 계속해서 다양한 곳에서 생겼다 없어지고 다시 생기기를 반복할 것입니다. 무수한 공간나눔이 모이고 쌓여 우리의 문화와 삶을 풍성하게 하는 것이고, 이러한 맥락에서 '공간 자체'로서의 의미보다 '공간나눔을 통해 풍성해지는 문화'에 의미를 담고자, 2010년에는 그동안 정들었던 '오픈센터'라는 이름을 'C!here(Culture! Here, 바로 여기에 문화)'라는 새로운 이름으로 바꾸게 되었습니다. 이는 당시 월드컬처오픈이 새로이 시작한 'Culture! Everyday, Everywhere!'라는 캠페인의 취지와도 연결됩니다.

공간나눔 운동의 특성상 공간들이 수시로 다양하게 생기고 없어지는 가변적인 상황이지만, 필요할 때 변함없이 찾을 수 있는 지속적인 나눔공간이 한 곳이라도 있으면 좋겠다는 마음에서 2011년 'W스테이지'라는 복합문화공간을 만들기도 했습니다. 현재까지도 C!here 공간나눔 운동은 서울과 북경, 아시아 등으로 천천히, 그러나 꾸준히 확산되고 있습니다. C!here 공간나눔 운동을 통해 언제든 누구든 나눌 수 있고, 나누면 함께 즐겁고 풍성해진다는 사실을 모두가 경험할 수 있으면 좋겠습니다.

공간의 기억,
사람들의 이야기

　　　　　이렇게 기부받은 공간에서 펼쳐진 특별한 몸짓, 특별한 이야기 중에서 몇 가지를 소개해드릴까 합니다. C!here 서소문에서 2003년부터 2009년까지 활동했던 지체·지적 장애학생들로 이루어진 사물놀이단 '땀띠'의 활동이 그중 하나입니다. C!here 서소문 공간은 자폐성 장애, 다운증후군, 지적장애, 뇌성마비 등 다양한 유형의 중증장애를 가진 어린 학생들과 부모들이 마음 편히 연습과 훈련을 꾸준히 지속할 수 있는 공간이 되어주었습니다. 이곳에서 사물놀이 연습을 하며 한 해, 두 해 지나는 동안, 중학생이었던 아이들이 어느덧 커서 대학 진학도 하고, 전국의 사물놀이 대회에도 꾸준히 참가해 수상도 하며, 이제는 꿈을 가진 어엿한 청년으로 자라났습니다. 이들은 자라나는 다른 어린 장애인 친구들에게 꿈과 위로와 희망을 줄 수 있는 사물놀이패로 성장해가는 것이 꿈이라고 합니다. 이들의 당찬 포부가 정말 멋있지 않습니까?

　　뇌병변 2급 장애인인 송정아 씨는 극단 '휠'의 단장입니다. 2001년 송정아 씨를 주축으로 만들어진 극단 '휠'은 중증장애인과 비장애인 연기자들로 구성된 장애우 극단입니다. 신체의 제약을 초월해서 표현하고 소통하고자 모인 중증 장애우들에게 C!here는 마음껏 소리 내고 움직이며 연극 연습을 할 수 있도록 반갑게 맞아주는 공간이었습니다. 여전히 높기만 한 공공시설, 문화시설의 문턱을 실감하며 어려움을 느끼던 휠의 단원들은 C!here를 만나 안정적으로 모임과 연습을 할 수 있게 되었지요. 그리하여 더욱 열정적으로 다양한 작품을 선보이며 활발한 활동을 이어갈 수 있었고, 장애인에 대한 편견을 극복하며 연극인으로서 지금 이 순간에도 자신들의 꿈을 펼쳐 나가고 있습니다.

공연뿐만 아니라 C!here 나눔의 공간은 전시, 특강 등의 행사에도 활발히 이용되고 있습니다. 매달 첫째 주 화요일 저녁 6시, 안국동 W스테이지에서 열리는 '서울즉흥잼'에서는 참여자가 자신의 몸의 감각을 자유롭게 표현하는 특별한 무대가 연출되며 가야금, 첼로, 피아노 등을 다룰 줄 아는 연주자들이 즉흥적으로 참여하여 흥을 돋우기도 합니다. 미리 참가 신청을 하면 연령에 관계없이 누구나 이용이 가능하며, 안무가와 무용수로 구성된 서울즉흥잼 운영진이 한 달에 한 번씩 가이드 역할을 해주기도 합니다.

특별한 사진전도 기억에 남습니다. 2012년 12월 이집트 빈민촌에서 1년여 간의 구호활동을 마치고 한국에 돌아온 대학생 이원주 씨는 이집트에서 살면서 보고 듣고 느낀 것들을 기록한 사진전을 열었습니다. 전문 사진작가는 아니지만 애정을 가지고 직접 렌즈에 담은 이집트의 현장, 그리고 이집트 사람들의 모습을 편견 없이 전하고 싶었던 이원주 씨의 사진들은 C!here를 만나면서 세상에 선보일 기회를 얻었습니다.

한 달 동안 C!here에서 진행된 무료 사진전은 처음에는 조용하게 시작되었지만 한 주, 두 주가 지나며 더 많은 사람들이 찾아들었고, 다양한 신문, 방송 매체를 통해 알려지면서 중동에 대한 관심을 높이는 역할을 하게 되었습니다. 이원주 씨는 처음에는 다소 즉흥적으로 감행했던 중동행이었지만, 사진전을 통해 많은 사람들을 만나고 생각을 정리하면서 자신의 진짜 열정에 대해 되돌아보는 계기가 되었다고 합니다.

공간을 기부하고 나눈다는 생각, 여러분은 어떻게 생각하시는지요? 공간나눔이라고 하니까 대단히 큰 공연장이나 행사장 같은 거대 공간을 떠올리는 분들이 많을 텐데, 사실은 소박하고 작은 공간일수록 그 가치가 더 큰 법입니다. 자기 집 앞마당의 비어 있는 공간 한쪽에 의자 두어 개를 내어놓고 지나가는 사람들이 따스한 햇볕 아래 앉아 잠시 쉬어가며 마당에 핀 꽃들을 감상하게 하는 마음씨, 굳이 C!here에 이름을 올리지 않아도 이러한 작은 관심과 고운 마음씨가 바로 공간나눔 운동의 시작입니다. 공간나눔 운동은 바로 또 다른 나눔과 이웃사랑의 한 모습입니다. 이 운동에는 어떤 상업적 거래나 이윤 추구도 개입되지 않습니다. 단지 공간을 필요로 하는 사람들을 채우고 비울 뿐입니다.

자투리 공간을 기부하기 위해서는 C!here 홈페이지에 접속하여 신청서를 작성하시면 됩니다. 공연, 각종 모임, 교육, 리허설 및 전시가 가능한 장소를 가지신 분은 모두 C!here에 동참할 수 있습니다. 카페나 사무실, 회의실, 헬스장, 연습실, 학교, 옥상, 관공서 다목적실과 같은 공간은 특히 요긴하게 쓰입니다. 상시적으로 혹은 비상시적으로 원하는 시간만큼 공간을 나눌 수 있습니다. 수요자는 철저히 기부자가 원하는 시간에 맞춰 공간을 사용하고, 원래 상태로 반납합니다. 약간의 관리비가 더 들어가겠지만 사용자들에 의해 그만큼 공간에 대한 홍보가 이루어지니 이 역시 서로가 윈윈 하는 일입니다. 덤으로 행복까지 얻을 수 있죠.

C!here는 단순한 공간나눔 운동이 아니라, 내가 가진 공간을 이웃과 함께 쓰고 누군가의 문화적 재능을 함께 나누면서, 모두가 더 큰 문화의 즐거움과 혜택을 누릴 수 있는 아름다운 이웃사회를 만들어가자는 운동입니다. C!here는 열린 공간과 열린 문화, 열린 마음을 지향합니다. 공간이 열리면 그 안에서 다양한 문화들이 소통하고 교환되며 이러한 행위를 통해 기부자와 수요자 모두 열린 마음을 갖게 되는 구조입니다. 그곳에 사랑이 있습니다. 공간나눔 운동의 또 다른 말은 바로 사랑나눔 운동이 아닐까요?

개인이나 단체가 갖고 있는 작은 공간들은 그들만이 공간을 품고 있을 때는 아주 작은 공간에 불과합니다. 하지만 공간이 나눔으로 오픈되고 그곳에서 다양한 만남이 이뤄질 때 그 공간은 닫혀 있는 작은 공간이 아니라 하나의 광장이 됩니다. 이러한 공간이 모이고 모여 거대한 스테이지를 형성하고, 사람과 사람, 문화와 문화가 교류하면서 만들어내는 커다란 에너지의 흐름을 다른 말로 하면 바로 평화와 사랑이겠죠. 이 글을 읽고 있는 많은 분들이 열린 마음으로 공간과 재능을 기부하고, 또 그렇게 형성된 '광장'에 나와 마음껏 문화를 즐기면 좋겠습니다.

Friend of WCO says ————————————————————————

월드컬처오픈은 정말 큰 장래성을 가지고 있다고 생각합니다.
그 스스로뿐만 아니라 유사한 운동과 활동들을
세계 곳곳에 생겨나도록 하고 함께 커가야 합니다.
그래서 세상을 위한 더 큰 공공선(善)을 이루어가야 합니다.
앞으로의 전망이 매우 기대됩니다.

— 노암 촘스키, 매사추세츠공과대학교 교수

월드컬처오픈 문화운동의
조직 구성과 운영방식

"자연생태계에서는 모든 생물체들이 서로를 장악하는 것이 아니라 균형을 지키며 유기적으로 연결되어 있습니다. 버섯은 버섯으로서의 소중한 색깔을 지키며 버섯으로 성장하지, 하늘 높이 솟아나는 나무처럼 성장하려 하지 않습니다. 양치식물과 버섯과 나무는 굉장히 잘 짜인 복합적 협업 시스템에 의해 영양분과 수분과 그늘을 나누어 씁니다. 서로 경쟁하는 것이 아니라 서로 협력하며 최고로 멋있는 자기 본연의 모습으로 자연스럽게 성장하고 역할을 합니다."

— 프레데릭 라루Frederic Laloux

월드컬처오픈은 1999년, 21세기 공감empathy과 협업collaboration이 중시되는 지구촌 시대의 도래를 맞이하여 인류 공통의 바람인 '다 함께 잘사는 조화로운 세상'을 향한 다양한 생각과 실천적 아이디어를 교류하는 문화연구에서 시작되었습니다.

2016년 현재까지 지난 17년간 북미, 아프리카, 동남아시아, 중국 등지에서 유엔을 포함한 국내외 기관 및 전 세계 다양한 지역의 무수한 활동가들이 프로젝트에 따라 모였다 해산하며 세계 문화교류, 지역기반 문화나눔 운동, 국제적 문화지원 사업들을 크고 작게 전개해왔습니다.

월드컬처오픈은 각각의 프로젝트 취지와 목적에 공감하는 독립적이고 자율적인 활동가들이 협업하는 수평적 네트워크형 조직 구조를 지향합니다. 비영리 공익법인이 가진 여러 구조적 한계를 극복하고, 멤버십 기반으로 운영되는 닫힌 틀의 조직 구조나 프로젝트의 수와 규모가 클수록 더 많은 고정 인력이 필요한 그런 전통적인 조직 구조를 탈피하고자 노력해왔습니다. 자생적으로 다양한 시점과 장소에서 여러 종류의 프로젝트가 만들어지는 운동인 만큼 프로젝트의 목적에 공감하는 전문가나 활동가들이 공동으로 프로젝트를 수행하기 위해 모여서 협력하고 프로젝트가 종료되면 해산하는 유연한 운영방식을 추구해왔습니다.

월드컬처오픈은 제반 행정적 업무수행을 위해 필요한 고정적 상근 인력은 최소화하도록 노력하고, 활동가들이 사용할 수 있는 사무실이나 문화공간도 거점지역에 직접 운영하거나 혹은 자발적인 공간 및 인적 자원 기부를 바탕으로 운영하고 있습니다. 이때 프로젝트 수행에 참여하는 활동가들은 직원의 개념이 아닌 공동의 목표를 함께 성취해 가는 운동가의 개념으로 자발적으로 혹은 섭외를 통해 참여합니다. 프로젝트 수행에 참여하는 기간과 시간에 따라 활동비가 지급되고 그 금액이나 활동 장소 등도 활동가별로 다양합니다. 재능기부형으로 활동비 없이 동참하는 자원봉사형 참여자도 있습니다. 활동가에는 프리랜서, 문화기획자, 청년단체, 행사운영 전문가, 학생, 대학교수나 연구자, 기업가, 작가, 일반인 등 다양합니다.

월드컬처오픈은 기존의 수직 위계적 조직이 아니라, 현장성과 효율성, 자율성을 최대화할 수 있는 네트워크형, 프로젝트형, 아메바형 조직이라고 할 수 있으며, 이런 조직이 오늘날 가속화하는 세계화·정보화 시대에 걸맞는 탈관료제형 조직형태와 운영방식이라고 생각하고 있습니다.

'아메바형' 조직은 미국의 미래학자인 윌리엄 노크William Knoke가 제창한 개념입니다. 아메바와 같이 정형화되지 않고 시시각각 주변 상황이나 변화에 탄력적으로 대응할 수 있게 한다는 발상에서 비롯된 것입니다. 자율성과 유연성을 기본으로 하여 조직의 편성이나 변경, 분할이나 증식 등을 자유롭게 수시로 가능하게 하는 조직형태와 운영방식을 채택하게 됩니다. 국내외 선진적 기업이나 국제적 NGO 등에서 많이 참고하는 조직 철학입니다.

월드컬처오픈은 비영리 공익 재단법인으로서 선의의 기부자의 기부(기부금 및 재능기부, 공간기부 등)로 운영되는 조직이기 때문에, 그 선의를 잘 살리기 위해 한정된 예산을 최대한 효율적으로 사용하여 목표를 달성하고자 합니다. 이를 위해 국내외 선진적 조직이나 국제적 NGO 사례 등의 분석을 통해 위와 같은 조직형태와 운영방식을 정립해가고 있습니다.

우리가 있기에
나도 있고
너도 있다

UBUNTU! I am what I am because of who we are.

'우분투'는 남아프리카 반투어의 말로,

'우리이기에 내가 있습니다.'라는 뜻을 담고 있다고 합니다.

너와 내가 연결되어 있고,

우리가 함께하기에 내가 존재하며,

따라서 공동체를 위하는 마음으로 행동하며

그 속에서 나도 같이 커질 수 있다는 의미를 표현하고 있습니다.

좋은 일을 하면 그 향기가 퍼져나가

다른 곳에서도 좋은 일이 일어납니다.

이 세상은 하나처럼 연결되어 있습니다.

나의 작은 몸짓이 지구촌 전체에 영향을 미칩니다.

나의 생각과 행동 하나하나가

더 이상 혼자만의 선택이 아닙니다

총구에서 꽃들이
날린다면

문화에는 특별한 장벽이 없습니다. 문화는 언어와 종교, 민족과 국경을 뛰어넘습니다. 누가 이 어렵고도 고통스러운 일을 끝까지 이끌어나가야 할까요? 바로 우리들 자신입니다. 문화가 총과 대포를 이길 수 있다고 우리부터 한마음으로 생각해야 합니다.

2005년 프랑스 출신의 크리스티앙 카리옹Christian Carion 감독이 연출한 '메리 크리스마스'라는 영화가 있습니다. '메리 크리스마스'는 지금으로부터 100년 전에 있었던 실화를 다룬 작품입니다. 1차 세계대전이 한창이던 1914년 12월 24일, 프랑스 북부 독일군 점령지에 느닷없이 아기 예수의 탄생을 축하하는 캐럴송이 들리기 시작합니다. 차가운 겨울, 독일군과 영국군이 대치하고 있는 칠흑 같은 밤에 독일 병사 니콜라우스의 '고요한 밤, 거룩한 밤'이 잔잔히 대지로 울려 퍼진 겁니다. 참호와 참호를 조용히 넘나들며.

그다음엔 어떤 일이 벌어졌을까요? 한 독일군 병사가 부른 노래에 놀

PART 3 | 우리가 있기에 나도 있고 너도 있다

랍게도 영국군이 반응합니다. 맞은편 참호에 웅크리고 있던 영국군 종군 신부가 옆에 있던 백파이프를 들고 반주로 화답한 것이죠. 연주를 들은 니콜라우스는 참호를 박차고 나가 크리스마스트리와 촛불을 들고 전진하며 계속해서 노래를 부릅니다. 참호에 숨어 있던 독일군 병사들이 하나둘씩 자리에서 일어납니다. 적군인 영국군도 따라 일어섭니다. 한쪽에서 가만히 지켜보던 프랑스군도 일어섭니다. 그들의 손에 총과 칼 같은 것은 들려 있지 않습니다. 그들의 심장은 꽃이 되어 피어났습니다.

상상이 가시는지요? 여기는 서로 죽고 죽이는 전장입니다. 사내들의 거친 숨소리와 낭자한 피가 모든 걸 말해주는 그곳에, 노래 한 곡이 잊고 있던 것을 일깨웠던 것입니다. 전장의 병사들이 잊고 있던 그것은 평화입니다. 그것은 우리가 하나라는 공동체 인식입니다. 우리가 이유 없이 서로를 죽일 필요가 없음을 자각하는 데는 노래 한 곡이면 충분했습니다.

크리스마스 휴전으로 가장 유명한 것은 벨기에의 이프르 지역이었습니다. 하지만 그날 다수의 전선에서 동시다발적으로 크리스마스 휴전이 자연적으로 실현되었다고 합니다.

한 퇴역 병사는 당시의 상황을 이렇게 기억했습니다. "나는 아직도 그날 독일군 병사가 내게 한 말을 기억합니다. 나는 작센주Saxons 출신이고 당신은 앵글로 색슨Saxons인데 왜 우리가 서로에게 총을 쏘지?"

인류는 평화를 추구하는 종족입니다.

평화를 사랑하면서 우리는 왜 이렇게 서로 죽고 죽이는 전쟁을 계속해온 걸까요? 이것도 진화를 위한 어쩔 수 없는 자연선택일까요? 서로가 더 많이 얻기 위한 욕망이 전쟁을 부르는지도 모르겠습니다. 서로의 종교를 위해, 애국심으로 포장된 광기로, 얼마나 더 많은 사람들이 목숨을 잃어야 이 광란이 끝날까요?

통계에 의하면 기원전 3,000년경부터 1950년대까지 약 1만 4,500건의 전쟁이 있었다고 합니다. 역사에 기록된 숫자가 이러하니 실제로는 2만 건도 넘는 전쟁이 있었겠지요. 5,000여 년의 인류 역사 중에서 전쟁이 없었던 기간은 거의 하루도 없었던 셈입니다. 한반도만 하더라도 고조선과 삼국시대, 고려, 조선을 거치며 수많은 전쟁이 있었습니다. 광복 이후 현대사는 또 어떻습니까? 처절한 동족상잔의 비극을 겪었고 연이은 정치 불안으로 죄 없는 국민들이 무수히 거리에서 스러져갔습니다.

무기 대신 악기를 손에 든 아이들

우크라이나 출신의 스베틀라나 알렉시예비치 Svetlana Alexievich라는 작가가 있습니다.

그녀는 전쟁의 참상을 여성들의 시각으로 다룬 인터뷰 형식의 산문

《전쟁은 여자의 얼굴을 하지 않았다》로 2015년 노벨문학상을 수상했습니다. 일각에선 최초의 '노벨평화문학상'이 아니냐는 말이 나올 정도로 이 책이 들려주는 전쟁과 폭력에 관한 여성들의 목소리는 그만큼 생생하고, 그 풍경은 잔인하며, 우리 모두를 성찰하게 만듭니다.

《전쟁은 여자의 얼굴을 하지 않았다》는 2차 세계대전을 다루고 있습니다. 전 세계가 엄청난 고통을 겪은 2차 세계대전은 소련에서만도 약 2,000만 명의 시민들을 희생시켰습니다. 이 책은 그 당시 전쟁 상황에 대한 처절한 기록이자, 독일과 싸웠던 소련의 시각이 지배적이지만, 전화戰禍 속에 내던져졌던 모든 이들의 기록이기도 합니다.

이런 끔찍한 경험을 하고도 오늘날 지구촌 곳곳에서 전쟁이 계속되고 있습니다. 그들은 단지 종교가, 이념이, 국경이 다르다는 이유만으로 잔인하게 상대편을 공격하고 심지어는 인종청소까지 자행하고 있습니다.

남미의 베네수엘라도 이웃국가들처럼 정치적 불안으로 국민들이 수십 년째 고통받고 있는 나라입니다. 또한 가이아나, 콜롬비아 등과 국경 분쟁까지 벌어져 많은 주민들이 불안해하고 있습니다. 이곳 역시 싸움은 어른들이 하지만 희생자의 대부분은 어린이와 노약자, 여성들이죠.

그런데 희망 없던 그 땅에서, 마약과 범죄, 폭력에 노출된 베네수엘라 어린아이들을 위해 행동한 사람들이 있습니다. 베네수엘라의 호세 안

토니오 아브레우Jose Antonio Abreu 박사가 그중 한 사람입니다. 아브레우 박사는 음악을 통해 아이들이 처한 삶을 바꾸어내겠다는 일념 하에 '엘 시스테마El Sistema'라는 음악교육 시스템을 구축했습니다. 엘 시스테마는 나중에 국가의 지원을 받는 베네수엘라의 음악교육재단이 되었죠. 정식 명칭은 베네수엘라 국립 청년 및 유소년 오케스트라 시스템 육성 재단입니다.

이 네트워크는 2000년대로 접어들면서 100개 이상의 청소년 오케스트라와 50개 이상의 유소년 오케스트라로 구성된 전국적인 네트워크를 형성하게 됩니다. 직접 참여하는 인원만 해도 10만 명이 넘는 거대한 단체가 되었습니다.

엘 시스테마가 하는 일은 음악을 통해 아이들을 절망에서 벗어나게 하는 것입니다. 빈민가 아이들 가운데에는 총과 칼, 두려움으로 무장한 아이들이 있습니다. 그런데 그들에게 무기 대신 악기를 들게 한 것입니다. 베네수엘라 빈곤 지역에서 뿜어져 나오는 오케스트라의 하모니를 상상해보세요. 수십만 명의 청소년들이 엘 시스테마를 통해 바이올린, 호른과 피아노를 연주하며 희망을 꽃피우고 있습니다. 그리고 이들 중에서 나와 세계적인 지휘자가 된 구스타보 두다멜Gustavo Dudamel은 빈민 어린이들의 영웅이자 삶의 희망이 되었습니다.

2007년 차베스 대통령은 텔레비전에 출연하여 '음악 전도'라는 정부 계획을 발표했습니다. 이는 어린아이들에게 무료로 악기를 주고 음악을 가르치는 사업인데, 음악의 유용성을 정부가 알아본 것입니다. 엘시스테마를 다룬 '연주하며 싸워라(Tocar y Luchar, 2004년)'라는 다큐멘터리 영화가 만들어져 국제영화제에서 최고의 다큐멘터리 영화로 선정되기도 했습니다. 모두가 음악, 아니 문화가 만들어낸 작은 기적입니다. 전장에서 소총을 들었을 많은 아이들이 어쩌면 적이었을지도 모르는 다른 아이들과 함께 색소폰을 불고 호른을 연주하는 장면을 상상해 보십시오. 어떤가요, 저절로 미소가 지어지지 않습니까?

전쟁을 멈추는 하나의 방법

저는 뉴욕 링컨센터에서 벌어진 감동적인 공연을 아직도 기억합니다.

2004년에 개최된 '월드컬처오픈 글로벌 페스티벌'은 지역과 언어, 종교와 인종, 장르와 분야를 초월하여 모든 문화가 편견의 장벽 없이 서로 교류하고 섞여 하나가 되었던 문화대축제였습니다. 그중에서도 특별히 인상적인 한 장면이 뉴욕 링컨센터의 큰 무대에서 펼쳐졌습니다. 바로 이스라엘과 팔레스타인의 세계적인 연주자 두 사람이 한 무대에서 감동의 하모니를 연출한 것입니다. 그날 어떤 일이 벌어진지 아십니까?

가끔 뉴스를 보면 돌멩이를 든 채 이스라엘 탱크를 막아선 팔레스타인 어린이들을 볼 수 있습니다. 역사적인 잘잘못은 뒤로하고, 한창 꿈꾸고 마음껏 뛰어놀아야 할 어린아이들이 돌멩이를 들고 육중한 탱크와 맞서는 것입니다. 아무 잘못도 없는 아이들이 왜 그런 목숨을 건 행동을 하는 걸까요? 너무나 가슴 아픈 일입니다.

더욱더 안타까운 일은 이런 비극을 하루아침에 해결할 방법이 없다는 것입니다. 스스로 지성을 갖췄다고 자부하는 우리들이지만, 인간의 힘으로 해결하지 못하는 일들은 너무도 많습니다. 하지만 가능성이 전부 닫혀 있는 건 아니죠. 바로 이들, 한 무대에 서서 함께 손을 잡고 합창하던 두 음악가들처럼 말입니다.

두 명의 연주자가 한 세기 가까이 지속되어온 분쟁과 갈등의 상처를 초월하여 차분한 오드Oud 선율로 우정과 화합의 하모니를 전해주었습니다. 그 두 사람은 이스라엘인 예르 달랄과 요르단 출신 팔레스타인인 네이서 뮤사였습니다. 공연이 끝난 뒤 잠시 어색하게 서 있던 두 연주자가 굳게 포옹을 나누던 순간, 객석의 모든 이들은 이 두 나라의 화해와 평화를 한마음으로 기원했습니다. 돌멩이로 탱크 앞을 막아선 팔레스타인 어린이와, 명령에 따라 탱크를 몰 수밖에 없었던 이스라엘 군인의 기억도 그들에겐 남아 있지 않았습니다.

그렇습니다. 그 순간만큼은 이스라엘과 팔레스타인 사이에 큰 벽이 무너졌습니다. 통한의 벽, 적대감의 벽, 정치·사회적으로 함께할 수 없는 벽…. 이렇듯 음악은 그 모든 벽을 훌쩍 뛰어넘을 수 있습니다. 이스라엘 사람과 팔레스타인 사람이 소총과 돌멩이를 내려놓고 한 무대에서 함께 연주할 수 있습니다. 어느 누구도 그들의 연주를 멈출 수 없습니다.

그들은 이렇게 말했습니다.

"어떻게 함께하느냐고요? 저는 화합의 목소리만 있다면 함께하는 것이 가능하다고 생각합니다. 그 길은 곧 문화 간의 조화로운 교류이겠죠. 다른 말로 하면 '월드컬처오픈'이겠네요. 다른 것은 없는 것 같아요. 여기 우리처럼요!"

모두가 전쟁을 싫어합니다. 멈추어야 한다고 말합니다.

하지만 그 어떤 철학자도, 법률가도, 정치인도, 마땅한 해답을 내놓지

2004년 뉴욕 링컨센터, 이스라엘인 에르 달랄과 요르단 출신 팔레스타인인 네이서 뮤사가 보여준 우정과 화합의 하모니

못하고 있습니다. 세상에서 일어나는 전쟁의 태반이 종교로 인해 벌어지는데, 누구도 책임을 지려 하지 않습니다. 갈등을 멈추게 하려면 다양한 분야에서 끝없는 노력이 필요합니다. 하나의 정답이 존재하는 게 아니라, 인류의 의식세계 자체가 폭력이 아닌 사랑을 추구하는 쪽으로 변해야 합니다. 그걸 이룰 수 있는 하나의 키key가 바로 문화 어울림입니다.

한 독일군이 부른 캐럴이 적국 병사들의 마음을 움직였듯이, 문화에는 장벽이 없습니다. 문화는 언어와 종교, 민족과 국경을 뛰어넘습니다. 누가 이 어렵고도 고통스러운 일을 끝까지 이끌어나가야 할까요? 바로 우리들 자신입니다. 우리들 마음속에 문화와 문화가 지닌 힘에 대한 믿음과 열정이 있어야 합니다. 문화가 총과 대포를 이길 수 있다고 우리부터 한마음으로 생각해야 합니다. 그러면 영화 '메리 크리스마스'에서처럼 총구에서 총알이 아닌 아름다운 꽃의 마음이 퍼져나와 갈등이 아닌 감동으로 세상은 공감하게 될 것입니다.

Friend of WCO says —————————————————————

세상 거의 모든 나라를 다니며 많은 것을 보아왔지만
이렇게 다양한 종류와 모습의 문화가 한자리에 모인
이런 인상적인 대회합은 보지 못했습니다.
나라의 경계와 민족의 구분이 사라지게 하는
문화의 힘을 분명히 느낄 수 있었습니다.

— 알리예프 자믹, 아제르바이잔 음악가

우리는 모두
연결된 존재

· · · ·

우리는 지금 하나뿐인 이 아름다운 지구를 바라보고 있습니다. 동시에 우리는 이
아름다운 지구의 일부분이기도 하지요. 다시 말하면 지구와 우리는 하나이고, 우
리는 서로에게 있어 공동운명체입니다.

바야흐로 세계는 사물인터넷 시대로 접어들고 있
습니다. 다들 잘 아시겠지만 '사물인터넷'이란 사물과 인간이 기계적으
로든 정서적으로든 결합되어가는 형태를 말합니다. 처음에는 스마트
폰, PC로 시작됐지만 이제는 자동차와 냉장고, 세탁기 등의 가전제품이
하나로 연결될 뿐만 아니라, 집과 인간이 하나로 연결된 스마트홈 시대
의 도래는 지구상의 모든 물건들이 인간과 하나로 연결될 날이 멀지 않
았음을 짐작하게 합니다.

조니 뎁과 모건 프리먼이 열연한 '트랜센던스'라는 영화가 있습니다.
이 영화에는 인간의 두뇌를 능가하는 슈퍼컴퓨터를 개발하는 과학자가

나옵니다. 하지만 개발이 완성될 즈음 컴퓨터가 인류를 지배하게 될 것을 두려워한 사람들에 의해 그는 무참히 살해당하고 맙니다. 그때 그의 연인은, 죽어가는 그의 뇌에 그가 개발하던 컴퓨터를 이식해 인간도 아니고 컴퓨터도 아닌 지능체를 만들어냅니다. 이 영화는 인공지능의 가능성과 어두운 면을 함께 그리고 있지만, 반대로 우리가 영화를 통해 엿볼 수 있는 것은 과학기술이 가져올 무한한 가능성의 세계입니다.

한동안 화제가 되었던 이세돌 9단과 알파고의 대결도 인류사의 중요한 한 페이지로 기억될 것입니다. 이세돌 9단이 한 판을 이긴 것도 상당히 절묘합니다. 이것은 인간과 기계의 경쟁에 있어서 기계가 압도적으로 승리할 수는 없다는 것을 상징적으로 보여주었습니다. 기계가 아무리 발전해도 압도적으로 인간을 지배할 수는 없다는 것 말입니다. 그것은 바로 인간만이 가진 사고력과 창의력, 그리고 기계는 절대 가질 수 없는 이타적 휴머니즘, 타인에 대한 사랑과 자비의 마음 때문이 아닐까요.

지금이야 영화 속 상상일 뿐이지만, 언젠가는 인간의 뇌에 기계를 이식하는 순간도 분명히 올 것입니다. 그다지 멀지 않은 미래일 수 있습니다. 물론 이런 일에는 부작용도 따를 것이며, 과연 어떤 것이 인류에게 진정으로 유익한지 우리는 아직 판단할 수 없습니다. 중요한 것은 우리가 기술의 진보를 어떤 식으로든 막을 수는 없다는 것이죠.

이런 것을 불법佛法에서는 '존재하는 모든 것에 불성佛性이 있다.'는 말로 설명해왔습니다. 살아 있든 죽어 있든 모든 사물에는 다 그만한 존재의 이유가 있다는 정도로 해석할 수 있겠지요. 옛적에 사람들이 나무나 바위에 정성을 들이는 것도 같은 이치입니다. 그것이 옳다 그르다, 잘했다 잘못했다, 이런 논쟁을 일단 차치하고 말입니다.

불성은 '부처를 이루는 근본 성품'이란 말인데 여기서 '부처의 성품'은 불교를 세운 싯다르타의 성품만을 뜻하지는 않습니다. 모든 인간이 가슴속에 가지고 있는 이타적이고 자비로운 마음이 바로 불성입니다. 예수님이 강조하신 이웃에 대한 사랑 또한 조건 없는 나눔, 사물이 품은 사랑의 다른 표현입니다. 인간뿐만 아니라 모든 사물 속에는 이런 긍정의 에너지가 깃들어 있습니다. 굳이 종교적인 이야기를 하는 이유는, 그만큼 인간과 사물이 가까워지는 시대가 도래했기 때문입니다.

인간과 자연이 동떨어진 존재라고 생각했기 때문에 우리는 그동안 제멋대로 자연을 파괴해왔습니다. 초봄이나 가을에 한파가 몰아치거나 지진해일, 이상고온, 집중호우 같은 이상 기후 현상들 모두가 어쩌면 사물이 내는 신음소리인지도 모릅니다. 인간과 인간은 모두가 하나로 연결돼 있고, 자연과 인간도 하나로 연결돼 있습니다. 이런 걸 다른 말로 '인드라망Indra's net'이라고도 하지요. 오늘날 세계를 하나로 묶어주는 인터넷망과 인드라망이라는 두 단어가 같은 느낌을 주지 않습니까? 사람과 사물이 연결성을 갖고 촘촘히 그려진 '만다라'도 생각이 나는군요.

인드라망은 연기법을 상징적으로 표현한 말이기도 합니다.

인드라Indra는 원래 신들의 왕으로 날씨와 전쟁의 신입니다. 이 신이 불교에 입혀지면서 중국에선 '제석천帝釋天'으로 번역이 되어 우리나라에 건너왔지요. 인드라는 부처가 수행을 할 때 마귀로부터 그를 지켜주는 역할을 했습니다. 바로 이 인드라가 사는 제석천 궁궐에 무수한 구슬로 만들어진 그물이 있는데, 이 그물이 바로 인드라망인 것이지요. 그 구슬들은 매우 맑고 투명하여 우주의 삼라만상이 그 속에 다 비춰진다고 합니다. '나'라고 생각하는 우리가 이웃과 연결되고, 이웃과 이웃이, 이웃과 세계가, 세계와 이 자연이 결국 하나라는 얘깁니다.

북경의 나비가 날갯짓을 하면 뉴욕에서 태풍이 인다는 카오스이론도 여기서 나온 겁니다. 우리는 그만큼 서로서로 긴밀하게 연결되어 있습니다. 작은 것이라도 서로 영향을 주고받고, 그 영향력이 우리의 미래를 만들어냅니다. 가령, 악한 기운들이 득세하면 반대로 그것이 정화되는 데 엄청난 대가를 치르게 되겠지요. 그래서 우리는 문화라는 키워드를 통해 세상을 변화시켜보고자 이렇게 작은 움직임을 시작하게 된 것입니다. 많은 컬처디자이너들이 다양한 활동을 하며 세상을 바꾸어가는 데서 볼 수 있듯이, 우리의 선한 마음은 수백 배로 불어나 세상을 변화시키는 에너지로 뭉쳐집니다.

예전에는 먼 곳에 흩어져 있는 사람들이 한 번 모이려면, 달력에 동그라미 치고 날짜를 잡는 수고를 해야 했지만, 요즘은 인터넷으로 모든 게 가능해졌습니다. SNS를 통해서 헤어진 동창들이 수십 년 만에 다시 모이기도 하죠. 지구촌도 마찬가집니다. 이제 하나의 공간에 모여 시간과 공간을 공유하는 시대로 나아가고 있습니다. 철학적으로 보자면 시간과 공간이 곧 하나가 아닙니까? 바로 이런 시대가 되었기에 문화를 통해 새로운 세상을 여는 게 가능해졌다고 생각합니다. 월드컬처오픈이 처음 이 일을 시작할 때 인터넷에 가상의 플랫폼을 만들어 특별한 재능을 가진 사람들, 기이한 사연을 가진 사람들이 자신의 영상을 올리고 그것을 세계에 있는 사람들에게 함께 볼 수 있도록 했던 것처럼 말입니다.

이제까지 월드컬처오픈의 활동이 가능했던 것도 인터넷의 출현이 한몫했습니다. 기술이 계속 이런 속도로 발전하면, 저는 적어도 2030년 즈음에는 수십 억 인구가 다 연결될 거라고 생각합니다. 그것에 따른 부작용은 일단 차치하고, 그걸 조금 철학적으로 얘기하면 마음이 연결되는 것 아닙니까. 마음이 연결된다는 것은 시간이 연결된다는 의미입니다. 시간에 대한 질문은 종교와 철학의 주된 관심사 중 하나였습니다. 아리스토텔레스로부터 하이데거의 주장에 이르기까지, 시간은 무한과 유한 사이에 존재하는 영원성을 띤 추상체입니다. 실재하지만 만질 수도 가질 수도 없는, 흘러가지만 측정할 수 없는, 과거와 현재, 미래가 하나로 연결된 개념입니다.

저마다 가진
인생의 지도

눈을 감고 상상해볼까요? 30년 후의 우리 모습을 말입니다. 우리는 어디에 있나요? 당신 옆에 누가 있나요? 당신은 사람들로 북적거리는 이 세상의 한 귀퉁이에서 어떤 일을 하고 있나요? 당신은 매일 아침 눈을 뜨고, 혹은 저녁 잠자리에 누워 무슨 생각을 하나요? 그리고 또 질문해봅니다. 30년 후의 당신은 행복한 모습일까요?

우리 인생엔 저마다 인생의 지도가 있습니다.

각자 자신이 살아온 삶의 길이 있고 살아갈 미래가 있습니다. 그렇습니다. 사람들은 각자 '삶의 길'을 걷습니다. 이 길을 짧게 걷는 사람도 있고 70년, 80년, 심지어 100년을 걷는 사람도 있습니다. 어쩌면 10년 후에는 100년을 사는 사람들이 지금보다 훨씬 많아질지도 모릅니다. 시간 속에 한 사람의 인생을 한정한다면 미래로 갈수록 그 길이가 늘어나겠지요. 인류는 그 첫걸음으로부터 오늘날까지 정말 많은 사람들이 그들만의 '삶의 길'을 걸어왔습니다.

무수한 삶의 길 위에 남겨진 발자국들은 보이게 혹은 보이지 않게 서로에게 의미를 전하며 시간적, 공간적으로 세상의 흐름을 만들어가고 있습니다. 그것을 '역사'라고 부르기도 하지요. 인류의 역사는 사람들의 삶의 터전을 계속해서 넓히고 넓혀왔습니다. 그 결과 지구라는 공간은 230여 개 국가란 단위로 가득 찼습니다.

그리고 오늘, 지구에는 70억 명의 사람들이 저마다 행복한 미래를 꿈꾸며 살고 있습니다. 저도 그중 하나이고 여러분도 그중 하나입니다. 잘 아는 우리, 또 잘 모르는 우리가 함께 뒤섞여 살고 있습니다. 지구라는 아름다운 마을을 이루며 살고 있죠. 그 아름다운 마을은 걸어서 혹은 배를 타고, 아니면 기차와 자동차로 갈 수 있는 수많은 길로 연결되어 있습니다. 우리 몸속의 수많은 세포가 서로 연결되어 있듯이 말이죠. 하늘에도 인간이 그어놓은 58,288여 개의 항공로가 촘촘히 지구를 둘러싸고 있습니다. 마음만 먹으면 지구촌 어디든 하루 만에 날아가는 시대가 됐습니다.

눈에 보이지는 않지만 우리는 가상세계에서도 무한하게 연결되어 있습니다. 지구를 인간의 몸에 비유하면 온라인 세상은 마치 인간의 정신세계를 나타내는 듯합니다. 월드와이드웹과 SNS를 통해 촘촘히 연결된 우리는, 이미 하나이면서 또한 전체입니다. 개별적이되 그것이 층층이 쌓여 하나의 훌륭한 건축물을 이루고 있습니다.

우리들의 세상은 부분적으로든 전체적으로든, 모두의 행복을 위해 발전해왔습니다. 그리고 지금 이 시간에도 빠르게 변화하고 있습니다. 때로는 그 속도가 너무 빨라 종잡을 수 없이 혼란스럽습니다. 그리고 함께 사는 지구촌의 구성원들에게 이런 변화가 충분히 설명되지 못할 때도 있습니다. 그래서 가끔은 대립적인 상황이나 갈등으로 인해 관계가 위험해지기도 합니다. 이러한 위험은 나와 너, 우리 마을과 우리나라, 더 나아가 하나뿐인 우리 모두의 지구촌을 위협할 수도 있습니다.

그렇습니다. 우리는 지금 그런 세상에 살고 있습니다.

우리는 지금 하나뿐인 이 아름다운 지구를 바라보고 있습니다. 동시에 우리는 이 아름다운 지구의 일부분이기도 하지요. 다시 말하면 지구와 우리는 하나이고, 우리는 서로에게 있어 공동운명체입니다. 그렇다면 지구가 우리 인간에게 진정으로 바라는 것은 무엇일까요? 다시 한 번 잠시 눈을 감고 진심으로 우리 지구촌 모든 인류와 생명을 위해, 그리고 지구를 위해 생각해보십시오.

우리는 모두 소리를 내어 표현합니다. 우리가 진정으로 듣고 싶은 소리는 무엇일까요? 우리는 모두 몸짓으로 표현합니다. 우리가 세상에서 기대하는 몸짓은 무엇일까요? 우리는 모두 도구를 이용하여 표현합니다. 우리에게 과연 어떤 도구가 필요할까요?

너무나 많은 것들이 한꺼번에 나타났다 사라집니다. 모든 것이 엄청난 속도로 떠들썩하게 변화합니다. 지식과 정보가 홍수처럼 범람합니다. 이처럼 혼란스러운 세상에 태어난 아이는 과연 어떻게 진실을 발견할까요? 어떤 관습에 적응하고, 과연 어떤 가치를 인생의 기준으로 삼아 삶을 살아갈까요? 만약 손에 총을 든 사람들이 총 대신 악기를 든다면 세상은 어떻게 달라질까요? 만약 분노하는 이가 들판에서 들려오는 노랫소리를 듣는다면 어떨까요?

/

지구촌 합창단에
꼭 필요한 4가지

저는 노래하는 것을 좋아합니다. 잘 부르는 것은 아니지만 힘들 때 노래를 흥얼거리면 어느덧 마음이 평온해집니다. 가수가 되겠다는 생각을 해본 적은 없습니다만, 무대 위에서 멋지게 노래하는 제 모습을 상상해본 적은 있습니다. 열창하는 저, 그리고 제 노래를 듣고 박수를 쳐주는 청중들…. 상상임에도 슬쩍 얼굴이 빨개집니다.

저는 다른 사람의 노래를 듣는 것도 매우 좋아합니다. 이탈리아 오페라나 중국의 민가를 들으면 비록 그 가사가 무슨 내용인지 알아듣지는 못해도, 그들이 사랑을 얘기하고 하늘 아래 탁 트인 산천고원을 노래한다는 것을 제 안의 제가 느낍니다. 그리곤 마음 깊숙한 곳에서 파도처럼 감동이 밀려옵니다. 언어가 다르고 문화가 달라도 노래에 담긴 감정은 충분히 전해져옵니다.

저는 특히 합창을 좋아합니다. 한 사람이 부르는 노랫소리에서 그 사람의 개성을 느낄 수 있다면, 합창에는 여러 사람의 인생이 녹아든 풍성한 매력이 있습니다. 합창에는 한 사람 한 사람이 각자의 위치에서 최선을 다해 자신이 지닌 가장 고운 소리를 내려는 열정이 모여 있습니다. 동시에 혼자 나서지 않는 절제가 있고, 전체가 '하모니'라는 큰 목표를 위해 맞추어가는 균형이 있습니다. 클라이맥스에 다다를 때 뿜어져 나오는 수십 명의 하나 된 그 에너지는, 아! 이루 표현할 수가 없습니다. 생각만으로도 마음의 문이 활짝 열리는 것 같습니다. 만약 우주 멀리서 지구를 향해 주파수를 맞추면 지구인들의 합창소리가 가장 강력한 파장을 뿜어내지 않을까 하는 생각이 듭니다.

몇 년 전 해외출장을 마치고 한국으로 돌아오는 비행기 안에서 창문 바깥 저 아래로 보이는 촘촘한 불빛을 바라보다 문득 이런 생각이 들었습니다. '아, 우리 지구촌은 하나의 합창단이구나.' 우리 사회가 230개 국가로 구성된 지구촌으로 발전해오면서, 지금까지는 각 민족이나 나라가 각자의 위치에서 주로 독창을 해왔다면 이제는 함께 노래하며 화음을 맞추는 합창단이 되었다는 그런 느낌이었습니다.

그렇습니다. 어쩌면 우리의 노래는 이미 시작되었는지도 모르겠습니다. 물론 아직 멋진 합창은 아닙니다. 여기저기 강약이나 박자가 안 맞기도 하고, 어떤 멤버는 자기 목소리를 제대로 내지 못하는 등 지구촌 합창단은 아직 모두가 새내기라 어수룩합니다. 그렇다면 우리 지구촌 합창단이 좀 더 멋진 화음을 내려면 무엇이 필요할까요? 저는 음악인이 아니라 잘 모르겠습니다만, 다음의 4가지는 꼭 필요하지 않을까 생각해봅니다.

첫째, 훌륭한 지휘자가 필요하겠지요. 지구촌 합창단에게 최고의 지휘자는 바로 우리들의 '열린 마음'이라고 생각합니다. 우리는 하나의 합창단의 멤버라는 것, 즉 지구촌이 한 가족이라는 것을 되새기는 열린 마음, 그리고 함께 부르는 멜로디에 나의 몸과 마음을 맡겨보겠다는 믿음과 우리가 함께 잘해낼 수 있으리라는 기대감이라고 할 수 있겠네요.

둘째, 나의 목소리를 잘 알고 아름답게 다듬어야 하겠지요. 곧 나의 '문화'를 잘 알고 보존하며 가꾸고 창조하는 것이라고 생각합니다.

셋째, 서로의 소리를 자꾸 들어보며 화음을 맞춰봐야겠지요. 이는 서로 다른 문화권의 사람들이 자주 만나고 교류하는 것이 아닐까요.

마지막으로, 함께 리듬을 잘 타야 합니다. 서로의 리듬에 맞춰 함께 발전할 수 있도록 노력하고, 도움이 필요한 멤버에게는 그가 흐름에 동참할 수 있도록 응원하고 돕는 것이겠지요.

지구촌 모두가 한마음 한뜻으로 뭉쳐 울려내는 사랑의 화음, 문화는 바로 그 화음의 또 다른 이름입니다.

Friend of WCO says ────────────────────────────────

문화 간의 편견과 무지, 오해와 불관용의
위험한 괴리를 좁히고 연결하는
시민사회와 민간부문의 긍정적이고 건설적인 노력으로서
인류의 평화, 대화, 이해를 전하는 월드컬처오픈의 메시지는
예전 어느 때보다도 이 시대에 꼭 필요한 메시지입니다.

— 코피 아난, 전 유엔 사무총장

우리는 무엇을 향해
어디로 달려가는가?

. . .

인생이란 저마다 자신의 길을 찾아가는 여정이라고 생각합니다. 상투적인 비유 같지만 '자신의 길'이라는 것이 참 어렵고도 고통스러운 단어입니다. 중요한 것은 사람이라고 생각합니다. 어떤 인연을 만나서 어떤 꽃으로 피어나느냐에 따라 한 사람의 인생이 결정됩니다.

파란만장했던 20세기가 저문 지도 어언 17년이 지나고 있습니다. 두 차례의 처절했던 대전을 겪은 20세기는 영웅들, 특히 전쟁 영웅들의 시대였습니다. 그러나 처칠이나 아이젠하워, 맥아더 같은 정치인이나 전쟁 영웅의 시대는 지났습니다. 이제는 새로운 영웅인 문화인이 등장했습니다. 지금 당장 텔레비전을 켜보십시오. 아니면 인터넷으로 들어가 보십시오.

21세기는 위대한 종교인의 시대도 아닙니다. 이 시대는 인지가 발달해 대단한 인물이 아니면 대중을 압도할 수 없습니다. 이것이 바로 문화인들이 주목받는 이유입니다. 피카소 이후 가장 영향력이 크고 존경받는 화가 중의 한 사람인 게르하르트 리히터Gerhard Richter는 "이제 과거식의 영웅은 없다. 문화인이 영웅이다."라고 말했습니다. 그렇다면 어디부터 어디까지가 문화인일까요? 문화인의 경계를 어디에 두어야 할까요?

시간이 흐를수록 문화는 정치·군사보다 더 큰 힘을 지니게 될 것입니다. 그렇다면 문화가 어떻게 이렇게 큰 힘을 가지게 되었을까요? 우선 과학기술의 발달이 가장 큰 원인입니다. IT기술이 눈부시게 발전하고 SNS가 빠르게 확산되면서, 이제 지식은 지식인들만의 전유물이 아닙니다. 또한 생과 사의 문제를 비롯해 신비의 영역에 관한 것도 종교인들만의 독점물이 아닙니다. 중요한 결정이나 권력 암투 등이 뒷방에서 이뤄지는 시대가 지나가면서, 그야말로 모든 것이 투명한 세상이 됐습니다.

생각해보십시오. 중세의 문화라는 것은 종교에 예속된 결과물이었습니다. 종교라는 거대한 우산 아래에서 건축, 회화, 조각 등 거의 모든 예술이 나왔습니다. 이 과정에서 교회는 중세 예술의 가장 큰 고객이자 생사여탈을 좌지우지할 수 있는 권력자였습니다. 우리나라의 경우는 고려시대 불교가 권력자이자 가장 큰 고객이었습니다.

이제는 인간 영성의 문제를 종교인뿐만 아니라 대중문화, 건축, 음악 등에서 모두 이야기합니다. 지금은 돌아가셨지만 예전에 제게 많은 가르침을 주셨던 이화여대 김흥호 교수님은 "서양문명은 자연의 시대 1,000년, 신(종교)의 시대 1,000년을 지났는데, 르네상스 이후는 인간의 시대가 열렸다."고 설파했습니다. 결국 과학문명이 인간에게 신으로부터의 자유를 주었고, 문화의 시대를 열어준 것이라고 볼 수 있습니다.

/

우리는 모두 행복해지고
싶은 존재

그렇다면 문화란 무엇일까요? 저는 문화란 우리의 삶 그 자체라고 말하고 싶습니다. 인간 존재가 뿜어내는 모든 양태를 말한다고 정의하고 싶습니다. 인류의 겉모습은 하나하나 모두 다르게 생겼습니다. 그렇지만 서로 연결되어 있습니다. 여기에서 발현된 모든 것이 문화입니다. 문화라는 것은 삶의 뿌리에서 발현되는 것입니다. 그런 면에서 자기 민족 고유의 전통과 조상들의 유업遺業도 잊어서는 안 됩니다.

우리가 문화를 가까이해야 하는 이유는 무엇일까요?

저는 행복해지기 위해서라고 말하고 싶습니다. 우리 모두는 귀한 인연법에 따라 생을 받았습니다. 생을 받고 태어난 사람은 자기의 생명을 아프지 않고 건강하게 가꿔가길 원합니다. 멋과 맛, 흥을 향유하고자 노력하며 살아갑니다. 모든 존재의 뿌리로부터 소리 없는 아우성이 있다면 그것은 바로 '행복해지고 싶다.'는 목소리일 것입니다. 《달라이 라마의 행복론》법문을 보면 의외로 쉽고 간단합니다. 메시지는 '행복하게 사는 것이 중요하다. 상대방의 행복도 소중하다. 남에게 친절해라. 한 번 웃어줘라.' 등입니다. 우리가 일상에서 얼마든지 실천할 수 있는 것들이죠.

현실이라는 고통의 바닷속에 살면서 평탄한 인생을 사는 것은 쉽지 않습니다. 겉으로는 대통령, 재벌, 대부호 등으로 보통 사람들과 구별돼 있지만, 많이 갖든 덜 갖든 어느 지위에 있든, 삶의 애환은 누구에게나 있습니다. 결국 마음가짐입니다. 최근 어느 조사를 보니 못살기로는 세계에서 가장 뒤쪽에 위치한 아시아 국가 부탄이 행복지수로는 꽤 앞쪽에 놓여 있다고 하더군요. 이게 무얼 뜻할까요? 결국 행복이란 상대적인 것입니다. 내가 가진 것 안에서 행복할 수 있는 방법, 그 첫 번째가 바로 스스로 마음속에 평화를 구축하는 일입니다.

어떤 민족이든 자기 고유의 문화를 지키며 살아가려고 합니다. 그런데 단지 가난하다고 해서 남의 땅에 들어가 함부로 그들의 문화와 종교를 바꾸려고 하는 분들이 있습니다. 이런 행동은 대단히 무례할 뿐더러 지구촌 평화에도 좋지 않습니다. 그들은 말합니다. 가난하고 못사니까 선진기술과 문화를 전파해주겠다고. 그래야 그들이 행복해질 수 있다고. 그러나 틀렸습니다. 진정으로 가난하고 못사는 나라 사람들에게 도움을 주는 일은, 그들 고유의 문화와 가치를 존중하는 마음에서부터 출발해야 합니다.

우리는 눈만 뜨면 삶이 힘들다고 말합니다. 또 각박하다고도 합니다. 실제로 현실이 그렇습니다. 하지만 그럴수록 더 많이 사랑해야 합니다. 우리는 그 어느 민족보다도 강인하고, 또 인간에 대한 사랑으로 굳건하게 결속된 민족입니다.

지난 수천 년 동안 우리나라처럼 많은 전쟁과 핍박을 받아온 나라도 드물 겁니다. 또한 우리는 근대화를 거치며 수많은 시련을 겪었습니다. 아직 우리는 완벽하지 않습니다. 한 민족이 남과 북으로 갈라져 있고, 우리 내부에서도 여전히 끝없는 갈등으로 서로 충돌하고 있습니다. 그런데 긍정적으로 보자면 이것은 우리 민족에게 큰 기회이기도 합니다. 어째서 그럴까요?

저는 이런 시련들이 우리 개개인을 단련시키는 데서 끝나는 게 아니라, 우리 민족 전체의 에너지를 상승시킬 것이라고 보고 있습니다. 근대화 과정에서 우리는 미국이나 일본 등을 통해 해외의 선진 문물을 들여왔습니다. 그로 인한 부작용도 적지 않았지만, 종교도 들어오고 기술도 들어오면서 그런 것들이 우리 민족을 더 일으켜 세우는 데 도움이 됐습니다. 다행스럽게도 못 배우고 가난했던 우리 부모 세대는 자식들 교육만큼은 첫 번째로 여기며 투자를 아끼지 않았고, 그렇게 배웠던 젊은 세대들이 우리 민족의 중추 역할을 해왔습니다.

월드컬처오픈이 벌이는 컬처디자이너 발굴캠페인도 처음에는 한국에서 시작했지만, 차츰 세계로 뻗어나가고 있습니다. 이미 중국 등지에서는 자연스럽게 운동이 벌어지고 있습니다. 우물 안에서 보면 그것이 세계의 전부처럼 보이지만, 밖으로 눈을 돌려보십시오. 저는 그런 의미에서 지금보다 더 많은 젊은이들이 해외로 나가야 된다고 생각합니다. 배낭여행도 좋고, 자원봉사도 좋고, 대학의 교환 프로그램도 좋습니다. 젊은이들이 더 많이 세계로 나가서 보고 듣고 경험하고, 세상을 보는 눈을 키워야 합니다. 그렇게 더 넓고 깊게 볼 줄 아는 눈을 가지고, 우리 내부의 문제도 바라보고 더 나아가 지구촌 전체의 문제를 바라봐야 합니다. 그때 세계를 올바르게 바라볼 수 있는 창이 바로 문화가 될 것입니다.

자신의 문화를 가꿀 줄
아는 사람이 행복하다

국경도, 이념도, 인종도, 문화라는 울타리 안에서는 서로 하나가 됩니다. 우리와 전혀 다른 문화를 일구어온 흑인들의 음악이 우리의 감정을 두드리는 것도 같은 이치입니다. 우리나라의 아리랑 가락이 세계인의 가슴을 적시는 것도 같은 이치입니다. 문화가 지닌 에너지는 실로 무궁무진합니다. 거의 무한의 에너지를 지니고 있습니다. 그런데 우리는 이런 에너지를 곁에 두고도 활용할 줄을 모릅니다. 수많은 사람들의 재능이, 수천 년 동안 이어져 내려온 전통 행위들이 하루에도 수천 개씩 사라져가고 있습니다. 그걸 지키고 바로 세우고, 세계인이 함께 나누어야 합니다.

나라별로 그 나라를 대표하는 정신이 있습니다.

중국은 말하자면 '공자 정신'으로 뭉쳐진 나라입니다. 일본은 '사무라이 정신'을 강조하죠. 우리에겐 '선비 정신'이 있으며, 그 요체는 '염치'라고 생각합니다.

《삼국사기》를 쓴 김부식이 몽촌토성을 보며 백제 문화에 대해 '검소하되 누추하지 않고, 화려하되 사치스럽지 않다(검이불루儉而不陋 화이불치華而不侈).'고 했는데 바로 이것이 선비 정신입니다. 선비 정신은 시대적 사명감과 책임의식이기도 합니다. 그 안에는 의리와 지조, 신념, 청렴 같은 지켜야 할 많은 덕목들이 담겨 있습니다. 우리나라 기업이나 정치가 후진적인 이유는 바로 선비 정신이 결여돼 있기 때문입니다. 이걸 되살려내야 합니다. 그래야 개인이 행복해지듯 국가도 행복해질 수 있습니다.

우리는 무엇을 향해 어디로 달려갈까요?

인생이란 저마다 자신의 길을 찾아가는 여정이라고 생각합니다. 상투적인 비유 같지만 '자신의 길'이라는 것이 참 어렵고도 고통스러운 단어입니다. 무슨 일류대학을 나오고 일류직장을 다닌다고 해서 일류의 삶이 보장되는 것도 아니고, 일류의 삶이 반드시 더 좋은 것도 아닙니다. 또 좋은 대학을 나왔다고 해서 제대로 된 길로 들어서는 것도 아닙니다.

중요한 것은 사람이라고 생각합니다. 우리는 살면서 많은 사람을 만나 인연을 맺습니다. 저는 어떤 인연을 만나서 어떤 꽃으로 피어나느냐에 따라 한 사람의 인생이 결정되는 걸 많이 보았습니다.

그런데 인연이라는 게 꼭 사람에만 국한될 필요도 없다고 생각합니다. 자신을 바꾼 한 권의 책, 한 구절의 말씀, 혹은 한 사람의 삶을 통한 배움도 이에 해당이 되겠지요. 성공하는 사람들이란, 그런 인연 속에서 자신의 향기를 피워 올릴 줄 알게 된 사람들입니다. 즉 자신의 문화를 가꿀 줄 아는 사람들입니다.

성공은 하나의 나무가 내는 향기이고 열매입니다. 그 열매가 대단한 이유는, 그것을 통해 또 다른 곳으로 씨앗을 퍼뜨리고, 그래서 또 다른 열매를 맺게 하기 때문입니다. 오늘 나의 삶은, 그것이 고통스러운 것이든 아니면 모범적인 것이든, 누군가의 거울이 될 수 있고 누군가에게는 본보기가 될 수 있습니다.

아무렇게나 막 살 수 없다는 얘깁니다.

Friend of WCO says ————————————————————

처음에는 다른 문화와 언어가
서로 소통할 수 있을 것이라는 데에 회의적이었습니다.
하지만 지금 본 것은 제가 처음 생각했던 것과는 많이 다릅니다.
우리가 서로 얼굴과 얼굴을 마주할 때
정말 가까이 하나로 모아질 수 있다는 것을 알았습니다.
스스로의 문화를 깊고 분명하게 이해하고
자랑스럽게 받아들이는 사람이야말로
다른 문화도 진심으로 받아들이고 향유할 수 있다는 것을
지금은 확신합니다.
우리가 함께 만나는 것이
이번이 마지막이 아니기를 희망합니다.

— 미하일 미쥬코프, 모스코바 국립역사민족극단

우분투!
우리가 있기에 내가 있다

. . .

저는 오랫동안 '다 함께 잘사는 조화로운 세상'에 대한 꿈을 꾸어왔습니다. 월드컬처오픈 활동을 시작한 것도 역시 그 꿈이 저 혼자만의 꿈이 아니라 많은 이들이 꾸는 꿈이기 때문입니다. 사람이라면 누구나 행복을 추구합니다. '어떻게 하면 행복해질까?'를 우리는 늘 고민합니다.

저는 언론인이기 이전에 문화전도사가 되기를 자처합니다. 지금도 마찬가지지만 그래서 기회가 있을 때마다 문화의 중요성을 강조하곤 하지요. 제가 자주 인용하는 말 중에 '우분투UBUNTU'라는 단어가 있습니다. '우분투'는 남아프리카 반투어Bantu language 계열의 단어로 '우리이기에 내가 있습니다.'라는 뜻을 담고 있다고 합니다. 우리이기에 내가 있다? 그게 무슨 뜻일까요?

조금 더 풀어쓰자면 '우리가 존재해야 나도 존재한다.'는 말입니다. 쉽지만 참으로 멋진 표현 아닌가요? 줄루족과 코사족 등 수백 개의 크고 작은 부족들이 이 단어를 인사로 사용하고 있는데, 서로에 대한 존중과 사랑을 전하는 인사말이라고 합니다. 아프리카를 나타내는 상징적인 정신인 셈이죠. 이처럼 인사말에 사랑의 의미를 담은 경우가 과연 얼마나 있을까요? 그런 순박하고 아름다운 아프리카 사람들이 정치와 종교, 이념에 따라 갈라져 으르렁거리는 현실은 안타깝기 그지없습니다.

사실 '우분투'에는 사연이 좀 있습니다. 오랜 세월 극심한 인종차별의 아픔을 겪은 남아프리카공화국이 인종화합을 향한 새 출발의 발걸음을 내디딜 때, 중요한 호소력을 가진 단어로 우분투가 쓰였기 때문입니다.

과거에 남아프리카공화국의 흑인들은 아파르트헤이트apartheid라고 불리던 극심한 인종차별 정책에 시달려왔습니다. 지금은 개선되었다고 해도 여전히 그 잔재가 남아 있지요. 흑인들은 자신들이 차별을 당할 때마다 "우분투!" 하고 돌려 말했습니다. 증오를 담은 게 아니라, 오히려 백인들을 향해 당신들이 있어서 우리가 있다고 인사를 건넨 겁니다. 1994년 흑인들에 대한 차별정책이 철폐될 수 있었던 것도 이렇게 우분투 정신으로 무장한 흑인들의 정성이 백인들의 마음을 움직였기 때문입니다.

흑인이든 백인이든 너와 내가 연결되어 있고 우리가 함께하기에 내가 존재하며 따라서 공동체를 위하는 마음으로 행동하면 그 속에서 나도 같이 커질 수 있다는 의미는, 흑백 갈등을 넘어 이 세상 모든 것에 적용될 수 있습니다. 인종, 민족, 종교보다 더 중요한 게 바로 '우리'니까요. 이렇게 천차만별로 다른 우리를 하나로 단단하게 묶을 수 있는 게 바로 문화이고요.

저는 오랫동안 '다 함께 잘사는 조화로운 세상'에 대한 꿈을 꾸어왔습니다. 월드컬처오픈 활동을 시작한 것도 역시 그 꿈이 저 혼자만의 꿈이 아니라 많은 이들이 꾸는 꿈이기 때문입니다. 사람이라면 누구나 행복을 추구합니다. '어떻게 하면 행복해질까?'를 우리는 늘 고민하지요. 그리고 우리는 소리와 몸짓을 통해, 혹은 도구를 사용하여 다양한 시도를 합니다. 건강하게 살기 위해 몸에 좋은 음식을 먹고 운동을 하고 명상을 합니다. 아름답게 살기 위해 멋스러운 옷을 입고 시를 읊기도 하고 신나게 춤을 추기도 합니다. 더불어 살기 위해 사람들과 대화를 나누고 규칙을 만들기도 하고 서로 돕기도 합니다.

이 모든 생각과 행동, 양식과 관습이 '문화'가 됩니다. 과거로부터 전해 내려온 수많은 문화유산, 그리고 지금 이 순간 우리들이 만들어내고 있는 새로운 문화, 이들은 서로의 호기심을 불러일으킬 정도로 매우 다채롭습니다. 서로 다른 지역과 시대를 살아온 우리들은 자라난 환경과 상황이 다르기에 행복을 추구하는 방법도 제각각 다른 모습일 수밖에 없겠지요.

때로는 내 문화와 다르기에 어색하게 느껴지고 두렵기도 하지만, 서로의 문화 속에는 배울 것이 많습니다. 행복을 위한 여러 가지 지혜가 담겨 있기 때문입니다. 다르기에 더 아름다울 수 있습니다. 생각해보면 다른 것만큼 좋은 것도 없습니다. 서로 다르기 때문에 더 풍성하고 다채롭습니다. 모두가 다르기 때문에 모든 것이 언제나 새롭습니다. 그래서 설렘과 기대를 가질 수 있습니다.

문화가 가진
'치유'의 힘

　　　　IT업계에 종사하시는 분들은 잘 아시는 얘기겠지만, 리눅스의 개발자는 리누스 토발즈Linus Torvalds라는 사람입니다. 빌 게이츠가 개발한 윈도우즈와 함께 전 세계 컴퓨터 운영체계의 양대 산맥이 바로 리눅스 아니겠습니까. 리누스 토발즈는 자신이 만든 리눅스 프로그램을 무료로 공개하고 누구나 소스를 활용하여 계속해서 성장시키도록 했습니다. 이런 운동에 전 세계 수백만 명의 프로그래머가 참여하고 있으며, 프로그래머들은 최초 개발자인 리누스 토발즈의 뜻을 기리기 위해 리눅스 배포판 중 하나의 이름을 '우분투'로 명명했습니다. 개인이 아닌, 모두를 위한 나눔의 철학이 담겨 있다는 뜻으로요.

　좋은 일을 하면 그 향기가 퍼져나가 다른 곳에서도 좋은 일이 일어납니다. 나의 작은 몸짓이 지구 전체에 영향을 미칩니다. 그래서 '우분투'라는 단어에는 더 깊은 뜻이 있습니다. 바로 내 생각과 행동 하나하나가 더 이상 나 혼자만의 선택이 아니라는 의미입니다. 불교에서 말하는 '연기緣起'도 이와 비슷합니다. 연기는, "이것이 생生하면 저것이 생하고, 이것이 멸滅하면 저것이 멸한다."고 하여 상호의존적 관계성을 표현하는 말입니다. 인간이 살아가면서 하는 선택은 온전히 자기 자신만의 것이 아니라 다른 사람들, 그리고 자타의 상호작용에 의해 생겨난 환경의 영향을 원인으로 하여 나타나는 결과일 뿐이라는 뜻입니다.

이처럼 인간은 서로 분리되어 있지 않고 연결된 존재입니다. 서로 연결된 존재라는 자각을 바탕으로 생각하고 행동해야 합니다. 그런데 이제까지 우리의 정치와 경제는 이러한 인간관계의 심층적인 패턴을 깊이 고려해오지 않았습니다. 또한 우리가 흔히 접하는 매체의 보도들도 마찬가지입니다. 심층은 보지 않고 그저 표층적인 선악구도에 따라 편을 나누고 갈등을 조장하는 언어가 넘쳐납니다. 그래서 우리는 마음의 심층에 존재하는 '우분투'적인 느낌, '연기'적인 실상과는 동떨어진 그런 생각과 언어에 둘러싸여 살고 있습니다. 우리는 연결된 존재인데 그것을 제대로 표현하지 못하니 마음이 답답하고 불편한 것은 아닐까요?

문화는 '언어'로 다 표현하지 못하는 한계를 뛰어넘게 해줍니다. 그리하여 문화는 말로 다 하지 못하는 우리의 우분투적인 느낌과 연기적 실상을 잘 표현해줍니다. 더 나아가 문화는 언어, 민족, 인종이 다르다 해도, 누구와도 소통할 수 있는 인류 공통의 매체입니다. 남아프리카공화국의 투투 대주교는 그 누구도 해결할 수 없을 거라 여겨졌던 극심한 인종차별의 나라에서 인류사의 가장 모범적인 인종화합의 전형을 세웠습니다. 그는 자신의 경험적 통찰을 통해 사랑과 용서의 의미에 대해 이렇게 말합니다.

> "고통과 시련은 종종 영혼을 파괴합니다. 그러나 고통은 또한 영혼을 성장시키기도 합니다. 사실 우리를 성장시키는 것은 고통 자체가 아니라 고통을 견뎌내고 극복해나가는 과정입니다. 나에게 고통을 준 사람을 용서함으로써 스스로를 분노의 감옥과 깊은 슬픔의 수렁에서 놓아주는 것, 또 과거에 일어난 잘못에 대해 자신의 책임을 인정하고 용서를 구함으로써 나를 내 행동의 온전한 주체로 다시 세우고 나의 선한 본질로 되돌아가는 것. 이것이 바로 용서가 가진 힘이고 의미입니다."

문화가 가진 가장 큰 힘이 바로 '치유'입니다.

문화에는 아픔을 치유할 수 있는 기능이 있습니다. 서로가 문화를 통해 공감을 이끌어내고 아픔을 초월하는 겁니다. 음악을 사랑하는 사람들에게 인기가 높은 '웨스트-이스트 디반West-East Divan 오케스트라'는 이스라엘과 팔레스타인의 청년들이 함께 연주하는 세계적 오케스트라입니다. 이처럼 문화는 벽을 허물 수 있습니다. 우분투, 우리는 영원히 함께하는 존재입니다.

문화는 사회를 구성하며 인류사회가 만들어낸
다양한 기술, 가치, 신념을 포함하지만,
동시에 한 나라의 발전, 한 남자, 한 여자, 한 아이가
성장하고 발전하는 과정에서 부닥치는 방해물을
극복하는 지혜로움이기도 합니다.
모든 정부는 유럽과 아프리카, 남미와 미국,
아시아와 남미가 서로 연결되어 있다는 것을 인식하고
세계의 조화와 균형은 경제발전으로만 이루어지는 것이 아니라
문화다양성이 보존될 때 가능하다는 것을 알아야 합니다.
우리의 다름은 세상의 균형과 조화를 위해
우리가 노력해서 보전해야 할 우리의 재산입니다.

— 셰크 오마 시소코, 전 말리 문화장관·영화감독

머리에서
가슴으로
내려오는 길

저는 열정을 다하는 삶이란

자신의 가슴이 솔직하게 얘기하는 그 무언가,

내 가슴을 뛰게 하는 그 무언가에

미치도록 뜨거운 열정을 다하는 것이라 생각합니다.

그것이 만화일 수도 있고 소설일 수도 있습니다.

멋진 자동차를 디자인하는 일일 수도 있고

가정의 행복일 수도 있고, 세계 평화일 수도 있을 것입니다.

어떤 분야든 일가를 이룬 사람들 중에

열정적이지 않은 사람은 없는 것 같습니다.

승리는 열정의 문제이며, 열정은 싸우기 전에 이미 승리를 결정합니다.

또한 열정적인 삶을 살려면 자기 주도적인 삶을 살아야 합니다.

내가 좋아하고 잘할 수 있는 일을 찾아서, 거기에 미치도록 열정을 쏟으면

세월이 흐르면서 놀랍게도 성과가 자연히 따라옵니다.

설사 가시적인 성과가 빠른 시일 내에 나타나지 않더라도

그 희열은 인생의 진정한 가치이자 성취가 아닐까 생각합니다.

종교를 대하듯이
책을 읽어라

* * *

"이 세상 삼라만상이 안 변하는 게 없다. 그 가운데 변하지 않는 진리가 있는데 그 것은 인과의 법이라든가, 불생불멸의 진리란다. 지금은 잘 모르겠지만 세상은 '노 스테이No Stay', 무주無住라는 것과 그 무주 가운데 불생불멸하는 진리가 있다는 것 만 알아두어라."

저는 민족의 비극인 한국전쟁이 있기 한 해 전인 1949년 10월 서울 동숭동에서 태어났습니다. 제게 어릴 때 가장 큰 영 향을 끼친 인물을 꼽으라면 아버지를 들 수 있습니다. 아버지는 어떠한 어려움 가운데서도 늘 의연하였고 말과 행동이 다르지 않았습니다. 또 틈날 때마다 인간이 세상에 나와 부모님께 효도하고 나라에 책임을 다 하며 세상과 인류를 위해 더 큰일을 해야 하는 이치를 자식들에게 가르 쳤습니다.

제가 무슨 인연으로 대한민국이라는 나라에 태어났는지는 모르지만, 저는 이 삶을 늘 감사하게 생각하며 살아갑니다. 제가 세상에 나올 당시 공직을 수행하고 계시던 아버지는 법무부 조사국장으로 '배상청구준비위원회'를 발족하여 훗날 한일회담에 쓰일 배상청구조서를 만드느라 정신이 없었다고 합니다. 하지만 막 독립한 신생국가의 틀을 잡아가던 바쁜 시기에, 대한민국은 동족 간의 전쟁으로 곧장 대혼란의 시기로 접어듭니다.

1,000만 이상의 이산가족을 양산하고 수백만 명을 죽음과 부상의 고통으로 몰아넣은 전쟁은 저희 가족에게도 큰 상처를 남겼습니다. 전쟁이 터지자 아버지는 서울에 남기로 결심한 뒤, 가족들에게 피난을 권유합니다. 어머니는 돌도 채 지나지 않은 저를 등에 업고 두 딸의 손을 양쪽으로 잡은 채 가볍게 꾸린 짐보따리를 들고 급히 피난길을 재촉했습니다. 하지만 맨몸으로 급히 집을 나선 참이었기에 멀리 가지 못하고 뚝섬의 지인 집에 신발을 벗었습니다. 물론 이때의 기억은 제게 전혀 남아 있지 않습니다.

인공人共 치하의 서울은 거의 매일 인민재판이 열리고 사람들이 죽어나갔습니다. 우리 가족에게도 큰 불행이 닥쳤습니다. 아버지와 할머니, 나머지 가족들은 어찌어찌 살아남았지만 누나 명희가 뇌막염으로 세상을 떠난 것입니다. 평상시 같으면 페니실린 주사 한 대만 맞혀도 나을 수 있었다고 하니 전쟁이 누나를 앗아간 셈이 되었죠.

하지만 슬픔에 젖어 있는 것도 잠시, 인천상륙작전으로 서울이 수복

되는가 싶더니 중국의 개입으로 가족들은 또다시 고달픈 피난 보따리를 싸게 됩니다. 이때는 작정하고 피난에 나서게 되는데 우리 가족도 많은 피난민들이 그랬듯 부산까지 떠밀려가게 되었습니다. 당시 약 30만 명이던 부산 인구가 100만 명도 더 넘게 불어났다고 하니, 그 참상은 직접 보지 않아도 눈에 선합니다. 대부분의 사람들이 산자락에 모여 판자 같은 것으로 겨우 비바람을 피할 움막을 짓고 전쟁이 끝나기만을 기다렸다고 합니다.

휴전회담이 성립되고 전쟁이 끝나자, 손이 열 개라도 모자랄 만큼 많은 일들이 아버지를 기다리고 있었습니다. 법무부 차관이 된 아버지는 종전 이듬해인 1954년 4월 27일 제네바회담에 한국대표로 참여하였고, 이후 해무청장이 되어 지방 해무청 설치 등에 관여합니다. 하지만 60년대로 접어들면서 아버지는 공직 인생의 끝을 보게 될 일생일대의 역사적 사건에 휘말리게 됩니다. 바로 4·19혁명이 그것이었죠.

4·19혁명이 일어나기 3주일 전, 법무 장관이던 부친은 마산사태 수습의 책임을 안고 내무부 장관에 임명되었습니다. 아버지는 직접 마산으로 내려가 관련 인사들을 만나 사태를 조사하고 책임자를 의법 조치하여 사태를 진정시켰습니다. 하지만 아버지 또한 4·19 유혈 사태의 책임을 면할 수는 없었습니다. 자리에 대한 도의적 책임을 져야 했던 거지요. 결국 부친은 사형선고까지 받게 됩니다.

감옥과 사형이라는 단어는 지금도 집안에서 금기어가 됐습니다.

저는 그 상황이 언뜻 떠오르지 않지만, 잘나가는 공직자에서 하루아침에 사형수가 된 아버지의 심정은 어땠을까요. 저는 감히 짐작도 할 수 없지만, 아버지는 사형수 신분이란 게 믿어지지 않을 정도로 강인한 모습을 보여주었습니다. 편편이 남아 있는 그때의 기억을 되살려보면, 아버지는 언제나 인자한 웃음을 지었고 자식들의 공부를 챙겼으며 미래에 대한 희망도 잃지 않으셨습니다.

아버지가 옥중에 있을 때는 집 안에 일절 기름 냄새가 나지 않았습니다. 하물며 계란 프라이 하나 해먹지 않았습니다. 집안의 주인이 밖에서 고생을 하는데 가족들이 기름 냄새를 풍길 수 없다는 이유에서였죠. 할머니도 어머니도 그만큼 철저한 분들이었습니다. 이런 가풍은 자연스럽게 우리 형제들에게도 소리 없는 가르침이 되었습니다.

옥중에 있을 때 아버지는 신분에 관계없이 사람을 대했고 모범수로서 감옥 안에서도 궂은일을 마다치 않고 동료들을 배려했습니다. 한번은 이런 일도 있었다고 합니다. 당시 문교부 장관을 지낸 역사학자 이선근이란 분이 같은 감옥 라인에 들어온 적이 있는데, 이 소식을 들은 아버지는 자신의 방을 양보하여 이분에게 줄 것을 건의했다고 합니다. 아버지의 방은 햇볕이 잘 드는 그나마 좋은 곳이었는데, 자신보다 나이가 많은 선배에게 교도소에서 누릴 수 있는 최소한의 편의를 양보한 것입니다.

아버지는 옥고를 치르는 동안에 특히 독서에 열중했다고 합니다. 훗날 한 지인의 회고록에 의하면, 영어는 물론 불어, 독어로 된 원서들까지 닥치는 대로 읽었다고 하죠. 당시만 해도 제대로 된 번역서적이 드문 시대였으니 그러했을 것입니다. 부친은 종종 편지를 보내 우리 형제들을 독려했는데 그 대부분의 내용이란 독서와 관련된 충고들이었습니다. 아버지는 '책 읽기를 종교처럼 대하라.'고 이르셨습니다. 그때 부친이 추천해주신 책들 중 《플루타르크 영웅전》,《백만인의 문학성서》,《한중록》같은 책들이 아직도 기억에 남습니다.

부친은 특정 이념이나 종교에 치우치지 않는 다양한 독서를 권했습니다. 그 결과 저 역시 하루 일과가 끝난 저녁 잠들기 전이면 습관처럼 머리맡에 놓인 책들을 읽다 잠들곤 했습니다. 학교 도서관의 단골 대출자이기도 했고요. 부친께선 거기서 그치지 않고 방학이 되면 재미있었던 일을 하나 선정해서 적어 보내라고 하기도 했습니다. 작문 능력을 길러주기 위함이었겠지요. 심지어는 면회를 가서 당신을 보고 난 뒤, 그 모습이 어땠는지 글로 적어 보내라며 묻기도 하셨습니다. 어머니께서 면회를 갈 때는 매번 아버지가 미리 구매하라고 적어 보낸 책들을 한 보따리씩 싸 들고 갔던 기억도 새롭습니다.

최근에 저는 당시 아버지가 옥중에서 읽던 책을 지인으로부터 입수한 적이 있습니다.《산스크리트어 문법》이란 책인데, 당시 서대문 형무소의 직인이 고스란히 찍힌, 아버지의 손때가 묻은 책입니다. 지금 생각하기에도 도대체 아버지에게 그 책이 무슨 소용이 있었을까 싶습니다. 당시 아버지는 사형수에서 무기수로 감형되긴 했지만, 한 치 앞을 알 수 없는 신분이었으니까요. 그런데도 당신은 그런 생각은 하지 않았던 것 같습니다. 무엇이든 배워두면 어떤 식으로든 훗날 이롭게 쓸 일이 있을 거라 생각하셨겠지요.

아버지에겐 독서가 곧 공부였습니다. 나중에 사회에 나와서도 독서를 강조한 것으로 유명합니다. 전기에도 자세히 소개가 돼 있는데, 아버지는 항상 독서와 공부를 강조했습니다. 아버지는 이따금 장난기가 발동해서 수행원이나 특파원들과 외국에 나갔을 때 처음 보는 단어의 간판이 있으면 그 뜻을 물어보곤 했습니다. 대답을 못하면, 이렇게 말씀하셨답니다.

"이 사람아, 공부를 해야지. 사전을 가지고 다니면서 찾아보는 게 좋아. 처칠은 영어를 그렇게 잘해도 항상 사전을 끼고 다녔대. 남의 나라 말을 하나라도 더 익히려면 사전은 기본이지."

하여튼 그렇게 잠자리에서도 책을 놓지 않으신 분이었는데, 자식들에게도 좋은 귀감이 되어서 우리 형제들도 당연히 그렇게 하는 건 줄 알고 살았습니다. 독서교육을 잔소리보다 실천으로 보여주셨죠.

할머니에 대한 사랑과
무아의 가르침

　　　　　아버지가 옥중에 있다 보니 가족의 생활이 팍팍해
졌습니다. 전쟁 직후 나랏일을 하는 공무원의 삶은 매우 팍팍했습니다.
어머니는 본채를 미국인에게 세주어 월세를 받고, 본채 옆에 딸린 작은
집에서 우리 5남매, 할머니와 같이 생활했습니다. 당시 큰 누나가 고3이
었던 관계로 작은방 하나가 주어졌고 나머지 식구들이 할머니와 한방에
서 북적거리며 생활했습니다. 당시 제법 산다 하는 우리 집이 그러했으
니 다른 집들은 어땠을까요. 반찬도 변변찮아서 밥에 김치가 전부였지
만, 당시에는 그마저도 못 먹고 사는 사람들이 태반이던 시절입니다. 그
럼에도 어머니는 조금의 흐트러짐도 없이 가정을 꾸렸습니다. 아버지
얘기가 나오기라도 하면 걱정 말라며 제일 먼저 다독이곤 했습니다.

　아버지가 몸으로 보여주신 가르침 중에 특히 기억에 남는 것은 할머
니에 대한 사랑입니다. 부친의 어머님에 대한 사랑은 남달랐습니다. 아
버지는 틈날 때마다 할머니를 늘 하늘의 태양처럼 여기라고 말씀하셨
습니다. 할머니가 역정을 내시든, 기분이 좋아 웃으시든, 어떤 상황에
서도 할머니 말씀에 순종하길 가르치셨고, 당신도 행동으로 모범을 보
이셨습니다. 집에 계실 때 아침저녁으로 문안인사를 드리는 것은 너무

도 당연한 일이었고, 다른 형제들이 할머니를 모셔가도 하루를 넘기지 않고 다시 모셔왔습니다.

요즘처럼 서로 집안의 노인을 모시지 않으려고 자식들끼리 미루는 시대가 되고 보니, 아버지의 효심이 어떤 것이었는지 새삼 생각하게 됩니다. 텔레비전이 세상에 처음 나왔을 때도 안방이나 거실이 아니라 제일 먼저 할머니 방에 그 신기한 물건을 넣어드렸습니다. 할머니의 방은 햇볕이 가장 잘 드는 정남향이었고 외식을 할 때는 항상 할머니를 먼저 모셨습니다. 거동이 불편하실 때는 직접 등에 업어서 식당까지 가곤 했습니다.

당시 아버지는 원불교에 귀의한 상태였습니다. 제가 중학교에 입학할 때만 해도 집안에 특별한 신앙은 없었습니다. 아버지는 모든 종교에 열린 마음을 갖고 철학적으로 접근하시던 분이었지만, 그렇다고 특정 종교를 강요하지는 않았습니다. 그러나 아버지가 옥에 갇히게 되면서 허전한 마음을 달랠 길이 없으셨는지 어머니가 먼저 원불교에 귀의하시게 되는데, 그 결과 가족들도 자연스럽게 불법에 관심을 갖게 됩니다.

이때가 대략 1962년경입니다. 친척의 권유로 종로 원불교 교당을 찾아간 어머니는 원불교에 귀의한 뒤 기관지인 〈원광〉을 다른 책과 함께 옥중에 넣어주기도 했습니다. 어떤 신앙이 세상을 살아가는 절대적인 진리가 될 수는 없지만, 힘든 세상에서 믿고 의지할 수 있는 정신적인 요체가 생긴 셈입니다.

이후 부친은 따분한 옥중 생활 틈틈이 관련 서적들을 챙겨 읽으며, 또 시간이 나면 벽을 마주 보고 앉아 참선을 하며 몸과 마음을 수양했습니다. 같이 수형생활을 했던 분들에 의하면, 어떤 날은 7시간 넘게 꼼짝없이 벽만 바라보며 무아의 세계에 잠겨 계시기도 했다고 합니다. 요즘으로 치면 일종의 명상인데, 우여곡절을 겪으며 출소한 뒤에도 아버지는 시간이 날 때마다 명상을 하시곤 했습니다.

교리와 관련하여 아버지가 특히 자주 인용하셨던 문구는 '제행무상諸行無常 제법무아諸法無我'입니다. '제행무상 제법무아'는 불교의 근본 가르침인 삼법인三法印 중의 하나로, 우주는 고정되어 있지 않고 늘 변화무쌍하며 세상의 모든 사물은 인연으로 얽혀 있어 이 역시 실체가 없다는 개념입니다. 따라서 '제행무상과 제법무아'의 이치를 깨달아 집착을 버리면 참된 안식의 경지인 '열반적정涅槃寂靜'의 세계에 닿을 수 있는데, 아버지는 고정된 실체에 집착하지 않고 흘러가는 대로 마음을 맡기면 평안을 얻을 수 있다는 삼법인의 세계를 깊이 받아들여 바쁜 일상 속에서도 틈틈이 실천한 분이었습니다.

아버지는 자식들에게 자신의 철학을 설명해주시기도 했습니다.

"이 세상 삼라만상이 안 변하는 게 없다. 그 가운데 변하지 않는 진리가 있는데 그것은 인과의 법이라든가, 불생불멸의 진리란다. 지금은 잘 모르겠지만 세상은 '노 스테이No Stay', 무주無住라는 것과 그 무주 가운데 불생불멸하는 진리가 있다는 것만 알아두어라."

'노 스테이'나 '무주'라는 말 역시 '제행무상 제법무아'에 뿌리를 두고 있습니다. '세상의 모든 만물이 고정되어 있지 않고 변화하지만 진리는 불생불멸한다.'는 말이 어린 제게는 특히 인상 깊었습니다. 아버지의 이런 말씀은 수형생활 중 어머니에게 보낸 편지 한 토막에도 고스란히 드러나 있습니다.

> 세상의 무슨 일이나 고정되어 있는 것이 없소.
> 모든 것은 움직이며, 우리들의 일도 4·19 당시와는 판이하게 달라졌소.
> 운명도 자꾸 달라질 것이오.
> 오늘만을 보고 슬퍼할 것도, 또 과히 희희낙락할 것도 없소.
> 오직 오늘의 현실을 순수한 마음으로 받아들이고
> 거기에 대하여 자기의 최선을 다해 대처하여 나가면
> 나머지는 불존佛尊에 귀의하여
> 그 자비하신 손길을 기다릴밖에 없소. 희망을 가집시다.

종교란 무엇일까요? 저는 삶의 철학이라고 생각합니다.

아버지는 사형수 신분이었지만 옥중에서 오히려 가족들을 걱정했고 끝까지 희망을 잃지 않으셨습니다. 깊은 신앙심과 명상, 긍정적인 사고가 없었다면 상상하기 힘든 일이었습니다. 아버지는 '제행무상과 제법무아'의 법에 깊이 천착하셔서 난관 가운데서도 열반적정의 마음을 유지하려 애쓰셨던 것 같습니다. 몸소 실천해 보이셨던 아버지의 지극한 효심, 세상을 향한 '제행무상 제법무아'의 철학은 이후 제 삶에도 많은 영향을 끼쳤습니다.

봄날을 그리면
마음은 하나다

• • •

진보냐 보수냐가 중요한 게 아니라, '최고의 인재와 함께 가는 방송이 되자.'를 먼
저 생각했습니다. '최고의 인재'란 좋은 스펙을 지닌 인재가 아니라 어떤 어려움이
닥쳐도 바른 생각과 바른 행동을 할 수 있는 사람을 말합니다.

TBC란 이름으로 1964년 동양방송이 개국한 이래,
부친은 1971년부터 동양방송 회장을 맡아 수많은 드라마와 특화된 프
로그램들을 히트시키며 우리 방송사에 한 획을 그어왔습니다. 특히 드
라마의 인기가 대단했는데, 당시만 해도 텔레비전 드라마는 주말극이
나 단막극이 전부였습니다. 드라마 한 편을 찍기가 쉽지 않았던 때였
죠. 그러나 부친은 일일드라마를 강력하게 밀어붙였고 이렇게 탄생한
'아씨'는 공전의 히트를 기록하게 됩니다. 1970년 3월부터 이듬해 1월
까지 방송된 '아씨'는 단일 프로그램 최고의 시청률을 기록하며 많은
화제를 낳았습니다.

앞에서 잠깐 언급했지만, 방송계에 발을 들여놓기 직전, 아버지는 당시 4·19혁명과 관련하여 옥고를 치르다가 무혐의가 인정되어 사면을 받고 풀려난 상태였습니다. 수감생활은 일에 지쳐 살았던 아버지에게 한편으론 많은 생각을 할 수 있는 재충전의 시간이기도 했을 겁니다. 저는 당시 중학교에 막 들어갔을 때였기에 세상에 대하여 이제 막 조금씩 눈을 떠가던 시기였습니다. 아버지의 마음을 다 헤아릴 순 없었겠지만, 그때 아버지가 했던 고민이 무엇인지는 어렴풋이 가슴으로 전해져오는 게 있습니다.

집으로 돌아온 아버지는 곧 공직에 복귀하여 나라를 위해 자신의 재능을 발휘할 것처럼 보였습니다. 주변 사람들의 기대도 남달랐습니다. 그러나 아버지는 정치나 공직이 아닌 다른 길을 걷게 됩니다. 〈중앙일보〉와 TBC 등으로 이어지는 언론인으로서의 역할이 그것입니다. 아버지가 모두의 예상을 깨고 언론계로 들어서자 주변에선 난리가 났겠죠. 법학을 전공하신 분이 과연 언론을 얼마나 알겠느냐며 만류하는 사람도 있었습니다. 텔레비전 방송의 경우 당시로선 상당한 리스크를 감수해야 하는 미개척 분야나 마찬가지였기 때문입니다.

하지만 부친은 오래전부터 이 방면에도 마음의 준비를 해왔던 모양입니다. 물론 이런 배경에는 국가 공무원으로서 겪은 고초가 배경으로 작용했을 수도 있겠군요. 나름대로 준비도 돼 있었습니다. 아버지는 학생시절부터 신문, 잡지를 끼고 살았으며 공무원 시절에도 외국신문과 잡지를 구독하며 세상 돌아가는 이치를 꿰고 있었습니다. 방송에 관한 책과 논문도 꾸준히 읽었던 걸로 기억합니다. 무엇보다도 세상을 변화시키고 국민들의 의식수준을 끌어올리는 데 언론의 역할이 얼마나 중요한지를 선견지명으로 깨달으셨던 것 같습니다.

/

TBC,
그 17년의 씨앗 한 톨

모든 일에는 운이 있고 때가 있나 봅니다. 아버지가 마음 한구석에 조용히 발아시키고 있던 씨앗에 물을 주신 분이 바로 호암 이병철 회장입니다. 두 분은 1951년 한국전쟁 당시 부산에서 처음 만났다고 합니다. 당시 부친은 법무부에서 국장직을 맡고 있었는데 미창米倉 청산위원장을 겸직하고 있었습니다. 미창은 식량영단으로 부르기도 하는데, 일제강점기 당시 일제의 조선쌀 수탈기관이었습니다.

1·4후퇴로 또다시 부산으로 수도가 옮겨졌을 때 좁은 미창 관사에서 지내게 되었는데 이때 우연히 이웃한 이병철 회장을 만났던 것이죠. 이때는 깊은 교분을 쌓은 게 아니라 눈인사 정도만 하는 사이였습니다. 그 후 두 분의 인연은 아버지가 옥중에 있을 때 다시 이어집니다. 이 회

장은 여러 차례 아버지를 찾아와 위로하면서 나라의 발전과 근대화에 대해 많은 이야기들을 주고받았다고 합니다.

사면 후 아버지는 집에 머물며 독서하고 이따금씩 자식들 공부도 도와주시곤 했습니다. 야인野人이었던 아버지는 아침마다 신문을 챙겨 읽으며 밖에서 벌어지고 있는 한일회담과 반대시위를 무연히 지켜보고 있었습니다. 이따금씩 법조계에 있는 지인들이 찾아와 변호사 개업을 권유하기도 했지만 아버지는 고개를 저었다고 합니다. 변호사를 하게 되면 무료 변호를 해야 한다는 게 아버지의 지론이었는데, 아마도 좀 더 뜻있는 일을 할 기회를 찾고 계시지 않았나 짐작됩니다.

그러던 어느 날 원남동 집으로 한 사람이 찾아오게 됩니다. 바로 삼성 이병철 회장이었습니다. 연탄난로가 있는 거실에서 두 분이 작은 목소리로 얘기를 나눴던 기억이 납니다. 1963년 말 어느 겨울날이었습니다. 두 분은 오랜 친구처럼 돌아가는 시국이며 나라의 앞날에 대하여 격의 없이 의견을 교환하였습니다.

훗날 알게 된 거지만, 당시 라디오서울을 막 소유하게 된 이병철 회장은 〈중앙일보〉와 동양방송을 세워 라디오와 방송국, 신문을 갖춘 3각 편대의 종합 매스컴센터의 설립을 구상하고 있었고, 그 사업을 이끌 적임자로 아버지를 눈여겨보고 계셨던 것 같습니다. 이후 부친은 반도호텔에 있는 이병철 회장의 집무실로 자주 찾아가 이 문제를 협의했고,

1964년 9월 라디오서울의 사장에 취임하는 것으로 방송계에 발을 들여놓게 됩니다. 이후 본격 개국한 동양방송의 이사가 되어 텔레비전에도 관여를 하셨습니다.

아버지는 방송의 참신성을 특히 강조했습니다.

변화가 없으면 시청자를 확보할 수 없다는 게 지론이었는데, 뉴스 시작시간을, 매시간을 알리는 시보時報 앞으로 당기는 등의 노력 끝에 취임 두 달 만에 라디오서울을 청취율 1위에 올려놓았습니다. 인재 육성에도 공을 들여 여운계, 이순재, 강부자 등 지금도 시청자들에게 이름이 낯익은 배우들을 동양방송에 대거 섭외하여 마음껏 기량을 펼칠 수 있는 환경을 조성하였습니다.

라디오와 텔레비전이 자리를 잡기 시작하면서 신문 창간에도 가속도가 붙었습니다. 당시 이병철 회장은 〈중앙일보〉 사장을 직접 맡으며 신문 창간에 관심을 기울였고 아버지는 부사장으로서 이병철 회장을 도와 해외 유수의 신문사들을 섭렵하며 창간을 진두지휘했습니다. 당시로서는 먹고살기도 바쁜 시절이었지만, 두 분은 텔레비전이나 신문이 널리 활약하게 될 미래를 이미 예견하셨던 거지요. 당시 이병철 회장은 종합 매스컴센터의 추진배경에 대하여 한 인터뷰에서 이렇게 말했습니다.

"정치는 국민을 잘살게 하는 데 목적이 있는데 그렇지 못하다. 그래서 올바른 정치를 권장하고 나쁜 정치를 못하도록 정치보다 더 강한 힘으로 사회의 조화와 안정에 기여할 수 있는 방법을 찾게 되었다."

이병철 회장은 매스컴센터 설립 당시 최고의 인재, 최고의 대우, 최고의 시설, 3가지를 특히 강조했습니다. 이런 전통은 지금도 〈중앙일보〉를 비롯하여 동양방송의 뒤를 잇게 된 JTBC에 그대로 적용되고 있습니다. 두 분께서는 최고의 시설에서 최고의 인재가 자부심을 갖고 창조적인 작업에 임하길 바랐습니다. 매스컴은 살아서 미래로 진화하는 거대한 조직이며, 창조적인 원동력을 통해 앞으로 나아가지 못하면 도태된다고 생각했습니다.

아버지는 신문의 고정관념을 깨는 일에도 주력했습니다.

당시만 해도 신문 1면은 무조건 정치기사로 채워지던 시대였습니다. 〈중앙일보〉는 그날의 뉴스들 가운데 가장 관심을 끄는 뉴스를 메인에 배치하는 파격적인 실험을 시작했습니다. 문학기사가 주류를 이루던 문화면도 다양한 예술 장르의 기사들이 배치되기 시작했습니다. 일기예보를 고정코너로 정착시킨 것도 선친의 아이디어였습니다. 날씨와 사회활동의 연관성을 무시할 수 없다고 보신 거겠지요. 신문사에 기획실을 도입한 것도 〈중앙일보〉가 처음이었습니다. 이 일은 당시에 엄청난 화제가 되었는데, 〈중앙일보〉는 창간호 20만 부를 찍고 성공적으로 언론시장에 안착하게 됩니다.

신문이 성공적으로 안정되는 사이 방송은 더욱 날개를 달게 됩니다. 당시 방송 지침인 '밝고 건강하고 감동적인 프로그램 제작, 빠르고 정확한 보도'에서 엿볼 수 있듯이 비단 드라마뿐만 아니라 동양방송은 당시의 정치구조 속에서도 공정한 보도를 하기 위해 온 힘을 쏟았습니다. 또한 1964년 11월 15일 '신가요 박람회' 프로그램을 신설하여 1975년 개편 때까지 10여 년간 500여 곡의 대중가요를 보급하였고, 1967년 9월 17일 미국에서 열린 서강일과 로하스의 권투경기를 방송 사상 처음으로 인공위성을 통해 생중계하기도 했습니다. 1975년 3월 13일 보도국 기자들이 '언론자유수호결의문'을 채택, 자유언론실천운동에 참가한 가운데, 제1회 세계가요제를 개최한 것도 하나의 발자취로 남아 있습니다. 하지만 거기까지였습니다. 1970년대가 저물어가면서 크나큰 시련이 언론계에 불어닥치게 됩니다.

이 나라 방송계를 선도하며 왕성하게 성장하던 동양방송은 1980년 12월 1일 언론기관 통폐합 조치로 이 땅에서 사라지고 맙니다. 언론기관 통폐합이란 1980년 전두환 대통령의 신군부 주도 하에 신문·방송·통신이 통폐합된 사건을 말합니다.

12·12사건을 일으켜 실권을 장악한 군부 세력은 1980년 초에 보안사 정보처에 언론반을 신설하고 언론을 통제하기 시작했습니다. 정부에 비판적인 언론은 정부 산하로 통합시키고 비판적인 기자들은 해직시켰는데 동양방송은 첫 번째 타깃이나 마찬가지였습니다. 이때의 조치로 신문사 11개와 방송사 27개, 통신사 6개 등 44개 언론매체가 강제로 통폐합되었고 1,000여 명의 언론인이 일자리를 잃었습니다.

살아계실 적 선친께서는 종종 그날의 기억을 얘기하셨습니다.

운명의 11월 12일 오후 5시경, 부친께서는 회사로 찾아온 보안사 요원을 따라 보안사로 들어가게 됩니다. 그곳은 보안사의 악명 높은 취조실이었습니다. 모자를 눌러쓴 소령 하나가 나타나더니 서류를 내밀며 도장을 찍으라고 강요했습니다. 동양방송을 포기하겠다는 각서였습니다. 부친은 그럴 수 없다며 단호히 고개를 저었습니다.

그 소령은 말을 듣지 않으면 서빙고 분실로 데려가 고문을 가할 수도 있다고 협박했습니다. 그럼에도 부친은 자신은 사주가 아니라며 버텼습니다. 워낙 완강했던지라 그 소령은 잠시 후 자리를 비우더니 이병철 회장과 함께 문을 열고 들어왔습니다. 이 회장을 보는 순간 부친께서는 비로소 사태의 심각성을 실감했다고 합니다. 17년 동안 키워온 동양방송을 빼앗기는 과정은 그렇게 짧고도 간단했습니다.

지금도 어딘가에 자료가 남아 있을 텐데, 당시 방송 종료를 알리는 동양방송의 마지막 화면에 'TBC는 영원하리.'란 자막이 떴습니다. 해직된 기자들은 울분을 삼키며 술을 마셨고, 살아남은 사람들 중 일부는 눈물을 흘리며 국영방송인 KBS로 옮겨갔습니다. 부친은 이런 상황 속에서도 흔들리지 않고 직원들을 격려했습니다.

당시 부친께서는 집에서 마지막 방송을 보고 계셨는데, 이런 저간의 사정을 모르는 저는 워싱턴의 세계은행에서 근무하던 중 딸을 낳아 집으로 소식을 전했습니다. 아버님은 전화를 받지도 않고 기쁜 내색도 하지 못하셨습니다. 동양방송의 사기가 내려지는 모습을 보면서 아마도 굵은 눈물을 흘리고 계셨으리라 짐작합니다.

'TBC는 영원하리.'란 자막은 제 가슴에도 깊게 각인되었습니다. 종편이 허용되고 〈중앙일보〉가 JTBC 개국에 관여하게 되는 것도 결코 우연이 아닌, 인과의 결과물인지 모릅니다. JTBC는 새로 개국한 게 아닙니다. 한동안 끊어졌던 TBC가 긴 휴식을 끝내고 다시 부활의 날갯짓을 하게 된 것이죠. 부친의 바람대로 TBC는 다시 서게 되었습니다. 그때 그 시절 열정과 젊음으로 방송계를 누비던 선배 방송인들은 어느덧 고인이 되거나 연로해지셨지만, 그분들이 땀 흘려 세워 놓았던 깃발은 여전히 유효한 셈입니다.

진실하다면 그것은 언제든 통한다

　　　　　JTBC 개국을 준비하며 사실 내적 갈등이 없었던 것은 아닙니다. 내가 과연 부친이 이루어놓은 것만큼 잘해낼 수 있을까? 단순히 부친의 비원을 풀고자 이 일을 시작한다면 무슨 의미가 있을까? 정말로 내가 좋아서 해야 하지 않을까? 그사이 다른 길을 걸어오

긴 했지만 제 마음속 깊은 어딘가에서 훗날 이런 일을 한번 맡아서 제대로 해보고자 하는 욕망이 있었던 것은 부인할 수 없는 사실입니다.

기왕 할 거면 제대로 해보자. 그게 제가 JTBC를 시작하며 줄곧 생각해온 바입니다. 제대로 한다는 말은 언뜻 단순해 보이지만 복잡합니다. 제대로 한다는 것은 모든 역량을 집중하여 잘한다는 소리이고, '잘한다.'는 것은 이 사회에 어떤 식으로든 기여하는 방송이 되는 것을 의미하니까요. '기여한다.'는 것은 세상을 바꾸고 의식을 바꾸고 더 나아지게 하는 것과 동의어가 아닐까요? 조금 거창하지만 이익을 내는 집단에 머물지 않고 사회발전에 일조하는 방송, 사회 구성원들과 호흡하며 약자의 편에 서서 함께 가는 그런 방송 말입니다. 그것은 처음 동양방송을 만드셨던 고故 이병철 회장과 선친의 뜻이기도 했습니다.

JTBC를 개국할 때 방송의 색깔을 고민하지 않은 것은 아닙니다. 열린 보수를 지향하며 진보적 성향의 글들이 많이 실리기도 하지만 〈중앙일보〉의 색깔은 보수에 더 가까운 게 사실입니다. 같은 그룹에 있으니 방송도 같은 노선을 취해야 할까요? 저는 그런 것을 생각하지 않기로 했습니다. 진보냐 보수냐가 중요한 게 아니라, '최고의 인재와 함께 가는 방송이 되자.'를 먼저 생각했습니다. '최고의 인재'란 좋은 스펙을 지닌 인재가 아니라 어떤 어려움이 닥쳐도 바른 생각과 바른 행동을 할 수 있는 사람을 말합니다. 표면적으로 보이는 이미지가 아니라 보이지 않는 속까지 진실하고 꾸밈없는 그런 인재라면 더할 나위가 없겠지요.

JTBC의 간판 뉴스를 진행하고 있는 손석희 사장에 대한 영입도 그런 차원에서 이루어졌습니다. 손 사장이라면 어느 쪽에도 치우치지 않는 공정한 보도에 가장 적합한 인물이라는 판단이 들었습니다. 문제는 내가 그렇게 생각한다고 해서 상대가 덜컥 응해올 리가 만무했던 거죠. 역시나 두 번에 걸쳐 제의를 해보았지만 손 사장의 대답은 '노'였습니다. '생각해보겠다.'와 '싫다.'는 엄연히 다르지 않습니까. 아마 본인도 여러 가지 주변 여건이 맞지 않았겠지요. 보수로 알려진 〈중앙일보〉의 심장부로 들어온다는 것이 생각처럼 쉬운 결정은 아니었을 겁니다. 충분히 이해가 가는 대목이었어요.

거기서 그만두었으면 JTBC 메인뉴스는 다른 사람이 다른 색깔로 진행하고 있었을 겁니다. 하지만 왠지 포기하고 싶지 않았습니다. 바람이 제법 차갑던 어느 날 자연스레 그를 만날 수 있었습니다. 먼발치에서 보던 대로 깨끗하고 순수한 사람이었습니다. 우리는 술잔을 앞에 놓고 이런저런 얘기로 시간 가는 줄 몰랐습니다. 비록 연배 차이는 있지만 오래 헤어졌던 친구를 만난 그런 느낌이었습니다.

분위기가 무르익다 보니 방송 얘기가 자연스럽게 나오더군요. 저는 한 번 더 간청해보았습니다. 한참 생각하던 손 사장이 그럽디다. 모든 걸 믿고 맡겨달라고. 아마도 상부의 압력이 뉴스 편성에 영향을 끼칠

것을 우려했던 모양입니다. 위에서 내려주는 원고를 앵무새처럼 읽는 역할이라면 그건 손석희라는 이름과 어울리지 않는 장면이겠죠. 저는 흔쾌히 고개를 끄덕였습니다. 사실 손 사장을 영입하면 그에게 보도에 관한 권한 일체를 맡기고 참견하지 않을 작정이었습니다.

그렇게 우리는 손을 잡았습니다. 저는 사실에 의거한 공정한 보도를 해줄 것을 요청했습니다. 보도부문을 이끌며 민주적 리더십을 발휘해 줄 것을 부탁했고 그는 균형과 품격이 있는 뉴스를 약속했습니다. 모든 재량이 주어진다고 해서 손석희 자체가 독재자가 되어서는 안 되었기 때문입니다. 하지만 걱정할 필요가 없었습니다. 손 사장 자신이 이런 문제를 누구보다 잘 알고 있었으니까요. 예상대로 그는 잘해주고 있습니다. 아니, 예상을 훌쩍 뛰어넘어서 젊은 청년들에게 종편에 대하여 안 좋았던 인상까지 바꾸어놓고 있습니다. 가장 큰 권력과 맞설 때도 흔들림이 없습니다. 그 힘이 무엇일까요? 바로 어느 쪽에도 치우치지 않는 진실보도, 그 자체의 힘이 아닐까요? 언론이 언론으로 불릴 수 있어서 참으로 다행입니다.

좀 거창하지만, 저는 손 사장의 영입을《삼국지》의 '삼고초려' 고사에 비유하고 싶습니다. 천하의 인재를 찾기 위해 제갈량의 초가를 찾았던 유비의 심정 말입니다. 삼고초려 고사에서 우리가 읽을 수 있는 것은 바로 진심, 진정성이 아닐까요? 여러분도 뜻이 같다면 두드리세요. 진실하다면 언제든 그것은 통通합니다.

머리에서 가슴으로
내려오는 길

. . .

전쟁으로 누이를 잃고, 또 참담하게 살아가는 사람들을 보면서 인간의 행복과 불행이 어디서 오는지 답을 찾아보기도 했습니다. 가끔은 외톨이처럼 외로움에 젖어들 때도 있었는데, 어른이 된 후 이런 측면들이 성숙되어 월드컬처오픈을 고민하게 된 밑바탕이 되지 않았나 생각해봅니다.

제가 살아온 얘길 조금 더 해보겠습니다. 사무실을 오가다 보면 가끔 대학로를 지날 때가 있습니다. 지금은 거의 사라졌지만 예전엔 대학로에 마로니에가 참 많았죠. 지금은 옮겨간 서울대학교 문리대 교정이 그쪽에 있었고, 뒤편에 낙산이라고 자그마한 산도 있어서 연인들이 데이트하기도 좋았습니다. 낙산 자락을 따라 성벽이 서울을 쭉 두르고 있는데, 제가 어릴 땐 무너진 곳이 많았지만 지금은 말끔하게 보수가 돼 있더라고요.

앞에서도 잠깐 얘기했듯이, 제가 태어난 곳이 이곳 동숭동입니다. 이승만 전 대통령이 살았던 이화장이 지근거리에 있고, 1930년대 조선 문단에 필명을 남기다가 전쟁과 함께 북으로 가버린 시인이자 비평가인 임화의 고향도 이곳 어느 언저리였습니다.

동숭동의 예전 지명은 잣나무가 많아 잣골柏洞이었습니다. 찾아보니 우리나라에 백동이란 지명이 제법 많더라고요. 일제시대 초기인 1914년 숭교방 동쪽에 위치해 있다고 해서 마을 이름이 동숭동으로 바뀌었다고 하네요. 그래서인지 지금은 완전히 달라졌지만 제가 태어나던 시절만 해도, 아직은 서울 변두리 같은 느낌이 남아 있었습니다. 가재가 사는 개울도 있었고, 성벽을 따라 걷다 보면 지금은 잘 보이지 않는 사마귀나 풍뎅이, 딱정벌레 같은 것들도 볼 수 있었습니다. 낙산 동쪽 비탈에는 뙈기밭 같은 것도 제법 남아 있었고요.

어릴 때 제 위로 누나가 둘 계셨습니다. 한 분은 전란 중에 돌아가셨지만 말입니다. 1947년생이니까 네 살 때 돌아가신 거죠. 딸 둘을 낳고 제가 나와서인지 태어났을 때 부모님들이 무척 기뻐하셨다고 합니다. 저는 병원이 아닌 동네 산파의 집에서 태어났습니다. 그땐 다들 그랬죠. 저녁 9시 경에 세상에 나왔는데 마침 걱정이 된 아버지가 퇴근 후 달려오셨나 봅니다. 할머니는 그런 아버지를 놀리고 싶어서 또 딸이라고 거짓말을 했습니다. 그런데 아버지가 그 말씀을 듣고도 빙긋 웃더랍니다. 열린 문틈으로 이미 사내아이 징표를 보신 거죠.

대문을 열고 들어서며 아버지의 모든 감각이 그쪽에 집중돼 있었지 않나 생각해봅니다. 어찌나 좋았던지 아버지는 어머니가 저를 안고 젖을 물린 곳을 향하여 절을 네 번이나 했다고 합니다. 보통 절은 한 번 하거나, 두 번, 세 번 하는 법인데 아버지는 엉겁결에 네 번 절을 올렸고 무슨 인연이었는지 그 뒤 아들을 셋이나 더 보게 됩니다. 살아계실 때 할머니께서는 우스개로 말씀하셨습니다. 그날 아범이 절을 네 번 해서 사내아이들이 넷이 되었다고요. 지금은 핵가족이 됐지만 예전에는 자식농사도 재산이었지 않습니까? 그렇게 저는 부모님을 활짝 웃게 하며 세상에 나왔습니다.

가끔 어릴 때 꿈이 무엇이었는지 질문을 받곤 합니다. 예전에는 초등학교 때부터 꿈이 무엇인지에 관해 작문도 하고 발표도 하고 그랬는데, 저는 이상하게 뭐가 꼭 되어야겠다 하는 것이 없었습니다. 무엇이 되어야겠다는 목표를 갖기보다는 당장 현실에 충실했습니다. 맡은 바 공부를 열심히 하고 부모님께 효도하고, 속 썩이는 일은 가급적 만들지 않고 살았던 것 같습니다.

다만 또래들보다 책을 많이 읽어서 그런지 약간 어른스러운 면이 있었던 듯합니다. 전쟁으로 누이를 잃고, 또 참담하게 살아가는 사람들을 보면서 인간의 행복과 불행이 어디서 오는지, 나름대로 답을 찾아보기도 했습니다. 가끔은 혼자 외톨이처럼 외로움에 젖어들 때도 있었는데, 어른이 된 후 이런 측면들이 성숙되어 월드컬처오픈을 고민하게 된 밑

바탕이 되지 않았나 생각해봅니다.

당시에는 공부 좀 한다 하면 법대를 택하던 시절이었는데, 저는 전자공학과로 갔습니다. 당시 아버지가 사형선고를 받고 옥고를 치른 걸 지켜보던 할머니가 법대는 쳐다보지도 말라고 하셨기 때문이죠. 누군가에게 법의 심판을 내리는 일이 그만큼 좋지 않아 보이셨던 모양입니다. 저 스스로도 법학은 맞지 않다고 생각을 했고, 당시 우리나라가 경제개발이다 뭐다 해서 전자와 반도체 쪽에 큰 비전이 있다고 생각되었기에 전자공학과를 택하게 됩니다. 그러나 여길 다니다 보니 전자공학 역시 저랑 딱 맞다고 생각되지는 않았습니다.

전자공학도 좋지만 저는 세상이 돌아가는 걸 알고 싶었습니다. 그러다가 경제발전에 기여하고 싶어서 박사과정에서는 경제학으로 전공을 바꾸었습니다. 경제학을 전공하여 세계은행이라는 직장에서 많은 경험을 쌓았지만 그럼에도 여전히 무언가 채워지지 않는 느낌에 역사와 철학, 문화, 종교 등에 관한 책을 틈틈이 찾아 읽으면서 계속 공부를 해갔습니다. 어쨌든 세상에 났으니 뭔가 의미 있는 일을 하고 갔으면 했는데, 삶의 방향과 딱 맞는 걸 찾아내기가 그만큼 어렵고 시간이 걸리는가 봅니다.

고교 시절에 만난
룸비니

어쩌면 지금의 저를 만든 출발점은 고교 시절이었습니다. 그 시절 제 인생에 큰 영향을 끼친 종교적, 철학적 스승들을 여러 분 만났기 때문입니다. 앞에서도 잠깐 이야기했듯이, 우리 집안에 특정한 종교가 있지는 않았습니다. 당시에 대부분이 그랬듯 기복신앙으로서의 불교 같은 것이 있었을 뿐이죠. 유교적인 전통도 남아 있었고요.

할머니는 한 달에 한 번씩은 꼭 절에 가서 기도를 하셨습니다. 당신보다는 항상 가족들을 위해 기도하시는 모습이 인상적이었습니다. 매달 방생을 하시는 것도 잊지 않으셨습니다. 98세에 돌아가셨는데 돌아가실 때까지 수십 년을 그렇게 살아오셨습니다. 그 자체가 저희 자식들에겐 가르침이었죠. 항상 자신보다는 타인을, 이웃을 사랑하라 가르치셨는데 결국 그것이 종교에서 말하는 사랑이고 자비였습니다.

부모님이 원불교에 귀의할 때도 저는 특별히 종교에 귀의한다는 생각보다는 철학적으로 사유하려고 노력했습니다. 철학의 관점에서 보면 예수님도, 석가모니도, 또 공자님도 다 배울 점이 무궁한 성인들이잖아요. 또 연구할 가치도 있고요.

고등학교 때 '룸비니'라는 학생 조직이 있었습니다. 불교 철학도 공부하고 자원봉사도 하고 그랬던 모임으로 기억합니다. 경기고나 서울고, 경복고, 용산고, 경기여고와 이화여고, 숙명여고 등에 다니는 학생들이 회원이었습니다. 세월이 더 흘러 우리 사회에 큰 영향을 끼치게 되는 조영래나 박세일, 문정인, 오세정, 박원순 같은 분들이 모임에 참여했던 것으로 기억합니다.

그 모임은 1주일에 한 번씩 정기적으로 열렸습니다. 상징적으로 청담스님을 은사로 모시고 때론 철학도 논하고 때론 시국 문제도 토론했습니다. 나중에 청담스님이 돌아가시고는 성철스님하고도 연을 맺게 되었고요.

룸비니는 지금도 맥을 이으며 재가 불교 모임으로 남아 있습니다. 이런 조직이 너무 종교적으로 변질되면 오히려 개개인의 성찰의 기회를 앗아가기도 하지만, 지금 생각해보면 여러 젊은이들에게 훌륭한 영향을 끼친 것 같습니다. 거기서 활동했던 많은 분들이 이 사회의 기둥이 된 것만 봐도 그렇죠.

불교 철학을 만나고 물리학에도 관심을 갖고 공부했습니다. 최근 들어 양자역학에 대한 연구가 활발해지면서 보이지 않는 미시세계인 양자를 통해 우주와 인간의 마음까지 설명하려는 움직임이 활발하지 않습니까. 결국 과학과 철학이 하나의 틀 안에서 서로 맞물려 있는 것인데, 여러 학생들과 비슷한 주제를 두고 공부를 하다 보니 그게 뭔지는 모르지만 마음속에서 서서히 진리를 향한 갈망 같은 게 생겨났습니다.

성인들처럼 거창한 생각에 사로잡힌 건 아니고 그냥 이 세상을 움직이는 뭔가가 있다면 그게 무엇인지 알고 싶다는 갈망이 있었습니다. 그렇다고 해서 그것을 찾기 위해 깊이 고뇌하거나 몰두했다기보다는 그냥 마음 흘러가는 대로 사유했습니다.

하지만 대학을 졸업한 뒤의 삶이란, 느릿느릿 걸어갈 수만은 없게 되더군요. 저는 그 역시 저의 몫이라 생각하며 소용돌이 속으로 휩쓸렸습니다. 젊고 패기가 넘치던 시절에는 세상 무서운 줄 몰랐던 때도 있었고요. 20, 30대가 어떻게 지나갔는지 모를 정도로 시간이 빠르게 흘러갔습니다. 그러면서 신문사 사장이라는 막중한 직책도 맡게 되고, 조금씩 제 삶이 무거워지기 시작했습니다.

그런데 삶이 무거워질수록 내부의 빈자리가 틈을 벌려가더군요. 월드컬처오픈이라는 뜻깊은 일에 관심을 기울이고 사람들과 함께 고민하게 된 것도 그런 연유에서입니다. 물질이나 세속적 욕망에만 사로잡혀 그것을 추구하는 데 모든 것을 쏟으며 걸어간 인생은, 필경 나중에 후회가 남을 것 같았습니다. 제게 주어진 환경 속에서 뜻이 같은 사람들과 함께 무언가 보람된 일을 하고 싶었고, 그것이 씨앗이 되어 뿌리 깊은 나무로 자라가길 바랐던 겁니다.

문화를 통해
모두가 연결된다면

생전에 김수환 추기경께서 하신 말씀 중에 아직도 기억에 남는 말씀이 있습니다. 당시 추기경님은 나이가 70대 후반쯤이었는데 그런 말씀을 하시더라고요. "성직자로 머리에서 가슴으로 내려오는 데 70년이 걸렸다."고 말입니다. 해석이야 다양하겠지만 저는 세상을 향한 욕망, 자기 내부를 비우는 과정을 스스로 돌아보는 데 그처럼 많은 시간이 걸렸음을 우회적으로 말씀하신 게 아닌가 생각해봅니다. 자기 자신을 바라보는 것, 참된 자아를 깨닫는 과정 말입니다. 그처럼 한평생을 영적 스승으로 살아보신 분조차 그러할진대, 저 같은 사람은 어떻겠습니까. 아직도 제 자신을 완전히 돌아보는 데는 턱없이 부족한 삶인 것이죠.

살다 보면 이런저런 부침 속에 놓이게 되지요. 특히 힘겨웠던 2000년대 중반, 저는 도심을 벗어나 네 계절 동안 숲속에 틀어박혀 지냈습니다. 가톨릭에선 피정避靜이라는 게 있습니다. 일정 기간 동안 바쁜 일상생활을 접고, 기도하고 명상하며 일종의 마음수행을 하는 기간입니다. 그렇게 한적한 곳에 틀어박히니 처음엔 사람들이 그립고 여러 가지 제약이 많더군요. 습관이란 것이 그만큼 무섭더란 말입니다.

그런데 한 달 두 달 시간이 지나자 태풍처럼 들끓던 마음속 갈등들이 서서히 가라앉아가며 비로소 제 뒷모습이 조금씩 보이기 시작했습니다. 명상하며 홀로 앉아 있는 저는 특별하지도 않았고, 그냥 평범한 어느 가정집 아버지의 모습이었습니다. 그 기간 동안 저는 월드컬처오픈의 앞날에 대해서도 많이 고민했고, 조금 더 깊게 내려갈 수 있었습니다.

길 얘기를 조금 더 해보고 싶습니다. 추기경님의 말씀처럼 개인의 마음이 이동하는 데도 길이 존재합니다. 머리에서 입과 목을 거쳐 심장으로 내려오는 길, 그리고 내 심장을 거쳐 타인의 심장으로 건너가는 길, 타인의 심장을 거쳐 이웃에게로, 세계로 뻗어가는 길, 그것이 바로 사랑이고 자비가 아닐까요.

저는 그 사랑의 길이 문화의 길이 되었으면 하는 바람입니다. 다른 어떤 것도 아닌 문화를 통해 사람들의 손과 손, 심장과 심장이 연결되는 길 말입니다. 수천 년 전에 사람들은 비단길을 통해 무역을 하고 서로의 문화를 접촉했습니다. 이제 하루면 지구촌이 연결되는 세상에 살고 있고 온라인에선 실시간으로 서로 소통합니다. 하지만 아직 마음과 마음이 연결되는 길은 꽉꽉 막혀 있습니다. 그 길을 찾아야 합니다. 그 길은 인터넷 선을 연결하거나 비행기를 타고 갈 수 없습니다. 그 길은 타인을 이해하고 사랑할 때 비로소 뚫리는 길입니다.

아름다운 것이
위대한 것을 이긴다

. . . .

저는 젊은 청년들이 창업에 적극 나서도록 하고 정부는 정책적으로 응분의 지원
을 해주길 희망합니다. 자꾸 안정된 직장을 찾느라 대기업에 목메지 말고, 우수한
인재일수록 더 큰 꿈을 키우기를 바랍니다. 또한 기성세대는 그런 청년들을 적극
적으로 지원해야 합니다.

저는 인생의 선배로서 이 땅의 청년들에게 상당히
미안한 감정을 가지고 있습니다. 여러 가지로 위로의 말을 해주고 싶습
니다. 요즘 대학생들 보면 정말 피 터지게 공부합니다. 제가 회사에서
직원을 뽑아봐도 그렇고, 여타 언론 보도를 봐도 그렇고, 요즘 젊은 학
생들은 예전과는 비교할 수 없을 정도로 훌륭한 스펙을 가지고 있습니
다. 영어, 일어, 중국어는 물론이고 시사상식과 IT지식도 대단합니다.
평균적인 요즘 대학생을 시대를 되돌려 제가 젊었던 시절로 갖다놓으
면 전국 1, 2등을 다툴 만한 실력일 것입니다. 좀 과장을 하자면 그렇습
니다.

그런데 이렇게 준비된 청년들에게조차 일자리가 턱없이 부족합니다. 제가 한번 통계를 살펴봤더니, 직장다운 직장이 우리나라에 600만 개가 있답니다. 괜찮은 직장 말입니다. '괜찮다.'는 것이 어떤 기준인지는 잘 모르겠습니다. 그런데 거기에 들어가려는 사람, 즉 좋은 직장을 찾는 사람이 1,000만 명이라는 겁니다. 이 400만의 차이를 어떻게 메꿔주느냐가 관건입니다. 아무리 대단한 정치가나 기업가, 그 어떤 사람도 단기적으로 용빼는 재주는 없다고 생각합니다. 그래서 이런 미안한 마음을 갖고 위로의 말을 전합니다. 기성세대들이 더 잘했다면 오늘날 젊은이들이 이렇게 힘들어하지 않았을 테니까요.

그래도 요새 청년들은 아마 먹는 것 걱정은 안 할 겁니다. 굶는 사람도 있을 테지만 대부분은 굶는 걱정을 안 하고, 또 어디 가서 잘까 하는 걱정도 안 할 겁니다. 저는 유복한 환경에서 자랐기 때문에 그런 걱정은 안 하고 살았습니다만, 제가 학교 다니던 시대에는 먹는 걱정, 또 잠자리 걱정을 하는 학생들이 저의 동료 학생들 중에 많이 있었습니다. 하지만 우리 세대는 대학 졸업 후에 희망이 있었습니다.

직장의 좋고 나쁨은 있었지만, 어쨌든 열심히 공부한 친구들은 직장에 잘들 들어갔고 또 그곳에서 앞날에 대한 희망을 키울 수 있었습니다. 올해보다 내년이 낫고 내년보다 후년이 낫고, 열심히 일하면 승진하고…, 그렇게 컨베이어벨트에 얹힌 듯 나라가 계속 앞으로 발전해왔기 때문입니다. 우리 세대는 월세로 시작해서 전세로 가고, 18평 아파트에서 시작해서 2~3년 후에는 24평이 되고, 강북에서 시작해서 강남으로 가고…, 그런 흐름이 있었습니다. 그런데 요즘 학생들 보면 이렇게 좋은 스펙을 가지고 있는데 선배들이 뭘 잘못했기에 직장 걱정을 해야 하나, 미안한 감정을 안 가질 수가 없는 겁니다.

우선 나라 경제가 안정되어야 하는데 앞이 보이지가 않습니다. 경제는 몇 년째 주춤거리고만 있고, 국민소득은 여전히 '3만 불의 벽'에 가로막혀 있습니다. 직장다운 직장을 못 찾으니 젊은이들은 결혼을 미루고 출산을 미룹니다. 그런데도 정부에선 출산율 떨어진다고만 걱정합니다. 아이를 낳을 수 있는 환경이 먼저 갖춰져야 하는데도 말입니다. 2017년부터는 우리의 생산가능인구가 절대적으로 줄어들게 된다고 합니다. 소위 '인구절벽Demographic Cliff'이라고 해서 인구구조가 벼랑 끝으로 들어서는 겁니다. 정부에서 다문화정책을 적극적으로 시행하는 이유도 이런 문제가 바탕에 깔려 있기 때문입니다.

한편, 양극화도 심각합니다. 부자는 계속 부자가 되고 가난한 사람은 가난을 벗어날 길이 보이지 않습니다. 이런 양극화 추세는 사실 세계적인 흐름이기도 한데, 우리나라가 제일 빨리 그렇게 되어가고 있습니다. 또 이념 갈등과 지역 갈등, 북한 핵 위협에 남북 대결, 또 남남 갈등…, 여기에 무슨 문제가 나오든 진영논리가 득세합니다. 네 편 내 편을 나누고, 줄을 잘못 서면 안 되기 때문에 미리 줄을 서놓는 게 좋다는 말까지 나옵니다. 심지어는 학문을 연구하기 위해 들어간 대학에서조차 어느 교수 밑으로 줄을 서야 하는지 고민하지 않습니까. 또한 중도 세력이 없고, 중산층은 점점 붕괴되고 있습니다. 이렇게 얘기하니까 우리 처지가 너무 불쌍하게 보입니다.

그러나 세상에 문제없는 나라가 어디 있겠습니까? 제가 너무 자학적으로 표현했습니다만, 사실 밖에서 보는 한국은 멋진 나라입니다. 저는 팔자에 역마살이 있어서 그런지 해외생활을 14년 동안 했지만 서울에 들어와서도 1년에 서너 달은 꼭 일과 연관돼서 나라 밖으로 돌아다닙니다. 그러다 보니 외국에서 많은 사람들을 만나는데, 그들의 이야기를 들어보면 한국은 지금 참으로 멋진 나라입니다. 2차 세계대전 후, 민주화와 산업화라는 두 마리의 토끼를 동시에 잡은 나라는 대한민국이 유일하답니다.

그리고 요즘은 브랜드 시대 아닙니까? 우리처럼 삼성과 현대라는 두 개의 큰 브랜드를 가진 나라가 흔치 않습니다. 거기다 한류열풍도 있죠. 그래서 외국에서는 우리를 대단한 나라로 봅니다. 그런데 서울에 들어와 보면 그렇지 않은 거예요. 정치적인 불안이 가장 큰 원인이긴 한데, 신문을 봐도 방송을 봐도 늘 네 편 내 편 나누어서 싸우는 얘기밖에 없습니다. 처리해야 할 법안이 산더미처럼 쌓여도 당리당략에 따라 싸움만 하는 경우가 부지기수죠. 믿고 국정을 맡겨 놓아도 주변 사람들 폐단에 휘둘려 구설수에 오르기를 반복하니 국민들이 얼마나 답답하겠습니까? '측근비리'는 정권이 바뀌어도 매번 지치지도 않고 단골로 터집니다. 공직자들의 비리는 일반인의 상상을 뛰어넘습니다. 오죽하면 '헬hell조선'이란 용어가 유행하겠습니까? 기성세대가 청년들에게 희망을 주지 못해서 그렇습니다. 배를 산으로 몰아가면서 어떻게 희망을 가지라고 말할 수 있을까요?

세계적인 싱크탱크인 미국의 전략국제문제연구소CSIS의 존 햄리John Hamre 소장이 이런 말을 했습니다.

"왜 당신들은 자신의 실력을 못 알아보는가!" 흔히 우리는 '미들 파워'를 자처합니다. 세계적으로는 브라질, 캐나다, 호주, 인도네시아, 터키, 멕시코, 이런 나라들이 스스로 미들 파워라고 말합니다. 그런데 햄리 소장은 "한국은 내가 볼 때 미들 파워가 아니라 글로벌 리더가 될 수 있는 나라"라고 합니다. 그런데도 우리는 우리 자신에 대해서 그렇게 평가를 못하고 있습니다. 인터넷 들어가 보면 온통 자학적인 푸념만 난무합니다. 이런 분위기를 이제 슬슬 바꾸어가야 합니다. 우리 청년들이 주체가 되어서 말이죠.

어른의 입장에서, 또한 기성세대의 입장에서 또 하나 미안한 게 있습니다. 연금개혁 문제입니다. 앞으로 나라 살림이 아주 어렵다고 예상되니까 정치권은 이것을 덜컥 국민연금하고 연계시켜버렸습니다. 진보냐 보수냐의 문제가 아니라 세대 간의 문제처럼 되어버렸습니다. 우리 같은 선배 세대가 젊은 세대 혹은 미래 세대의 등골을 빼먹는 정책을 펴는 것처럼 말입니다. 나중에 어떻게 되든 우선 위기를 모면하고 보자는 처사입니다.

어떤 의미에서는 청년실업도 문제지만 우리가 OECD 국가 중에서 노인 빈곤율이 1위입니다. 65세 이상 노인 중에 빈곤 계층이 48%예요. 국민연금은 문제가 더 심각하죠. 그런데도 정치권에서는 표를 얻어야 되는 입장만 생각하는 것 같습니다.

정규직, 비정규직 문제도 심각합니다. 이제 정년이 60세로 연장이 되었죠. 정년을 연장하려면 '임금피크제'를 시행해야 하는데 노동조합에서 찬성해줄 리가 없습니다. 다 해줄 수 있으면 좋은데 임금피크제를 안 하면 청년실업은 더 늘어나게 되어 있습니다. 기존 정규직 직원들의 특권을 옹호하다 보면, 사회에 첫발을 내딛는 청년들은 비정규직으로 회사에 들어갈 확률이 높아집니다.

또 시급히 해결해야 할 문제가 세대 간의 갈등입니다. 청년과 기성세대 간의 갈등 말입니다. 우리 세대 때는 이런 문제가 없었어요. 다 같이 가난해서 오늘보다 내일이 낫고 올해보다 내년이 나아질 거라는 희망이 있었습니다. 우리가 벌어서 부모님들 드리고, 없는 살림에 서로 화목하자는 희망을 갖고 살 수 있었는데, 이제는 그렇지 않습니다. 이러한 문제들을 어떻게 풀어가야 할까요? 아니, 풀어갈 수 있는 열쇠가 있기나 한 걸까요?

세계가 먹여 살리는
대한민국

　　　　　　　한 가지 제안을 하자면, 저는 젊은 청년들이 창업에 적극 나서도록 하고 정부는 정책적으로 응분의 지원을 해주길 희망합니다. 자꾸 안정된 직장을 찾느라 대기업에 목메지 말고, 우수한 인재일수록 더 큰 꿈을 키우기를 바랍니다. 또한 기성세대는 그런 청년들을 적극적으로 지원해야 합니다.

　그렇게 하려면 동기부여가 돼야겠죠? 스톡옵션에 답이 있습니다. 방금 창업한 스타트업 회사에 가서 삼성전자만큼 월급을 달라는 건 도둑놈 심보입니다. '삼성의 반은 받아야 한다.'도 도둑놈입니다. 회사는 그런 직원에게 지금 당장은 1/3, 1/4밖에 못 준다고 해도 일류 대접을 해줘야 합니다. 무엇으로 미래에 대한 소득을 보장해줄 수 있을까요? 그게 바로 스톡옵션이라고 생각합니다.

　최고의 인재가 창업에 나서고, 정부는 그들을 적극적으로 지원해야 합니다. 그렇게 성장한 회사들이 다시 고용을 창출하고, 기부를 통해 창업하는 젊은이들을 돕는 선순환의 기업문화가 생겨나야 합니다. 물론 김대중 정부 때 잠깐 창업 붐이 일었고 부작용도 만만찮았습니다. 하지만 제도라는 것은 허점을 보완하고 고치면 됩니다. 그게 당장 청년 일자리를 몇 만 개 늘리는 것보다 우선되어야 합니다.

아울러 정부와 기업은 젊은이들에게 실리콘밸리와 같은 '창업 생태계'를 만들어줘야 합니다. 규제를 확 풀어서 사람들이 몰려오게 해보세요. 꿀이 달면 벌과 나비가 자연스럽게 날아듭니다. 누가 말리겠습니까? 그게 자연의 이치입니다. 이렇게 아시아의 실리콘밸리를 조성해 가까운 일본은 물론이고 중국과 동남아 여러 나라의 인재들이 몰려오게 해야 합니다.

그리고 대기업들은 절제해야 합니다. 조그만 창업회사를 후려쳐서 빼앗는 것, 협력업체를 압박해서 기술을 훔쳐가는 것 등을 정부 차원에서 철저히 규제해야 합니다. 창업을 못하게 막는 규제가 아니라, 창업에 방해되는 규제를 철폐해야 합니다. 과거에 네덜란드에서 했듯이, 또 런던에서 했듯이, 실리콘밸리에서 했듯이, 세계의 인재들이 중국 시장을 보고, 우리의 문화와 기술력을 보고, 우리나라에 와서 창업할 수 있게 바탕을 만들어주어야 합니다.

우선은 실험적으로 세계 최고 수준의 개방도시나 구역을 하나 만들어봤으면 좋겠습니다. 거기서 무슨 일이 일어나나 가만히 지켜보는 거예요. 지금이라면 인천 송도나 아무도 살지 않는 새만금, 또는 제주도에서 해볼 수도 있겠죠.

저는 정계 인사들을 만나면 이런 얘기를 가끔 합니다만 대부분 미소만 짓습니다. 이래서 안 되고, 저래서 안 되고, 이게 문제이고, 저것도 문제랍니다. 누군가 불을 지피고 기업이나 대학, 관련된 모든 단체가 전력투구를 해야 합니다. 제3의 개국을 하는 심정으로 추진해야 합니다.

제가 말씀드린 '제3의 개국'이라는 건 청년의 발랄함과 역동성, 여기에 세계의 인재, 자본과 기술을 끌고 올 수 있는 나라가 돼야 한다는 겁니다. 18세기 미국의 독립운동 당시 건국의 아버지들founding fathers이 어느 나라를 벤치마킹했는지 아십니까? 영국이나 프랑스가 아니라 네덜란드를 벤치마킹했습니다.

한때 네덜란드는 스페인의 식민지였습니다. 그러나 식민통치를 벗어나서 100년도 안 돼서 세계의 해양강국으로 부상합니다. 이러한 역사를 일으켰던 힘이 바로 종교와 사상의 자유입니다. 네덜란드는 망명자의 천국이었습니다. "나는 생각한다. 고로 나는 존재한다."는 명언으로 유명한 데카르트도 여기서 20년 넘게 망명생활을 했습니다. 신교 칼뱅파로 몰려 프랑스에서 쫓겨난 후에 말입니다. 또한 영국의 사상가 존로크도 마찬가지입니다. 네덜란드는 딱 하나, 어떤 인재든 와도 된다고 하고 받아들였을 뿐인데 최고의 인재가 온 겁니다. 어떤 사람들이 왔을까요? 구교 국가에서 박해를 받던 신교의 자본과 프랑스 프로테스탄트 칼뱅파 교도 위그노Huguenot들이 다 들어온 것입니다. 그다음에 유대인들도 왔죠.

또 하나의 예가 런던입니다. 작년에 〈이코노미스트〉에 런던 특집기사가 나왔습니다. 그런데 런던의 브랜드 파워가 뉴욕을 넘어섰다는 것입니다. 물론 부작용도 있습니다. 런던 중심부에 영국 사람은 쉽게 들어가지 못합니다. 세계의 부자들이 다 와서 진을 치고 있기 때문이지요. 러시아 부자, 중국 부자, 또 중동 왕족… 하지만 그건 부동산 값이 올라서 매력이 있는 게 아니라 도시가 매력이 있어서 오는 겁니다. 요즘 젊은이들도 놀러 가면 홍대 앞이나 가로수길 같은, 소위 '핫한' 곳에 가잖아요. 자연스럽게 매력 있는 곳으로 가게 되는 거거든요. 〈이코노미스트〉는 이렇게 표현했습니다. "런던이 영국을 먹여 살린다. 그러면 런던은 누가 먹여 살리느냐? 세계가 먹여 살린다."

저는 세계가 먹여 살리는 대한민국을 꿈꿉니다. 실리콘밸리의 예를 구체적으로 들어보겠습니다. 저는 1975년 경 스티브 잡스가 애플 컴퓨터를 만든 시대에 같은 공간에 있었습니다. 실리콘밸리가 우리나라로 치면 대략 충청북도 크기 정도일 겁니다. '베이 에어리어Bay Area'가 말입니다. 그런데 거기 GDP가 얼마인지 아십니까? 우리나라 GDP가 1조

4,000억 정도인데 그곳에서 창업한 회사들의 매출이 2조 7,000억 달러 대입니다.

이것이 전부 스탠퍼드, 버클리 졸업생들, 또 하버드, MIT 졸업생들이 와서 이룬 성과입니다. 왜 그들은 자기네 동네가 아니고 거기로 올까요? 거기에 독특한 생태계 브랜드가 있기 때문입니다. 전부 청년들이, 이제 막 대학교를 졸업했거나 대학원에 다니는 젊은이들이 허름한 창고를 하나씩 빌려서 만든 회사입니다. 재벌이나 거대기업이 만든 게 아닙니다.

그렇다면 실리콘밸리의 주인은 전부 미국인일까요? 아닙니다. 아시다시피 스티브 잡스는 시리아 이민자의 아들이고 페이스북의 마크 주커버그는 러시아 사람입니다. 구글 창업자도 마찬가지고요. 인도·파키스탄·중국·한국 사람들이 거기 주인입니다.

우리도 실리콘밸리 같은 창업 생태계를 하루 빨리 만들어내야 합니다. 불필요한 국수주의는 과감히 버려야 합니다. 세계인이 와서 세금 내고 우리 땅에 회사 만들면 고용이 어디서 창출되겠습니까? 그들이 어디서 먹고 자고 쇼핑하겠습니까? 결국 더 넓은 차원에서 보자면 그것이 더 큰 이득입니다.

일본 후쿠시마에서 원전사고가 났을 때, 거꾸로 한국에는 좋은 기회였습니다. 도쿄에 있던 굴지의 미국·유럽 글로벌 기업들의 아시아 본부가 전부 옮겼으니까요. 그런데 이들이 어디로 옮겼는지 아십니까? 70%가 싱가포르로 가고, 30%가 홍콩으로 갔습니다. 저는 이게 참 슬픈 일이라고 생각합니다. 도쿄는 서울에 비해 사무실 임대료가 5배 비쌉니다. 비싼 게 반드시 나쁜 것은 아닙니다. 그럴 만한 매력이 있으니까 그렇게 된 것이지요. 그런데 지금 서울 도심의 공실률이 얼마나 되는 줄 아십니까? 강남이나 잠실의 100층 건물에 올라가보면 텅텅 비어 있습니다. 여기가 꽉 차야 나라 경제도 그만큼 잘 돌아가는 겁니다. 우리나라 자본이 아닌, 외국 자본들에 의해서요. 그런데 그들은 오지 않습니다. 매력이 없기 때문입니다.

제가 이렇게 목청을 높이는 이유가, 우리의 지도자들 때문이기도 합니다. 정치 지도자들은 물론이고, 언론도 대학도 마찬가지로 책임이 큽니다. 우리가 처한 절박한 위기상황과, 우리 앞을 스쳐 지나가는 중요한 기회에 대한 인식이 너무 안이합니다. 기존에 가지고 있던 것을 그저 나눠먹을 궁리만 하지 말고 진취적으로, 선제적으로 대응해야 합니다. 나쁜 규제는 없애고, 좋은 제도는 지원하고, 필요한 개혁은 과감히 실행해야 합니다. 사실 지금도 늦었는데 정치권은 여전히 이전투구 중이라는 것이 가장 큰 문제입니다.

한 번밖에 오지 않는 게 인생입니다. 저는 요즘 젊은이들에게 가슴 뛰는 인생을 살라고 목소리를 높입니다. 스스로를 진짜 인재라고 생각하면 남의 밑에 들어가지 말고 혼자 한번 해보라고 얘기를 합니다. '경쟁하지 말고 독점하라.'는 책 제목도 있습니다. 시장경제로 보자면 나쁜 얘긴데 그래도 메시지가 있습니다. 여러 사람 가운데서 1등을 하려고 하지 말고, 아무도 안 하는 '온리 원only one'이 되어야 합니다. 독창적인 인생을 사십시오. 물론 많은 어려움이 따르겠지만 거기에 대한 보상은 확실하리라 생각합니다.

이제는 부드러운 것이 강한 것을 이기고, 아름다운 것이 위대한 것을 이깁니다. 청년 여러분, 멋진 인생, 행복한 인생을 디자인하세요!

세종대왕의 지혜,
홍익인간의 완성

. . .

나의 생각, 나의 행동이 작은 것 같지만 지구 전체에 영향을 끼치는 그런 시대에
우리는 살고 있습니다. 내가 어디에서 무슨 일을 하든, 나를 위한 일이 곧 사회발
전과 연결되고, 남을 위한 일이 곧 나를 위한 것임과 동시에 인류 전체를 위한 일
이 됩니다.

지금으로부터 570년 전, 조선의 왕 세종은 소수의
학자들과 함께 등잔불 밑에서 밤을 새우며 톱 시크릿top secret 프로젝트
를 수행합니다. 명明의 견제와 사대주의에 물든 일부 대신들의 감시를
벗어나, 밤낮으로 연구가 계속됐습니다. 그리고 마침내 프로젝트는 성
공했습니다. 이로써 여성들도 시와 소설을 쓰게 되었고, 노비들도 글을
깨쳐 자신의 억울함을 많이 벗을 수 있었습니다. 500년이 지난 오늘날
에는 영어나 한자로는 불가능한, 단 12개의 휴대폰 버튼만으로 충분히
커뮤니케이션할 수 있게 되었습니다. 세종은 이렇게 애민정신으로 한글
을 창제하고 예술과 과학을 장려함으로써 태평성대를 이룩하였습니다.

아마도 세종대왕은 우리나라 사람들에게 가장 많이 기억되는 지도자일 것이며, 세계적으로도 널리 알려진 자랑스러운 한국의 브랜드입니다. 저 역시 가장 존경하는 위인 중 한 분입니다. 세종이 주변의 반대를 무릅쓰고 한글을 만든 이유는 간단합니다. 세종은 《훈민정음》 서문을 통해 한글을 창제한 취지와 그 밑바탕에 깔린 정신을 자세히 적어 놓았는데, 그 중심은 바로 백성들이었습니다. 즉, 누구나 배우기 쉬운 글자를 만들어 널리 배우게 해 백성들이 무지에서 벗어나길 바랐습니다. 이것을 다른 말로 하면 바로 '홍익인간' 정신입니다.

세종의 삶과 업적에서 우리는 인생의 다양한 지혜를 배울 수 있습니다. 그중 3가지만 추려보자면, 첫째 열정을 다한 삶을 살았다는 것, 둘째 더불어 나누며 함께하는 사회를 추구했다는 것, 셋째 창조적 융합의 방법으로 이를 실천했다는 것이 아닐까 생각합니다.

최근에 성공과 관련된 자기계발서들이 독자들의 사랑을 많이 받고 있습니다. 그 책들에서 공통적으로 나올 법한 이야기들이 바로 이런 것들이 아닐까요. 세종은 이미 500여 년 전에 우리 민족 고유의 정신인 홍익인간 이념을 바탕으로 더불어 사는 사회를 만들기 위해 노력하였고, 백성을 사랑하는 그 어진 마음이 한글 창제로 이어졌던 것이지요.

자기 주도적인 삶,
열정을 다하는 삶

그렇다면 열정을 다하는 삶은 어떤 것일까요? 필 나이트Phil Knight라는 사람이 있습니다. 그는 대학시절 달리기 선수였는데 성적은 늘 중간이었고 졸업 후 프로 선수가 되지는 못했습니다. 그 대신 달리기를 하면서 가졌던 신발에 대한 관심은 그를 신발업계에 뛰어들게 했고, 1964년 500달러의 자본금으로 창업을 합니다. 허름한 매장밖에 없었던 그는 소형트럭을 몰고 신발을 팔러 다녔습니다. 아디다스 판매 사원들의 비웃음을 받으면서요.

첫 해에 겨우 1,300켤레를 팔았습니다. 그러나 15년이 지난 1980년, 그는 드디어 아디다스를 제치고 미국 내 판매 1위를 차지합니다. 30년 후인 1993년에는 1억 켤레 판매를 돌파합니다. 바로 나이키의 스토리입니다.

나이키의 광고 카피 '저스트 두 잇Just Do It'을 잘 아실 겁니다. 저는 열정을 다하는 삶이란 내 가슴이 솔직하게 얘기하는 그 무언가, 내 가슴을 뛰게 하는 그 무언가에 미치도록 뜨거운 열정을 다하는 것이라 생각합니다. 나이트는 신발에 자신의 인생을 걸었지만, 여러분은 다른 것에 걸 수 있을 것입니다. 그것이 만화일 수도 있고 소설일 수도 있습니다.

게임 프로그램일 수도 있고 노래나 춤, 요리일 수도 있습니다. 멋진 자동차를 디자인하거나 우주 정거장을 설계하는 일일 수도 있습니다. 혹은 가정의 행복일 수도 있고, 세계 평화일 수도 있을 것입니다.

어떤 분야든 일가를 이룬 사람들 중에 열정적이지 않은 사람은 없는 것 같습니다. 승리는 열정의 문제이며, 열정은 싸우기 전에 이미 승리를 결정합니다. 세종 역시 그런 삶을 사신 분이었습니다. 고급 한자에 길들여진 수많은 학자들의 반대와 위협을 무릅쓰고 소신 있게 한글창제 프로젝트를 진행한 것은 열정 없이는 불가능했을 겁니다.

또한 열정적인 삶을 살려면 자기 주도적인 삶을 살아야 합니다. 내가 좋아하고 잘할 수 있는 일을 찾아서, 거기에 미치도록 열정을 쏟으면 세월이 흐르면서 놀랍게도 성과가 자연히 따라옵니다. 설사 가시적인 성과가 빠른 시일 내에 나타나지 않더라도 그 희열은 인생의 진정한 가치이자 성취가 아닐까 생각합니다.

조선왕조 500년 중 세종 때처럼 태평성대를 이룬 시대가 있었을까요? '태평성대'는 위에서 만들어 아래로 하사하는 것이 아닐 것입니다. 많은 사람들의 마음이 두루 평화롭고, 더불어 함께 산다고 느낄 때가 진짜 태평성대가 아닐까 생각합니다. 세종이라는 성군으로부터 배워야 할 두 번째 인생의 지혜는 더불어 나누며 함께하는 삶을 추구한 마음가짐입니다. 바로 백성을 사랑하는 '애민정신'입니다. 이제는 우리가 사회를 얘기할 때, 우리 동네, 우리나라를 넘어서 지구 차원의 인류 공동체까지로 생각의 범위를 넓혀야 합니다.

나의 생각, 나의 행동이 작은 것 같지만 지구 전체에 영향을 끼치는 그런 시대에 우리는 살고 있습니다. 앞에서도 나비효과와 인드라망을 잠시 언급했습니다. 세계와 내가 둘이 아니고 하나라는 것입니다. 내가 어디에서 무슨 일을 하든, 나를 위한 일이 곧 사회발전과 연결되고, 남을 위한 일이 곧 나를 위한 것임과 동시에 인류 전체를 위한 일이 된다는 것, 우리 모두가 서로 연결된 유기적인 존재라는 점을 기억해야 할 것입니다.

세종의 목표는 모든 백성이 다 함께 잘사는 조화로운 사회를 건설하는 것이었고, 이를 위한 방법을 찾아 열정적이고 헌신적으로 실천하였습니다. 그 방법은 매우 혁신적이었습니다. 세종의 혁신은 위와 아래, 음과 양, 낡은 것과 새로운 것, 젊음과 경륜을 포용하고, 통합하고, 융합하는 그런 방식이었습니다. 예를 들어, 세종의 인재관리법은 포용정신을 반영합니다. 세종은 사람에 대해 편견을 갖지 않았습니다. 작은 재능이라도 칭찬을 아끼지 않았고 그 사람의 장점을 포용하면서도 혹독하게 훈련시켜 각자의 잠재력을 최대한 끌어내고 적재적소에서 역할을 하게 했습니다. 장영실과 같은 젊은 인재들을 적극적으로 등용하는 동시에 노장 신하들의 경륜을 잊지 않았지요. 그렇게 세대 간의 조화를 이뤄내는 지혜를 발휘해 국가를 경영했습니다. 또한 성리학의 관념이 지배하던 시기에 음악과 미술을 포함한 문화예술과 과학, 실용 학문을 적극적으로 발전시켰습니다. 배운 자, 가진 자만이 즐기고 누리는 기회가 아니라 남녀노소 누구나 즐길 수 있는 앎과 배움의 기회를 창출하였고, 그 결과물은 수백, 수천 건의 발명과 발견, 작문과 작곡으로 이어졌습니다. 어떤 분은 '세종 당시 노벨상이 있었다면, 조선에서 제일 많은 수상자가 나왔을 것'이라고 할 정도입니다.

세계은행 수석 이코노미스트인 폴 로머Paul Romer 교수는 우리가 지금 '소프트 혁명' 시대에 있다고 말합니다. 소프트 혁명의 시대에는 유한한 자원으로 물건을 생산하는 것이 아니라, 물질의 조합을 달리하는 새로운 개념과 방식을 '창조'하는 것이 새로운 생산의 개념이라고 합니다. 특히 사회에 첫발을 내딛는 젊은이들 입장에선 각자가 원하는 목표를 이루는 데 필요한 요소들을 파악하고, 접근할 수 있는 정보와 지식을 잘 조합하는 것이 첫걸음이 될 것입니다. 그것이 창업이 되었든 취업이 되었든 말입니다.

세종은 그것을 잘 파악한 분이었지요. 21세기는 창조적·융합적 사고가 더욱 절실하게 필요한 시대입니다. 앞으로의 세상에서는, 새로운 것을 발명하고 창조하는 것 못지않게 인류사회가 지금까지 만들어낸 유무형의 훌륭한 자산들을, 첫째 잘 파악하여 이해하고, 둘째 적재적소의 쓰임새를 찾아, 셋째 조화롭게 응용하는 것이 진정으로 필요한 일이라 생각합니다.

우리가 꿈꾸는
매력국가 대한민국

저는 이 땅의 젊은이들에게 묻고 싶습니다. 이 시대의 젊은이들은 과거 부모님 세대가 만들어온 훌륭한 아날로그 기반에서 태어나, 미래를 코딩할 수 있는 디지털 기술을 아무렇지 않게, 마치 냉장고 문을 열고 닫듯이 쉽게 다룰 줄 알게 되는 환경에서 자랐습니다. 이제 젊은이들의 역할은 과거와 미래를 연결하고, 아날로그와 디지털을 통합하고, 이성과 감성을 넘나들며, 진보와 보수, 동과 서, 우리나라와 세계, 그리고 남과 북을 포용하고 융합해서 새로운 미래를 창조해나가는 것이라고 생각합니다. 그러기 위해 어떤 마음의 준비를 해야 할까요? 어떤 꿈을 꾸어야 할까요?

우리나라는 전쟁 후 가장 어려운 시기를 넘기고 세계 선진국 대열에 들어섰습니다. 인구 5,000만 명, 땅덩이는 세계에서 109위인 국가입니다. 이 땅에서 우리는 월드컵 4강, 올림픽 종합순위 최고 4위를 기록했고 마라톤, 수영, 피겨스케이팅에서 세계 최고를 경험했으며 양궁, 비보잉, 골프, 생명공학 기술은 지금도 세계 최고 수준입니다. 앞에서도 말씀드렸듯이 2차 세계대전 후 민주화와 산업화를 동시에 이룬 세계 유일의 나라입니다.

어떻게 이런 것이 가능했을까요? 바로 목표의식입니다. 한국 사람은 뭐든지 하면 최고가 되려는 강한 목표의식이 있습니다. 그리고 그 무대도, 한국만이 아니라 전 세계를 누벼야 직성이 풀립니다.

골드만삭스의 재미있는 전망치를 하나 살펴볼까요? 2050년이 되면 국민소득 9만 달러가 넘는 나라는 미국과 한국 두 나라뿐이라는 전망입니다. 여기에다 우리에겐 통일이라는 벅찬 미래의 가능성이 남아 있습니다. 남북한이 하나가 되면 국토나 인구 면에서 이상적인 규모의 국가가 됩니다. 남북한을 갈라놓은 분단의 족쇄가 풀리는 순간, 새롭게 도약할 수 있는 엄청난 기회가 펼쳐질 것입니다.

얼핏 보면 우리나라는 미국, 중국, 일본, 러시아 등 열강이 대치하는 틈바구니에 긴 샌드위치 신세처럼 보입니다. 그러나 우리에겐 이들 열강이 갖지 못한 활력과 무한한 잠재력이 있습니다. 무엇보다 열정과 창의가 넘치는 젊은이들이 있습니다. 여기에 첨단 기술력과 지식이라는 기반이 결합되고 개방과 관용의 정신이 더해진다면, 대한민국은 세계인이 부러워하는 매력국가로 거듭날 수 있습니다.

'매력국가'는 세계의 박해받는 종교인과 지식인들이 망명해 살고 싶은 나라입니다. 전 세계의 훌륭한 인재들과 기업들이 다투어 몰려와 새로운 일을 벌이고 싶은 나라이기도 합니다. 또한 세계의 문화인들이 자신의 기량을 뽐내고 함께 즐기고 싶은 그런 나라입니다. 우리가 꿈꾸는 매력국가 대한민국을 만들 주인공은 바로 청년들입니다.

청년들이 첫발을 내딛는 사회는 그런 미래를 그리는 스케치북이자 한바탕 판을 벌일 놀이마당입니다. 청년들이 꿈을 향해 두려움 없이 도전하는 열정, 더불어 함께 나누는 따뜻한 마음, 그리고 창의와 융합의 열린 사고를 가지고 세계로 나선다면 그들의 삶이 풍요로워지는 것은 물론이고, 매력적인 나라 대한민국의 미래도 활짝 열릴 것입니다. 청년들 스스로가 자신의 손으로 그런 가슴 뛰는 삶과 미래를 디자인하고 그 과정을 마음껏 즐겼으면 좋겠습니다. 그런 젊음의 모습이 바로 우리의 미래입니다.

사랑과 용서,
진정한 화해로 나아가는 길

* * *

하늘은 큰일을 맡기기 전에 시련과 고통을 주어 그릇을 키우고 담금질을 한다고
합니다. 한반도 남쪽 끝 작은 섬 제주도가 겪은, 한때 세계사에 큰 회오리를 몰고
온 그 커다란 고통과 시련의 역사는, 어쩌면 하늘의 대임을 맡을 수 있을지를 가늠
하기 위한 시험이 아니었을까요.

중국과 일본, 러시아, 세 강대국 사이에 낀 한반도.
그래서인지 우리나라는 고래로 무수히 많은 전쟁을 치르며 한반도 구
석구석을 피와 눈물로 적셔왔습니다. 이 땅 어디를 딛고 보아도 한 군
데 아프지 않은 곳이 없습니다. 푸른 신록으로 뒤덮인 산허리를 파보면
아직도 한국전쟁 당시 이름도 없이 스러져간 군인들의 뼈가 쏟아져 나
옵니다. 도시 개발을 위해 땅을 파다가 임진왜란 때 만든 해자垓子와 거
기 처박힌 부녀자, 노인, 아이들의 뼈가 발견되기도 했습니다. 어느 시
대, 어느 땅에 가도 전쟁 아닌 시절이 드물었고, 그 속에서 우리 조상들
은 힘겹게 삶을 버텨왔습니다.

제주도는 특히나 한이 많은 땅입니다. 외세의 침략도 침략이지만 동족끼리 이념 전쟁을 벌이며 무수히 많은 양민良民들이 희생된 곳이기에 그렇습니다. 한국전쟁이 발발하기 전인 1948년 3월을 기점으로 제주도에서 벌어진 피의 살육을 두고 누군가는 '항쟁'이라고 하고 누군가는 '반란'이라고 하기도 합니다. 그날의 사건은 이어도의 슬픈 전설만큼이나 아직도 아픈 상처로 남아 아물지 않은 채 역사의 저편으로 묻혀가고 있습니다.

표면적으로 '제주 4·3사건'이라 함은 공산주의를 추종하는 세력들이 반란을 일으켰고 이에 경찰의 발포를 시작으로 진압작전이 전개된 사건을 말합니다. 하지만 여기서 우리가 놓치지 말아야 할 것이 있습니다. 원인이야 어찌 됐든 그 과정에서 무고한 양민들이 수만 명이나 희생되었고 그들 가운데 많은 사람들은 노약자와 여자, 어린이였다는 점입니다.

문화에는 상처를 치유하는 힘이 있습니다. 제주의 상처 역시 문화로 치유할 수는 없을까요? 월드컬처오픈은 '문화로 너와 나의 벽, 세상의 벽을 허물자.'는 기치 아래 문화로 벽을 허물기 위한 활동과 고민을 계속해왔습니다. 지난 2015년 5월, 제주도와 함께 제주도가 문화의 섬으로서 세계적인 역할을 할 수 있게 함께 노력하겠다는 문화선언을 발표한 것도 그런 활동의 연장입니다. 그런 인연으로 인해 저는 지난 2015년 10월 '제주평화포럼'에 연사로 초청되어 기조연설을 하기도 했습니다.

사실 그때 연설을 하느냐 마느냐를 놓고 주변에서 이런저런 우려도 많았습니다. 자칫 정치적인 자리에 잘못 끼어들어 구설수에 휘말리지 않을까 걱정했기 때문이었죠.

그러나 저는 참여해야만 한다고 생각했습니다. 그리고 저는 이 문제에 대하여 명쾌하게, 그리고 분명하게 말하고자 했습니다. 제주 4·3사건의 문제를 아직도 남북 이데올로기 문제로 접근해서는 안 된다는 점이 그것입니다. 우리가 지향해야 할 지점은, 그날의 과오를 따지는 게 아니라, 다시는 그런 일이 발생하지 않도록 평화의 무대를 만들어가는 일입니다. 제가 어느 쪽의 눈치도 보지 않고 흔쾌히 그 자리에 나설 수 있었던 이유입니다.

조선시대만 해도 서울에서 제주도까지 가려면 한 달도 더 걸렸지만, 요즘은 비행기 노선이 잘 발달해 제주와 서울이 1시간 거리로 좁혀졌습니다. 마치 서울의 강북과 강남을 왕래하듯 손쉽게 오갈 수 있게 되었습니다. 저 역시 바닷바람이 그립고 청량한 공기가 필요할 때면 훌쩍 날아가 머리를 식히고 오기도 합니다.

하지만 그날의 방문은 특별했습니다. 제주 4·3사건의 문제를 미래지향적인 시야와 인간의 존엄성, 평화의 관점에서 바라보고자 하는 자리였기 때문입니다. 저는 그 자리에서, 우리가 혹시 4·3사건을 자유민주주의 국가 수립 과정에서 일어난 어긋난 일이거나 아니면 불가피하게 꼭 있었어야 할 정당한 일이라고 하면서, 서로 다른 입장에 선 사람들을 손가락질하고 오히려 갈등만 야기하고 있던 것은 아니었던가, 되돌아보는 시간을 갖자고 이야기했습니다.

문화로 치유하는
갈등과 대립의 상처

　　　　　제주 4·3사건은 해방 이후 6·25전쟁에 이어 두 번째로 많은 사상자를 낸 사건입니다. 우리 아버지, 어머니를, 우리 형과 아우를, 우리 동네 아주머니, 아저씨들의 생명을 앗아간 큰 아픔이었습니다. 삼무三無의 섬으로서 너 나 할 것 없이 옆집 사람을 서로 믿고 사는 이 아름다운 평화공동체에서, 그렇게 많은 사람들이 알 수도 없는 이유로 죽임을 당한 유례없는 참극이었습니다.

그래서 저는 더더욱 그 자리에 꼭 가야겠다고 생각했고, 이제는 누가 옳고 그르다는 이념 논쟁이 아닌, 평화를 이야기하는 장을 만들어야 한다고 주장했습니다. 이념을 넘어 우리 시대가 요구하는 소통과 통합으로 4·3사건을 새롭게 승화시키는 계기가 되어야 한다고 말입니다. 그 치유의 약이 바로 문화입니다. 갈등과 대립으로 인한 상처를 문화를 통해 치유하고 문화로써 갈등을 방지하자는 새로운 담론을 전개하고자,

〈중앙일보〉 회장으로서가 아니라 월드컬처오픈의 위원장으로서 제주 평화포럼에 참여하게 되었던 거지요.

제주 4·3사건은 아직도 현재진행형입니다. 물론 각계의 노력으로 4·3사건의 진상은 어느 정도 밝혀지고 알려졌습니다. 물론 앞으로도 더 찾고 더 분명히 밝혀야 합니다. 그러나 자료의 지속적인 발굴과 정리는 전문가와 역사가들에 의해 꾸준히 진행될 것입니다. 그러한 과정은 어느 한쪽의 잘잘못을 가리는 자리가 아니라, 상처를 치유하고 같은 일을 반복하지 않는 지혜를 얻는 자리가 되어야 합니다.

우리가 살아가면서 가장 견디기 힘든 일은 사랑하는 사람을 보내는 일입니다. 생명을 잃는 것에 대한 아픔, 이것보다 더한 아픔이 어디 있겠습니까. 세상에서 생명보다 더 소중한 것이 무엇이겠습니까. 제주에서 수십만 명의 사람들이 사랑하는 부모를, 형제를, 자식을 잃었습니다. 이것이 바로 제주가 더더욱 '평화의 섬'이 되어야 하는 이유입니다. 비무장지대가 역설적으로 평화를 상징하듯이, 제주의 상처가 평화의 상징이 되어 다시는 이 땅에 똑같은 비극이 일어나지 않도록 노력을 기울여야 할 것입니다.

고개를 들어 세계를 바라봅니다. 시리아, 팔레스타인, 티베트, 아프리카와 동아시아의 여러 나라들…. 이런 문제가 비단 우리나라만의 문제가 아님을 알 수 있습니다. 제주의 아픔이 킬링필드로 수백만의 목숨을 잃은 캄보디아인들에게도, 나아가 오늘날 받아주는 데가 없어 떠돌아다니는 시리아 난민들에게도 전달되기를 바랍니다.

슬픔은 통하는 곳이 있습니다. 인간 생명의 존엄성 위에서 자유와 행복을 추구할 권리를 가진 우리 모두에게 연결됩니다. 너도 나도 공감하고 있는, 이 설명할 수 없는 죽음에 대한 '슬픔과 아픔'을 넘어, 부모와 친지를 잃은 '통한'을 넘어, 더 이상은 갈등이 아닌 화해를 바라는 마음으로 우리는 진정으로 소통해야 합니다.

저는 이 '공감'의 감정, 가슴속에 뭉클하게 자리 잡은 내면의 감정들을 가장 부드럽게 담아내어 사랑과 희망으로 승화시킬 수 있는 것은 바로 문화가 아닐까 생각합니다. 문화를 통해 공감을 이끌어내고 아픔을 치유하는 것입니다. 과연 어떻게 그렇게 할 수 있을까요?

지금 제주도는 단순한 관광지가 아닌 문화와 치유의 도시로 거듭나고 있습니다. 이미 제주의 문화인들이, 제주를 사랑하는 우리나라 곳곳의 젊은 예술인들이 제주에 와서, 제주 사람들과 함께 아픔을 나누며 참여하고 있습니다. 또한 제주에서는 4·3 평화음악회를 비롯하여 다양한 문학상, 미술제, 위령제 등이 매년 열리고 있습니다.

저는 이런 행사들이 제주만의 것이 아니라, 세계와 함께하는 평화의 장으로 거듭나야 한다고 생각합니다. 주변의 오키나와 타이완, 난징과 같은 도시들도 유사한 아픔을 안고 있습니다. 이들 지역에 사는 사람들과 함께 연대하며 평화를 노래해야 합니다. 1988년 서울올림픽 때 불린 이래 세계인의 가슴을 녹인 노래 '손에 손잡고'처럼, 제주에서 만들어져 전 세계인들이 함께 부를 수 있는 진혼곡을 제안해봅니다.

모차르트, 베토벤, 브람스, 베르디 등 유수한 음악인들이 위대한 진혼곡을 만들었지요. 이들 진혼곡이 세계인의 상처를 달래며 지금도 연주되고 있듯이, 제주의 상처를 담은 진혼곡을 세계가 함께 공감했으면 합니다. 아랍 청년들과 이스라엘 청년들이 함께 연주하는 '웨스트-이스트 디반 오케스트라'처럼 제주의 넓은 초원에서, 평화로운 오름의 기슭에서 제주의 오케스트라가 연주하는 진혼과 화해의 음악을 중국, 일본, 그리고 세계 각지의 청중들과 함께 감상할 수 있었으면 좋겠습니다.

제주에는 4·3의 유적지를 비롯하여 일본군이 남긴 태평양 전쟁 유적지도 많습니다. 그 전쟁의 흉터 위에 아픔을 승화시킨 미술작품을 전시하고, 예술가들이 노래하며 문화로 화합했으면 합니다. 그래서 냉전시대 갈등의 뿌리이자 이웃 간 상잔의 터였던 제주를, 이젠 거꾸로 대립과 폭력에 처해 있는 수많은 세계인들의 슬픔을 어루만지는 곳으로 만들어봅시다. 어멍(어머니)의 손길을 통해 이 비극적 역사를 품은 섬을 화해와 사랑과 희망의 터전으로 만들어 지구촌으로 퍼져나가게 해봅시다.

사랑과 용서, 화해의
진정한 의미

　　　　　　　　저는 직업상 꽤 오랜 시간을 매일 아침 세상의 시끌벅적한 소식을 읽고 들으며 하루를 시작해왔습니다. 한데 그런 순간들에 기쁨보다는 안타까움을 더 많이 느꼈던 것 같습니다. 특히 우리는 선악구도로 단순화된 보도를 도처에서 접하게 됩니다. 이들 보도가 묘사하는 세계에는 '만인이 만인과 투쟁하는 세계'라는 이른바 홉스적 시각이 짙게 드리워져 있습니다. 그러하기에 문제의 원인규명에도, 그 해결방안에도 홉스적 시각이 그림자처럼 남아 있습니다. 그러나 인간관계의 심층 패턴은 표층의 외양과는 달리 그런 선악구도를 넘어선 지점에 있다고 생각합니다. 인간이 살아가면서 하는 선택은 온전히 자기 자신만의 것이 아니라 다른 사람들, 그리고 자타의 상호작용에 의해 생겨난 환경의 영향을 받아 나타나는 결과일 뿐입니다.

　이런 생각에서 저는 문화적 공감을 통해 4·3사건을 사랑과 용서의 의미를 찾는, 진정한 해원解寃의 장으로 만들어 나아가자고 호소하였습니다. 글로는 말을 다 드러내지 못하고 말로는 뜻을 다 드러내지 못한다는 '서부진언書不盡言 언부진의言不盡意'라는 말이 있죠. 비트겐슈타인도 '말로는 표현할 수 없는 것'에 대해 '침묵'을 권고했습니다. 이처럼 글이나 말로는 우리의 삶과 심층적 느낌을 다 표현할 수 없습니다. 그럼에도 불구하고 우리는 공감하고 소통하기 위해 이를 표현하려고 애써야 하고, 이를 표현할 수 있는 수단은 결국 '문화'라고 생각합니다. 문화는 언어가 뜻을 다하지 못하는 한계를 뛰어넘습니다. 문화는 언어, 민족, 인종이 다르다고 해도 누구와도 소통할 수 있는 인류 공통의 소통매체이기 때문입니다.

우리는 한때 외침에 의해 주권을 빼앗기기도 하고, 동족상잔이라는 큰 시련을 겪기도 했습니다. 이산가족 상봉에서도 볼 수 있었지만, 남북분단의 슬픔과 아픔, 인류의 길을 막고 있는 대립은 여전히 현재진행형입니다. 그러나 민족의 선각자들은 이렇게 커다란 시련과 고난을 겪어온 우리나라가 '후천개벽', 즉 새로운 문명시대를 이끄는 주인공이 될 것이라고 예견해왔습니다. 문화를 통해 4·3사건에 대해 소통하고 그 아픔을 치유해 나갈 때, 우리 마음속의 엉킨 매듭들이 스스로 풀어지기 시작할 것이라고 저는 믿습니다. 그 과정에서 우리나라 사람들에게는 아주 오래전부터 우리 역사에 깊이 새겨져 있는, 사람과 생명을 널리 사랑하고 이롭게 하라는 홍익인간의 정신이 발현될 것이라 믿습니다.

하늘은 큰일을 맡기기 전에 시련과 고통을 주어 그릇을 키우고 담금질을 한다고 합니다.《맹자》에서는 역경과 시련 속에서 위대함을 이루는 것을 '천강대임天降大任'이라 하였고, 《성경》에서도 시련과 고통은 큰일을 맡기기 위한 연단鍊鍛이라고 말합니다. 한반도 남쪽 끝 작은 섬 제주도가 겪은, 한때 세계사에 큰 회오리를 몰고 온 그 커다란 고통과 시련의 역사는, 어쩌면 하늘의 대임을 맡을 수 있을지를 가늠하기 위한 시험이 아니었을까 감히 생각해봅니다. 다 함께 행복한 세상을 만들어 나가는 데 있어, 그 선도 역할을 제주도, 나아가 우리나라에 맡기려고 한 것은 아니었을까 하고 말입니다.

4·3사건은 제주만의 문제가 아니라 우리 모두의 문제입니다. 제주도에 어린 한과 원을 풀어나가는 것은 제주도의 미래를 밝게 할 뿐만 아니라 우리나라, 나아가 세계가 겪어온 온갖 대립과 갈등을 뒤로하고 새로운 시대를 맞이하는 지구촌의 앞날에 큰 빛줄기가 될 것입니다.

제주도는 지금 미래로 가는 커다란 변화의 한가운데에 서 있습니다. 천혜의 자연환경과 동북아의 지정학적 중심지로서 제주도가 어떻게 나아갈지, 한국인은 물론 많은 외국인들도 관심을 갖고 지켜봅니다. 이 변화의 기회를 어떻게 살리는가에 제주도의 미래가 달려 있다고 해도 과언이 아닐 것입니다. 이 기회를 잘 살린다면, 제주의 미래가 유사 이래 한 번도 경험해보지 못한 새로운 모습에 다가서지 않을까요? 진흙에서 연꽃이 피어나듯이, 마주 잡은 두 손과 보듬어 안은 두 가슴이 만들어내는 진정한 해원을 통해, 열린 마음과 감싸는 마음이 가득한 제주다운 문화를 가꿔야 합니다. 공존과 조화의 지구촌 시대를 열어갈 문화의 섬, 치유의 섬, 평화의 섬으로서 제주가 큰 발걸음을 내디딜 수 있도록, 문화를 통한 4·3사건의 해원과 승화를 위해 계속해서 함께 고민하고 실천해 나아갈 수 있기를 바랍니다. 문화로 벽을 허물고 문화로 미래를 열 수 있습니다.

공유와 나눔,
공감과 포용

사람은 누구나 건강한 삶을 추구합니다.

사람은 누구나 멋과 즐거움이 가득한 삶을 추구합니다.

그리고 이를 타인과 더불어 누리는 삶을 추구합니다.

사람들의 이러한 바람은 예술, 과학, 생활양식 등

다양한 문화 형태로 발현되었고,

지금 이 순간에도, 문화는 일어나고, 만들어지고 있습니다.

다른 문화는 익숙하지 않기에

때로는 두려움의 대상이 되기도 하지만,

다르기에 더 알고 싶고 함께 누리고 싶은 대상이 되기도 합니다.

이렇듯 문화는 우리를 교류하게 합니다.

문화에는 더 나은 삶을 향한

인간의 무한한 창의성이 담겨 있고,

문화에는 더불어 사는 사회를 바라는

따뜻함과 지혜로움이 담겨 있습니다.

계속해서 진화하고 발전해온 인류는

지식에 있어서나 물질적으로 그 어느 때보다 풍요로워졌습니다.

물이 흘러 곳곳에 스며들 듯,

양산된 물질과 정보는 전 세계로 퍼져나갔습니다.

이런 과정에서 서로의 문화가 국경을 넘나들고

가치와 생각이 마주치며 많은 부딪침이 있었습니다.

하지만 물이 어디서나 수평을 찾아가듯,

인간은 끊임없이 균형과 조화를 찾아 나아갑니다.

서로의 입장이 무엇인지, 바람이 무엇인지,

무엇이 함께할 수 있는 길인지,

많은 이들이 열린 시각으로 세상의 흐름을 감지하며

지구 곳곳에서 공유와 나눔의 문화를 만들어가고 있습니다.

이제는 이익을 바탕으로 한 국가간 교류를 넘어
공감과 포용을 바탕으로 지구촌의 다양한 구성원을 아우르는
새로운 협력의 구조가 요구되고 있습니다.

이는 인류를 한 가족으로 받아들이는 공동체 의식 속에
문화의 다양성이 존중되어야 함을 전제로 하고,
환경을 포함한 정치, 경제, 사회의 전 분야에서
함께 조화와 균형을 만들어가는 것을 목표로 합니다.

그리고 이러한 글로벌 협력 시스템은
도시와 민간이 함께, 그리고 자연스럽게 참여하고,
인류 공통의 언어인 문화를 매개로 해야 할 것입니다.

이에 우리 모두는 문화를 통해 일상과 사회 곳곳에서
향기로움이 발산되는 더불어 행복한 지구촌을 만들기 위해
세계인들과 함께 노력해야 할 것입니다.

— 2015 제주포럼 문화선언 中에서

'코리안 드림'이
세계를
움직인다

나는 우리나라가 세계에서 가장 아름다운 나라가 되기를 원한다.

(…) 오직 한없이 가지고 싶은 것은 높은 문화의 힘이다.

문화의 힘은 우리 자신을 행복하게 하고

나아가 남에게 행복을 주기 때문이다.

지금, 인류에게 부족한 것은 무력도 아니요, 경제력도 아니다.

(…) 인류가 현재에 불행한 근본 이유는

인의가 부족하고 자비가 부족하고 사랑이 부족한 때문이다.

이 마음만 발달이 되면 현재의 물질력으로

20억이 다 편안히 살아갈 수 있을 것이다.

인류의 이 정신을 배양하는 것은 오직 문화이다.

— 김구, 《백범일지》

대한민국
매력국가론

· · · ·

중국 · 일본 · 동남아 · 중앙아시아 등지의 사람들이 오늘의 한국에서 문화적 영
감과 지도력을 기대하고 있습니다. 역동성과 창의성, 모두가 하나로 어우러지는
신명을 함께 누리고자 합니다. 그것이 바로 코리안 드림이며, 세계와 함께할 수 있
는 '문화 드림'입니다.

한국은 노래·그림·영화·음식 등 문화를 통해 아
시아의 평화와 번영에 크게 공헌을 할 수 있는 여건을 두루 갖추었습니
다. 또한 한국은 여타 주변국들처럼 침략의 역사를 가지고 있지 않습니
다. 다른 나라를 힘으로 제어하지 않았기에 아시아의 미래를 위한 비전
을 제시할 수 있습니다. 문화적·정치적 지배의 의도가 없는, 안정적이
면서도 신뢰할 만한 국가로서 한국은 '코리안 드림'을 전 세계에 제시
할 수 있어야 합니다. 단순히 한국에 기대를 걸고 일자리를 찾아 입국
하는 외국인 노동자의 꿈만이 아니라, 전 세계인이 한국을 통해 한국인
이 리드하는 문화를 함께 누리고, 그것으로 세계가 하나가 되는 좀 더

큰 틀의 꿈 말입니다.

물론 이웃 국가들도 저마다 꿈을 꾸고 있습니다.

중·일 양국은 각각 '중국몽中國夢', '강한 일본'을 범국가적 차원에서 추진하고 있습니다. '중국몽'은 시진핑 국가주석이 2012년 11월 중국 공산당 중앙위원회 총서기 자리에 오르자마자 주창한 개념입니다. 초고층 빌딩과 공장으로 상징되는 '현대 중국', 공자의 '문명 중국'과 세계 모든 나라의 정치·경제에 광범위한 영향을 미치는 '글로벌 차이나' 가 교차하는 곳에 '중국몽'이 위치한다는 것입니다. 구체적으로 중국은 2021년까지 생활이 편안한 정도가 중산층 수준인 '전면적인 소강小康사회'에 도달하는 것을 목표로 하고 있기도 합니다.

일본 역시 그렇습니다. 아베 신조 총리가 자신의 비전을 제시한, '아름다운 일본'이 그것입니다. 문화적으로 좀 더 세련되고 자신감 있는 일본을 추구합니다. 또 글로벌 플레이어가 되기 위해 재원의 활용을 극대화하는 것이 일본의 최근 추세입니다. 아베 총리의 꿈은 일본이 오욕의 역사를 뒤로하고 뭔가 더 커다란 목표를 위해 노력하는 나라가 되는 것입니다. 적어도 그는 우리가 그렇게 생각해주기를 바라겠지요.

중국의 시진핑 주석이 의욕적으로 추진하는 '일대일로一帶一路' 프로젝트는 중국몽을 구체화시킨 버전입니다. 유라시아 대륙과 아프리카, 중남미 일부까지 포함한 60개국 이상을 연결하는 해상과 육상의 새로운 실크로드를 건설하여 과거 강력했던 한나라, 융성했던 당나라, 그리고 몽골에서 인도차이나 및 남중국해까지 방대한 영토를 지배했던 청나라 강희, 옹정, 건륭 시대의 영광을 재현하려는 야심만만한 플랜입니다. 이 프로젝트의 자금조달 방안으로 출범시킨 것이 아시아인프라투자은행AIIB이고요.

여기에 한 술 더 떠서 시진핑 주석은 아프리카 국가들에게 굉장히 공을 들이고 있습니다. 2013년 탄자니아를 방문한 자리에서 시 주석은 '믿을 수 있는 평생의 파트너'라고 역설하며 아프리카의 마음을 움직였습니다. 단지 공언에 그치지 않고 수십조의 자금을 조달하여 아프리카에 투자하고 있는 상황입니다. 아프리카는 알다시피 자원의 보고입니다. 지금 투자한 인프라가 수백, 수천조가 되어 다시 중국으로 돌아오겠지요. 그만큼 멀리 내다보고 있는 겁니다.

일본은 어떤가요. 일본의 아베 신조 총리가 심혈을 기울이는 '아름다운 나라' 재건 프로젝트는 실제로는 현재의 일본을 헌법상 '전쟁할 수 없는 국가'에서 강력하고 '전쟁 가능한 보통국가'로 전환시키기 위한 국가적 기획입니다. 미국과의 군사적 협력관계를 강화하고 확장하여 이제는 동북아 지역만이 아니라 글로벌 차원에서 자위대의 군사행동을 가능하게 하는 시대를 꿈꾸고 있습니다. 아베노믹스의 과감한 추진으로 그 경제적·심리적 기반을 구축하고 있습니다. 다가올 2020년 도쿄올림픽은 '강한 일본'을 상징하는 국제행사로서 모습을 드러낼 것입니다.

새로운 한·중·일 시대의 도래는 우리에게 위기이자 기회입니다. 위기를 기회로 바꿔 대한민국의 새로운 도약을 이끌 실현 가능한 청사진이 있어야 합니다. 그런 청사진이 없으면 중국과 일본의 전략에 끌려다니다가 기회를 놓칠 수 있습니다. 우리에게는 중국이나 일본보다 더 멋지고 더 훌륭한 꿈을 펼칠 수 있는 유산도, 능력도, 기상도, 지혜도 있습니다. 단지 그것들이 꿰어지지 않은 채 따로 놀고 있는 게 문제라면 문제겠지요. 정치하는 사람들이 이럴 때일수록 정신 차리고 앞에서 국민을 이끌어야 합니다. 국민들에게 비전을 제시하지 못하는 지도자는 그 자리에 있을 자격이 없습니다.

한·중·일은 대결이
아닌 협력 파트너

이웃한 강대국들 사이에서 우리는 어떻습니까? 아시아에서 문화적 영향력이 가장 큰 나라, 동북아·동남아뿐만 아니라 전 세계적으로 가장 인기 있는 TV 드라마와 노래를 생산하는 나라가 아직 자신의 꿈이 무엇인지 충분히 표출하지 않고 있습니다. 자국의 이익에 국한된 '중국몽'과 '아름다운 일본'을 넘어서서 우리는 좀 더 큰 꿈을 꾸어야 합니다. '코리안 드림'이 바로 그것입니다. '코리안'이 들어갔다고 해서 한국인만의 꿈이 되어서는 안 됩니다. 세계인이 함께 꾸는 꿈이 되어야 합니다. 그것이 한국과 주변국의 다른 점입니다.

저는 궁극적으로 한·중·일이 대립하지 않고 협력하기를 바랍니다. 정치나 경제가 아닌 예술의 마당에서 세 나라는 언제든 하나가 될 수 있습니다. 2009년 한·중·일 문화교류의 일환으로 개최되었던 '월드컬처오픈 프렌즈포럼 갈라 콘서트'의 리허설이 한창이던 무대에서 저는 이미 그것을 확인했습니다.

당시 무대 뒤편에는 전통의상 차림의 나이 지긋한 여성 2명과 자유분방한 차림의 젊은 여성 1명이 함께 둘러서서 진지한 표정으로 대화를 나누고 있었습니다. 각각 한국, 일본, 중국을 대표하여 콘서트에 참가한 이 무용인들은 처음 대면한 자리에서 서로 말도 통하지 않음에도 불구하고 몸짓과 눈빛과 미소로 서로 대화하고 의견을 나누며 아름다운 춤사위의 조화를 만들어냈습니다. 각자 습득하고 연마해온 움직임의 방식, 표현의 방식에는 크고 작은 차이가 분명히 있었지만, 한국과 일본의 전통무용 장인들의 깊은 연륜과 중국 젊은 무용수의 에너지가 함께 어우러지며 순간적으로 만들어진 아름다운 춤의 동선은 모든 장벽을 뛰어넘는 문화와 예술의 힘을 다시 한 번 확인해주었습니다.

현대 세계에서 국가 이미지의 일부분으로 운위된 '꿈'의 원조나 원형을 따진다면, 그 최초는 틀림없이 1950~1960년대 미국에서 강력하게 추구된 '아메리칸 드림'이라고 할 수 있습니다. 미국의 역사학자 제임스 트러슬로 애덤스 James Truslow Adams는 '아메리칸 드림'을 이렇게 정의 했습니다. "각자의 능력과 이미 성취한 바에 따라 기회가 제공되기 때문에, 모든 사람들의 삶이 보다 향상되고 풍요롭고 충만하게 되는 땅에 대한 꿈"이 그것입니다.

야망을 품은 전 세계 사람들이 아메리칸 드림이 약속하는 투명하고 민주적인 사회에 이끌렸습니다. 미국의 정책에는 동의하지 않는 사람들도 아메리칸 드림으로부터 영감을 받았습니다. 그 꿈이 그토록 대성공을 거두리라고는 누구도 상상하지 못했습니다. 저를 포함해 당시 미국에서 공부하고 고국으로 돌아온 많은 사람들은, 미국의 제도와 문화가 우리나라에 본보기를 제공한다고 느꼈습니다.

우리는 아메리칸 드림을 단지 연설이나 책의 내용으로부터 흡수하는 게 아니었습니다. 민주주의와 법치의 작동과정을 학우들과 대화할 때 느낄 수 있었습니다. 일상생활에서 미국인들이 우리를 대하는 태도에서도 아메리칸 드림을 체험했습니다. 한국에서 행해진 많은 개혁은 아메리칸 드림에서 받은 영감의 결과였습니다. 아메리칸 드림은 미국 사람들뿐만 아니라 전 세계 사람들을 위한 꿈이었기 때문입니다.

이러한 국가적인 꿈들은 자국에서 강력하게 밀어붙이지만 각각 잠재력에 있어서는 본질적인 한계가 있습니다. 시진핑 주석에 의해 강력히 추구되고 있는 중국몽은, 좀 더 힘 있고 자신감 넘치는 중국이 되자는 것입니다. 서구 세계에 더 이상 빚진 게 없는, 그래서 자신 있게 행동할 수 있는 중국을 꿈꾸는 것이지요. 그러니 중국인을 위한 중국의 꿈입니다. 일본의 '아름다운 일본' 비전 역시 1차적으로 20여 년 동안 경제적·문화적으로 침체됐던 일본을 구출해내려는 구상과 관련 있습니다. 그러니 이 또한 궁극적으로 일본인들의 혁신과 변화를 자극하는 게 1차적인 목표라고 볼 수 있지요.

그렇다면 코리안 드림은 어떤 모습으로 우리에게 현재의 제약을 극복할 수 있는 영감을 줄 수 있을까요? 어떻게 하면 한국인뿐만 아니라 전 세계인을 변화시킬 코리안 드림을 창출해낼 수 있을까요? 우리가 고민해야 할 부분이 바로 이 지점입니다. 코리안 드림은 중국이나 일본처럼 경제력을 앞세운 일개 국가를 위한 꿈이 되어서는 안 됩니다. 싸이와 소녀시대의 노래와 춤을 세계인이 함께 즐기지 않았습니까? 그 경험을 되살려야 합니다. 거듭 말씀드리지만 한국인만을 위한 꿈이 아닌 세계인의 꿈이 되어야 합니다. 그 바탕은 한국적 정서 속에서 탄생한 우리 고유의 문화이며, 오로지 문화를 통해 비전이 제시되어야 합니다.

'코리안 드림'은 슬로건이나 의례적인 홍보 그 이상의 것이어야 합니다. 우리는 한국의 광범위한 역사적 체험의 스펙트럼으로부터 많은 요소들을 추출해 세계를 위한 보편적이고 포용적인 문화를 형성해야 합니다. 한국의 전통들로부터 세계에 소개할 아이디어를 추출해 모든 사람들이 환영하는 개방적인 대화를 개시해야 합니다. 예를 들면 인간 체험의 조건에 대한 원효대사의 탁견을 우리 어린이들뿐만 아니라 아프리카 어린이들도 쉽게 접근할 수 있게 만들어야 합니다. 원효의 사상에는 보편성과 즉각적인 적실성適實性이 발견되기 때문이지요.

코리안 드림은 한국 문화가 글로벌 디아스포라를 기반으로 한다는 점에서 독특합니다. 한국은 지극히 깊은 의미에서 전 세계적입니다. 많은 한국인들이 미국·중국·일본·러시아 등 세계 각국에서 살고 있습니다. 이들 한국인들은 그들이 살고 있는 나라들에 훌륭히 적응하여 살고 있습니다. 그러므로 코리안 드림은 필연적으로 '융합'의 문화를 바탕으로 하고 있습니다. 한국의 문화전통은 비빔밥과 마찬가지로 다양한 요소들을 융합합니다. 한국 문화는 새로운 문화적 영향을 흡수하면서 계속 팽창하고 성장합니다.

앞으로는 한국 기업들 또한 '코리안 드림'의 큰 부분을 차지해야 합니다. 한국의 국제적 위상을 높이고 있는 한국 기업들은 세계 곳곳에 많은 투자를 하고 있습니다. 과거에 한국 회사들은 해외에 진출할 때 '한국 회사'라는 정체성을 가능하면 부각시키지 않았습니다. 서구의 규칙을 따르는 세계적인 회사로 인식되고 싶었기 때문입니다. 그러나 이제 한국 회사들이 한국이라는 문화적 뿌리를 강조할 때가 왔습니다. 이제 세계 각국으로 뻗어나간 한국 회사들이 앞장서서 한국 문화를 세계가 공유하는 보편적인 문화로 만들어야 합니다.

무엇보다 코리안 드림은 젊은이들의 꿈이어야 합니다.

우리 젊은이들은 희망과 변화의 문화를 그들 스스로의 힘으로 창조할 수 있습니다. 그들은 다른 사람들이나 세대가 간과한 한국 문화와 철학의 가능성을 새로이 발견할 수 있기 때문입니다. 텔레비전 드라마와 K팝으로 표상되는 한류로 시작돼 변모 과정을 겪고 있는 코리안 드림의 궁극적인 발현은, 세계를 위한 새로운 문명이 될 것입니다. 우리 사회와 우리의 가치를 새롭게 정의할 것입니다. 세계의 모든 젊은이들이 이 신나는 과정의 주인공이 될 수 있을 것입니다.

코리안 드림이 세계로 뻗어나갈 때 가장 중시해야 하는 측면은 바로 '진정성'입니다. 한국과 한국 문화에 대한 사랑을 바탕으로 한 코리안 드림은 마음으로부터 우러나오는 것이어야 합니다. 모든 사람이 코리안 드림을 자기 자신의 꿈으로 느낄 때 코리안 드림이 성공할 수 있습니다. 즉 코리안 드림은 홍보회사가 인위적으로 만들어낸 것이어서도 안 되고, 일군의 정치인들이 심야의 향연에서 조합해낸 것이어서도 안 됩니다. 코리안 드림은 한국인들과 세계인이 합작해 만들어낸 그 무엇이어야 합니다.

한국 문화의 독자성은 한국인들의 꾸밈없는 진정성에서 나옵니다. 한국 문화는 합리적인 논리를 초월하는 한국인의 정情에서 발현됩니다. 다른 나라 사람들에 비해 한국인들의 대화법은 덜 세련됐습니다. 너무 직설적이거나 너무 퉁명스럽고 가끔은 지나치게 순진하기도 합니다.

이것은 부정적이기도 하지만 긍정의 에너지가 더 많습니다. 한국 문화의 이러한 부분은 코리안 드림을 강화하는 데 일조할 것입니다.

코리안 드림의 진짜 힘은 이것이 아직 미완의 과정을 겪고 있다는 데 있는지도 모르겠습니다. 코리안 드림에 대한 우리가 던져야 할 질문은 "코리안 드림이란 무엇인가?"라기보다는 "나를 위해, 우리를 위해 코리안 드림은 어떻게 될 것인가?"가 되어야 합니다. 누구나 코리안 드림에 동참할 수 있습니다. 코리안 드림은 우리에게 제시된 상투어가 아니라, 우리들의 손에 달린 엄청나게 큰 잠재력이 있는 보물과 같습니다. 궁극적으로 코리안 드림을 한국뿐만 아니라 전 세계의 프로젝트로 만들어가야 합니다.

꿈의 초대장, 코리안 드림

코리안 드림에는 매우 구체적인 맥락도 있습니다. 세계가 경제적·정치적·문화적으로 변화하고 있는 지금, 그저 다른 나라를 모방함으로써 코리안 드림의 힘을 구현할 수는 없습니다. 코리안 드림은 끊임없이 변모하는 그 무엇이 돼야 합니다. 이전 시대와 달리 코리안 드림은 '역설계reverse engineering' 단계를 극복해야 합니다. 코리안 드림은 다른 꿈의 모방이 아니라 모든 이에게 보내는 꿈의 초대장이어야 합니다. 한국인들이 간과한 한국 문화의 어떤 측면을 발견하기 위해서라도 전 세계로 초대장을 보내는 게 필요합니다.

전통 불교·유교 문화에서부터 뛰어난 수공예품·건축물, 자동차, 화장품까지…. 한국은 문화적으로 엄청나게 매력적인 나라입니다. 음악·영화·예술 등 모든 문화 영역에서 힘차게 벌어지고 있는 '한류'는 개도국·선진국을 가리지 않고 모든 나라 사람들에게 지극히 매력적입니다. 또한 한국 문화는 선진국의 규율, 높은 수준의 세련된 경영뿐만 아니라 개발도상국의 융통성·접근성과 순박하고 인간적인 따뜻함을 동시에 구비했기에 매력적입니다. 코리안 드림은 선진국과 개도국을 잇는 데 꼭 필요한 문화적인 다리 구실을 해야 합니다.

'코리안 드림'은 한국 역사에서 그 뿌리를 찾아야 합니다. 예를 들면, 문화와 창의성의 시대를 개막한 세종대왕은 코리안 드림의 큰 부분을 차지할 수 있습니다. 세종대왕은 아시아에 영감을 준 과학·예술·문학·통치·기술의 혁신적인 융합을 주도했습니다. 그는 정부의 면모를 일신시키기 위해 가장 뛰어난 인재들을 영입했습니다. 그들에게 한국의 잠재력을 극대화하기 위해 브레인스토밍을 시켰습니다. 끊임없이 탁월함을 추구한 그에게서 우리는 벤처 자본주의 정신, 기업가 정신을 발견할 수 있습니다.

우리에게 주어진 도전은 세종대왕이 한 일을 정확하게 파악하고 이를 어떻게 우리 시대에 맞게 이전하고 적용할지를 발견하는 것입니다. 예를 들면, 세종대왕은 한글과 같이 뭔가 한국 고유의 것을 창조하려고 했습니다. 계급이나 교육 배경의 차이를 빌미로 차별하지 않았습니다. 모든 백성을 위해 한국적인 문화적 시각을 상상하려고 했습니다. 그는 노비 출신인 장영실을 등용했습니다. 신분을 초월하여 장영실은 위대한 과학자이자 발명가였기 때문입니다. 코리안 드림은 진정한 평등을 위한 꿈일 수도 있습니다.

코리안 드림은 동아시아의 통합을 위해 중요한 역할을 할 수 있다고 생각됩니다. 미래의 평화를 위한 초석이 될 수 있습니다. 일본이나 중국과 달리 한국은 제국주의적인 과거사도 없습니다. 한국은 세계 각국과 동등한 국제관계를 유지하고 있습니다. 역사의 응어리가 없기 때문에 우리는 아시아의 항구적인 평화를 위한 촉매제 역할을 할 수 있고, 새로운 평화공동체를 창설할 수 있습니다.

아프리카나 남미에 가보면 그곳 사람들이 한국의 문화적·제도적 잠재력에 대해 큰 기대를 가지고 있음을 알 수 있습니다. 한국은 중견국가이지만, 삼성과 현대를 통해 전 세계에 손길이 닿습니다. 이는 세계의 많은 사람들이 한국인들과 어느 정도 동질감을 느낀다는 의미입니다. 한국은 한때 식민주의 때문에 고통을 받았고 전후 경쟁력이 거의 없는 상태에서 세계에 발을 담근 채 급속도로 발전하며 자신의 길을 헤쳐 나왔습니다. 이러한 점에 대해 세계인이 공감하는 것입니다. 우리처럼 홀로 일어서려는 국가들에게 좋은 롤모델이 될 수 있습니다.

코리안 드림은 현재로서는 상당히 애매한 개념인 게 사실입니다. 하지만 중국·일본·동남아·중앙아시아 등지의 사람들이 오늘의 한국에서 문화적 영감과 지도력을 기대하고 있습니다. 그들은 단지 싸이와 소녀시대의 춤을 따라 하며 코리안 드림을 느끼려는 게 아닙니다. 그 역동성과 창의성, 모두가 하나로 어우러지는 신명을 함께 누리고자 하는 것입니다. 그것이 바로 코리안 드림이며, 세계와 함께할 수 있는 '문화 드림'입니다.

저는 바로 지금이 적기適期라고 생각합니다. 바로 지금 코리안 드림은 우리로 하여금 최선을 다하도록 고무하고, 세계의 젊은이들이 힘을 합쳐 더 나은 세상을 건설하도록 영감을 주고 있습니다. 그러기 위해서는 무엇이 가장 중요할까요? 기업과 정치권, 청년들, 나아가 우리 국민 모두가 하나로 힘을 합쳐야 합니다. 지금 중국이나 일본의 텔레비전을 한번 켜보십시오. 우리처럼 메인뉴스가 정치인들의 혼탁한 싸움과 부패 스캔들로 얼룩져 있지 않습니다. 우리가 흔히 쓰는 '선진'이란 말은 단순히 물질적으로 앞서 나가는 걸 의미하지 않습니다. 몸과 마음이 선진화될 때, 우리 민족의 저력으로 세계를 움직일 수 있습니다.

Friend of WCO says ————————————————————————

세계의 많은 문제는 문화의 풍성함(다양성)의 중요성을
인지하지 못해서 발생하게 됩니다.
이는 문화 간 장벽을 만들어냅니다.
우리는 공통된 미래를 나누고 있습니다.
우리의 문화들, 그리고 문화의 다양성은
넬슨 만델라, 밥 말리, 리고레타 멘추, 조메타 팔메라,
노벨평화상 수상자들이 꿈꿔온 세상을 향한
긍정적인 사례들입니다.
이 모든 이들은 서로 다름, 개성, 독특함,
즉 각자가 지닌 잠재력을 가지고 각자에게 주어진 역할이 있는
그런 정의로운 세상을 향해 싸워온 사람들입니다.

—마틸다 리베리오, 전 브라질 인종평등진흥 장관

매력 넘치는 대한민국을 디자인하자

. . . .

매력국가의 첫 번째 요소가 바로 '문화'입니다. 월드컬처오픈이 하고 있는 일도 문화전도사의 역할 아닙니까? 월드컬처오픈이 세계를 보고 큰 꿈을 꾸고 있듯이, 우리나라도 세계를 향해 우리가 가진 모든 것을 '향기 나는 문화'로 만들 수 있어야 합니다.

문화로 할 수 있는 일이 또 하나 있습니다. 그것은 바로 매력 넘치는 국가를 건설하는 일입니다. 역사적으로 볼 때 오늘날 우리 대한민국은 또 한 번의 도약을 앞두고 있습니다. 이대로 선진국의 문턱에서 주저앉을 것인가, 아니면 돌파구를 찾아 앞으로 나아갈 수 있을 것인가의 중대한 갈림길에 우리는 서 있습니다. 국제사회의 거대한 도전은 우리에게 나태함을 용납하지 않습니다. 페달을 밟지 않으면 쓰러지는 자전거처럼, 우리가 지금 주저앉는다는 것은 곧 후진국의 나락으로 추락하는 것을 뜻합니다. 쓰러지지 않고 앞으로 나아가려면 동력이 있어야 하는데, 저는 그것을 매력국가 건설에서 찾고자 합니다.

21세기에 들어서 동북아 지역은 세계 경제를 발전시키는 견인차가 되었습니다. 그 중심에 한·중·일 3국이 있습니다. GDP로 보면 중국이 세계 2위, 일본이 3위, 그리고 대한민국이 10위권에 있습니다. 이 세 나라가 포함된 동북아 지역은 유럽, 북미 지역과 더불어 삼극체제의 한 축입니다. 하지만 3국의 지역적 협력은 만족스러운 수준에 한참 미치지 못하고 있습니다. 오히려 3국 사이에는 긴장과 갈등이 더 두드러지고 있습니다. 거침없는 중국의 '대국굴기'와 미국의 상대적 쇠퇴, 미국이 안보와 중국 견제의 짐을 나누고자 하는 데 따른 일본의 보통국가화는 대한민국의 앞길에 어두운 그림자를 던지는 것도 사실입니다.

지금 이 시점에서 우리 대한민국이 선택해야 할 길은 바로 '매력국가' 건설입니다. 상품과 자본, 사람이 국경을 넘어 세계를 무대로 자유로이 활보하는 오늘날, 그 상품과 자본, 사람을 끌어들이는 매력을 갖춘 나라를 만들자는 것입니다. 세계인이 오고 싶어 하고 살고 싶어 하는, 그런 매력적인 나라를 만들어야 합니다.

앞에서도 언급했듯이, 17세기 스페인 식민지에서 독립하여 해양강국으로 부상한 네덜란드는 매력국가의 좋은 본보기입니다. 종교대립의 광풍이 불던 당대 유럽에서 신생국 네덜란드는 관용과 자유를 국가의 이념으로 삼아 삶의 길을 찾아 헤매던 수많은 사람들을 끌어들였습니다. 자본이 네덜란드로 모여들자 학문과 문화도 뒤따라 번성했습니다. 근대 유럽을 열었던 많은 사상가, 예술가들이 이곳에서 꿈을 펼쳤습니다.

21세기 대한민국을 매력국가로 탈바꿈시키기 위한 화두는, 날로 시장규모가 거대해져 가는 중국입니다. 중국 바로 옆에 대한민국이 있다는 지리적 조건을 잘 활용해야 한다는 이야깁니다. 이것은 하늘이 준 천혜의 기회이기도 합니다. 중국을 기회로 삼으려는 사람들과 자본, 상품이 세계에는 수없이 많지만, 중국의 체제, 문화, 생활환경, 고급 기술인력 등의 문제 때문에 중국 현지에 진출하기에는 어려움이 많이 따릅니다. 우리가 파고들 지점이 그곳입니다. 바로 그들에게 대한민국이야말로 대중국 비즈니스의 전진기지로서 가장 매력적인 곳으로 만드는 것이 바로 우리의 전략이 되어야 합니다.

한국인의 역동성을
발휘할 기회

세계의 인재들과 자본이 대중국 비즈니스의 전진기지로서 대한민국에 매력을 느낄 만한 이유는 적지 않습니다. 우선 1시간 비행거리 이내에 중국의 5~6억 인구가 커버될 정도로 한국은 중국과 가장 가까운 거리에 있는 나라입니다. 탁월한 접근성을 가진 교통 인프라를 가진 나라이기도 하고요. 또한 중국이 갖추지 못한 대한민국의 법치와 자유, 민주의 제도적 인프라는 그들을 안심시킬 수 있는 중요한 요소가 될 수 있습니다. 예의를 지키고 정직과 성실을 중시하는 전통문화, 맑고 아름다운 산하를 가까이 둔 자연환경, 인사동을 비롯한 전통거리와 다양한 전통시장들, 홍대·강남에서 어우러지는 역동적인 서울의 모습도, 인정 많은 우리 국민의 심성도 그들에게는 매력적일 것입니다.

그리하여 세계의 인재들과 자본을 대한민국에 모여들게 할 수만 있다면, 17세기 네덜란드나 21세기 런던, 실리콘밸리, 싱가포르의 성취를 우리 것으로 만드는 일이 결코 허황된 환상이 아닙니다. 21세기 대한민국에 기회가 찾아왔습니다. 그런 대한민국을 실현하는 유일한 길은 외부의 힘을 활용하여 혁신과 개방을 이끌어내고 역동성 넘치는 경제를 구축하는 것입니다.

유럽에 런던의 사례가 있다면 아시아의 사례로는 글로벌 기업의 대아시아 전진기지가 된 싱가포르가 있습니다. 싱가포르는 열대에 위치하고 문화도 빈약하며 준경찰국가에 가까운 열악한 환경에도 불구하고, 1인당 GDP는 아시아 최고 수준입니다. 10년 전 우리의 1인당 GDP가 2만 달러였을 때 싱가포르는 2만 5,000달러였습니다. 그러나 지금 우리가 2만 8,000달러 정도에 머물고 있는 데 비해, 싱가포르는 우리의 2배에 가까운 5만 5,000달러를 넘어섰습니다. 그 동력을 마련한 것은 역시 자유와 개방이었습니다.

매력국가의 건설은 대한민국의 경제적 고민을 해결하는 데 중요한 돌파구가 될 것입니다. 정책만 잘 만들고 실행하면 세계가 우리를 먹여 살리게 할 수 있습니다. 불합리한 각종 규제들을 개혁하고 적절한 제도와 인프라를 정비하여 세계의 인재들과 자본이 쉽게 유입될 수 있는 환경, 창업하기 좋은 환경을 만드는 일이 우선적으로 이루어져야 합니다. 그렇게 되면, 글로벌 기업의 아시아 본부, R&D센터, 동북아 밸류 체인의 핵심상품 생산 및 물류 기지, 세계적 대학 및 병원 지부, 글로벌 로펌 및 회계법인 아시아 본부 등이 대한민국에 세워지기 시작할 것입니다. 그에 따라 각종 사무실, 쇼핑몰, 오락, 건강, 예술, 문화 시설, 주거 시설 등의 수요도 새로 생길 것입니다.

매력국가는 일상생활 속에서 자유와 관용, 법치, 개방성이 문화와 관습으로 자리 잡은 문화국가여야 합니다. 다양한 삶이 어우러지고 창의와 활력이 넘치게 해야 합니다. 그런 문화국가가 전통문화와 자연환경, 도시적인 역동성과 소박한 인정이 함께 어우러질 때, 비로소 매력국가로서의 진면목은 빛을 발할 것입니다. 그리하여 자유와 창의와 활력이 넘치는 나라에서 대중국 비즈니스를 수월하게 수행하고 동시에 삶의 또 다른 가치를 마음껏 누리고 즐길 수 있다면, 그런 대한민국을 누가 좋아하지 않을 수 있겠습니까.

오늘날은 우리의 힘만으로는 고용을 확보할 수 없는 시대에 살고 있습니다. 또 수출만 해서도 먹고살 수 없는 시대입니다. 내수도 우리의 창의력만으로는 해결할 수가 없습니다. 이런 시대에 매력국가 건설이라는 꿈이야말로 1인당 GDP 3만 달러의 벽을 넘어 4만, 5만 달러 시대를 여는 유일한 길이 아닐까요?.

그런 매력국가를 건설할 수 있다면 외국인들뿐만 아니라 대한민국의 청년들에게도 큰 희망이 됩니다. 창업하고자 하는 결심을 더 쉽게, 더 많이 이끌어내기에 좋은 조건이 되기 때문입니다. 제2의 스티브 잡스나 마윈을 꿈꾸며 창업에 뛰어드는 청년들이 자유와 개방이라는 과실이 있는 곳으로 모여들 것입니다. 또한 장인정신으로 기술과 기량의 발전에 묵묵히 힘써 세계적인 강소기업으로 거듭날 히든 챔피언들도 하나 둘 늘어갈 것입니다. 그러다 보면 잠자고 있던 한국인들의 탤런트를 깨워 역동성을 발휘하게 할 계기가 될 수도 있습니다. 그리고 현재 대한민국이 직면하고 있는 청년실업이나 노인빈곤, 양극화 문제를 해소하거나나 완화하는 데도 큰 도움이 될 것입니다.

구동존이와 공칠과삼론

매력국가 건설을 위한 첫째 조건 가운데 하나가 남북한 평화구축입니다. 평화 없이는 절대로 매력국가를 달성하지 못합니다. 평화는 남북이 스스로 만들어가야지, 다른 나라가 주는 게 아닙니다. 또한 매력국가로 나아가려면 경제가 어느 정도 뒤를 받쳐주어야 합니다. 또 중산층이 살아나고 부유층이 소비해야 합니다. 우리 속담에 '곳간에서 인심 난다.'는 말이 있죠. 곳간이 풍성하게 채워져야 우리 사회에 만연한 이념, 계층, 지역, 세대 등의 첨예한 대립과 갈등을 완화시킬 가능성이 높아질 것이라는 뜻입니다.

민본정치를 설파한 맹자도 '항산恒産 없이 항심恒心 없다.'고 강조했습니다. 곳간이 비어가는 상황에서는 대립과 갈등이 더 첨예해질 수 있으므로, 곳간이 비지 않도록 지속적으로 성장동력을 확보하는 것이 민본정치에 매우 중요하다는 통찰입니다. 매력국가 건설을 통해 지속적 성장동력을 확보하면 이제까지 우리 사회를 동요시켜온 대립과 갈등의 구도를 해체할 수 있습니다.

그런 의미에서 매력국가의 건설은 대한민국을 정치적으로, 문화적으로 한 단계 더 업그레이드시킬 수 있는 일석이조의 좋은 기회이기도 합니다. 국내에 한정된 시야만으로는 그 대립과 갈등구도에 켜켜이 얽힌 실타래를 풀기가 쉽지 않습니다. 그 실타래를 풀기 위해서라도 세계가 우리 속으로 들어오는 매력국가의 건설을 더 이상 미룰 수 없습니다.

그러나 안타깝게도 우리의 정치 현실이 우려스럽기만 합니다. 대한민국의 새로운 도약을 이끌 실현가능한 비전을 제시하는 정치 지도자는 아직 보이지 않습니다. 포퓰리즘populism을 넘어서는 도덕적 용기와 결단으로 잘못된 주장에 맞서는 지도자, 필요하다면 국민들에게 대승적 희생을 호소할 수 있는 지도자가 보이지 않습니다. 정치세력 사이에는 여전히 진영논리에 의한 편 가르기가 횡행하고, 툭하면 소모적인 정쟁으로 내달립니다. 그러니 불합리한 규제 혁파나 긴급한 각종 개혁조치는 실행이 불가능합니다. 정치의 선진화는 매력국가 건설의 중요한 전제가 되어야 함에도 불구하고 말입니다.

'구동존이求同存異'라는 말이 있습니다. 서로 일치하는 점은 취하고, 의견이 서로 다른 점은 잠시 보류한다. 즉 의견이 다른 것은 일단 두고 같은 걸 먼저 이야기하자는 겁니다. 1950년대 말 중국에서 '대약진운동'을 한다고 얼마나 많은 사람이 희생됐습니까. 영국을 넘어서는 철강 강국이 되겠다고 동네마다 철강소를 만들고 놋젓가락까지 모았지만 결과는 3,000만 명이나 굶어 죽는 것이었습니다.

이걸 비판하자고 모인 게 '여산회의'였습니다. 그런데 여기서 하도 싸우니까 대토론 과정에서 팽덕회란 사람이 숙청이 됩니다. 싸움이 어마어마했습니다. 그때 주은래가 가지고 나온 말이 바로 '구동존이'입니다. 우리가 같이 사회주의 협력하자고 해서 이만큼 왔는데, 우리끼리 싸워서 되겠느냐, 다른 것은 잠시 미뤄두고 서로 의견이 맞는 것을 가지고 다시 토론을 시작하자. 사람이 수천만 명 죽어도 이러할진대, 우리는 일단 의견이 안 맞는 것부터 먼저 싸우느라 상대와 맞는 의견이 뭔지도 모르고 지나가는 경우가 많습니다.

통합은 서로 다른 상대를 포용하는 데서 시작됩니다. 가까이는 영조의 탕평책이 대표적이죠. 문화와 인재를 아끼고 상대의 결점보다 장점을 보는 언행이 필요합니다. 정치도 그러해야 합니다.

전하는 얘기에 의하면, 하루는 중국의 덩샤오핑이 마오쩌둥하고 앉아서 이야기를 했답니다. 마오쩌둥이 정치9단이니까, 이렇게 말했답니다. "내가 제대로 일을 해보려고 평생 들판을 뛰어다녔는데, 지금 생각해보니 못한 게 참 많아. 한 반은 잘하고 반은 잘 못한 거 같아."

그러자 덩샤오핑이 대답했습니다.

"무슨 말씀을 하십니까. 제가 볼 때는 어려운 환경에서 7개는 잘하시고 3개 정도는 조금 아쉬움이 있었지요."

그랬더니 마오쩌둥이 조금 얼굴이 펴져서 말하길,

"아니야, 아무리 생각해봐도 6개는 잘하고 4개는 못한 거 같아."

이것이 덩샤오핑의 '공칠과삼론'입니다. 권력자 앞에서 지나친 아부도, 경계도 아닌 적당한 해답을 찾아 상대가 기분 나쁘지 않게 말한 것이죠.

우리도 마찬가지입니다. 우리가 일제시대를 겪고 한국전쟁, 산업화, 민주화를 급하게 해오면서 얼마나 실수가 많았습니까? 아니, 그 많은 일을 해오면서 어떻게 전부 다 잘할 수 있었겠습니까? 더러는 실수도 하고 더러는 악수도 두면서 이 나라를 힘겹게 끌고 온 선배들입니다. 9개를 잘해도 1개 실수하면 매장시켜버리려는 사회 분위기는 결코 좋지 않습니다. 누군들 털어서 먼지 안 나겠느냐는 말도 있지 않습니까. 한 개인의 업적을 나열할 때 업적만 나열하지도, 나쁜 점만 부각하지도 말아야 합니다. 공과를 분명히 적시하고 후세대에게 스스로 판단하게 해야 합니다.

/

평화 없이는
아무것도 안 된다

매력국가의 건설은 긴장의 파고가 높은 동북아에서 협력을 위해 우리가 애쓸 때 더 공고해질 수 있습니다. 한·일, 한·중 간 역사와 영토를 둘러싼 문제에 대해서는 갈등과 대립의 싹을 더 키우지 않는 방향으로 현명하게 관리해야 합니다. 고조되는 중·일 간 대립을 완화시키기 위한 중재의 사다리 역할에도 우리가 적극 나서야 합니다.

앞에서도 언급했듯이, 타국을 힘으로 괴롭히거나 지배한 적이 없다는 사실은 새로운 한·중·일 시대에 평화의 리더십을 발휘할 수 있는 소중한 역사적 유산입니다. 그런 평화적 리더십을 추구할 매력국가로의 대한민국의 행보를 세계는 환영하고 지원할 것이며, 그에 따라 대한민국에는 글로벌 리더십을 더 잘 키울 수 있는 좋은 기회가 도래할 것입니다.

매력국가로의 행보는 한반도 평화와 통일에도 크게 기여할 것입니다. 남북 간 긴장이 고조되면 외국 기업들은 한국에 대한 투자와 진출을 망설이게 됩니다. 한국이 매력적으로 보이기 위해서는 남북관계를 개선하여 한반도에 평화를 정착시켜야 합니다. "평화가 전부는 아니지만 평화 없이는 아무것도 안 된다."는 전 독일 총리 빌리 브란트Willy Brandt의 말은 우리에게 좋은 참고가 됩니다.

매력국가의 자유와 개방, 관용과 통합의 정신에 맞추어 남북교류의 물꼬를 과감하게 터야 합니다. 하나 주고 하나 받는 기계적인 상호주의Quid pro quo를 넘어서는 것이 바람직합니다. 요즘 북한은 남한에 대해 호전적이고 도발적인 발언을 연일 쏟아내고 있는 게 사실입니다. 그래서 대화를 재개할 분위기는 점점 위축되고 있습니다. 그럼에도 불구하고, 아니 그럴수록 더더욱 우리의 대화와 관여engagement를 위한 노력은 배가되어야 합니다. 남북한 긴장완화, 한반도 평화정착 없이 한국을 사업하고 유학하고 관광하기 좋은 매력국가로 만들 수는 없습니다. 그렇게 해서 형성되는 남북 간의 신뢰를 바탕으로 경제공동체, 문화공동체에 대한 구상을 차근차근 구체화해야 합니다. 이 단계에 이르면 한반도 평화정착은 중요한 전환점에 들어설 것이며, 그 종착점에서 통일은 자연스럽게 뒤따르게 될 것입니다.

사회분열을 해소할 사회적 대통합 대책은 정부와 정치권이 수행해야 할 중요하고 시급한 과제 중 하나입니다. 그런 대책 없이는 자유와 개방에 대한 국민적 공감을 얻기 어려울 것입니다. 공정한 경쟁이 가능한 환경을 만드는 데 장애가 되는 제도적 미비를 개선하고 부정적 관행을 금지해야 합니다. 벤처기업의 성공을 대기업이 헐값에 후려칠 수 없도록 관리·감독해야 하고 자본·경험의 부족으로 실패를 겪은 청년 창업자들이 언제든 몇 번이든 재도전할 수 있는 패자부활의 기회를 제도적으로 보장해야 합니다. 또한 사회적 소수자와 약자도 경쟁력을 가질 수 있도록 배려해야 합니다.

일부가 우려하듯이 자유와 개방이 초래할 위험성이 전혀 없는 것은 아닙니다. 그러나 거기에 위축되는 것은 지나친 패배주의입니다. 대한민국의 역사는 자유와 개방을 통해 국가적 역량을 부단히 제고해온 실례가 있습니다. 앞에서도 여러 번 강조했듯이, 2차 세계대전 이후 산업화와 민주화를 동시에 이룬 나라는 현재 세계에서 대한민국이 유일합니다. 그에 대한 외국인들의 찬탄은 입에 발린 소리가 아니라 부러움의 표현이요, 한국인 스스로의 과소평가에 대한 의문 제기이기도 합니다.

우리의 피에는 광개토대왕의 밖으로 뻗는 기상과 세종대왕의 안에서 하이브리드를 만들어내는 창조정신이 동시에 흐르고 있습니다. 17세기 네덜란드 철학자 스피노자Spinoza는 "두려움 없는 희망은 없고, 희망 없는 두려움도 없다."고 했습니다. 두려움부터 극복하고 나아가야 희망이 생깁니다. 아무것도 하지 않으면 아무것도 이룰 수 없습니다.

이제 남은 것은 우리의 판단과 결단입니다. 이기주의에 사로잡히기보다는 큰 비전을 가진 정치가들을 무대로 올려보내 실력을 발휘하게 해야 합니다. 우리의 미래와 대한민국의 미래가 거기에 달려 있습니다.

아시아 최고 수준의 자유와 개방으로 세계의 인재와 자본, 기술을 끌어들여야 합니다. 저는 이것을 '제3의 개국'이라고 거듭 얘기하고 싶습니다. 개화기 그리고 해방 이후 남쪽은 북쪽과 달리 개방을 통해서 이만큼 성장했는데, 이 정도 가지고는 안 됩니다. 각종 규제와 외국인에 대한 선입견, 또 기업하기 어려운 환경을 혁파할 수 있는 제3의 개국을 해야 합니다. 그러기 위해서 '매력국가'라는 표현을 썼습니다.

매력이 무언가요? 누구나 매력 있는 여성, 남성에 끌리지 않나요? 물론 외모도 중요합니다. 그런데 외모보다 더 중요한 것은 풍기는 분위기입니다. 남자든 여자든 '향기가 나는 사람'이 돼야 합니다. 향기는 겉을 가꾼다고 나는 것이 아닙니다. 내면에서 풍겨 나오는 것이기 때문입니다.

마찬가지로 나라도 '향기가 나는 나라'를 만들어야 합니다. 군사력이 강하고 경제력이 강한 나라라고 해서 향기가 나는 나라가 되는 것은 아닙니다. 제가 외부 강연에서도 자주 언급하는 말이 있습니다. 바로 김구 선생이 《백범일지》에서 쓰신 '나는 우리나라가 이렇게 되기를 바란다.'라는 말입니다. 어떻게 이런 발상을 하셨나 싶을 정도로 감탄이 절로 나옵니다. 거기서 백범 선생님은 "문화 향기가 나는 국가가 돼야 한다."는 말씀을 하셨습니다. 매력국가의 첫 번째 요소가 바로 '문화'라는 얘기입니다. 월드컬처오픈이 하고 있는 일도 문화전도사의 역할 아닙니까? 월드컬처오픈이 세계를 보고 큰 꿈을 꾸고 있듯이, 우리나라도 세계를 향해 우리가 가진 모든 것을 '향기 나는 문화'로 만들 수 있어야 합니다.

현대사회는 스마트폰으로 전 세계가 다 연결됐습니다. 요즘 아이들에게는 내가 어느 나라의 국민이냐가 별로 중요하지 않습니다. 범세계적인 가치공유 시대의 아이들이기 때문입니다. 수많은 젊은이들이 저마다의 우상과 문화를 그들만의 커뮤니티에서 공감하고 공유하고 있습니다.

하나로 연결된 세상은 이제 시작일 뿐입니다. 이 세상 속에 무궁한 미래가 들어 있습니다. 그 미래를 잇는 고속도로가 바로 문화입니다. 그 문화의 고속도로를 타고 향기 나는 젊은이들이 향기 나는 대한민국호를 이끌면서 경적을 울리며 세계로 달리면 좋겠습니다.

Friend of WCO says

테러리즘에 대항하는 최선의 전략은
문화 간의 무지와 편견을 없애나가는 것입니다.
월드컬처오픈의 노력이 폭력과 테러리즘이 만연한 이 시대에
너무나 중요한 이유입니다.
평화로운 세상을 더 속히 바란다면,
문화 간 교류와 이해를 증진시키는
이러한 참신한 노력은 절대적으로 필요한 것입니다.

— 목타르 라마니, 전 이슬람연합기구 유엔 대사

우리, 손 한번 뜨겁게 잡아보아요

. . .

김구 주석이 지금도 존경을 받는 이유는 남쪽과 북쪽 어느 쪽에도 서지 않고 민족의 편에 섰기 때문 아니겠습니까? 정치인이든, 운동가든, 양심 있는 사람들이 더 많이 나와야 합니다. 그것은 바로 어느 쪽에도 치우치지 않은 바른 교육에서 시작됨은 두말할 나위도 없겠죠.

우리는 우리 스스로 자주 말하곤 합니다. 땅덩이도 좁고 자원도 적은 조그마한 나라라고. 그런데 우리가 우리 스스로를 굳이 '작은 나라'라고 규정해야 할 필요가 있습니까? 나라의 크기는 민족의 힘이나 역량과 비례하지 않습니다. 축구 경기를 보십시오. 인구가 많고 영토가 넓다고 해서 이기는 게 아니지 않습니까! 스스로 우리의 자긍심을 높일 수 있는 역사 교육을 해야 합니다.

특히 우리의 고대사에 관심을 가져야 합니다. 증명되지 않은 일부의 주장을 역사로 편입시켜 당장 가르치자는 게 아니라 우리 역사를 제대로 연구하고 찾자는 얘깁니다. 우리 역사를 밝히는 일에 더 많은 지원이 이루어지고 연구가 확대되고 증진되어야 합니다. 중국은 일찌감치 '동북공정'을 해오고 있고 일본도 자기들 신화를 만들어 역사에 편입시켜 가르치고 있는데, 우리는 지나치게 경직돼 있습니다.

역사학자 카E. H. Carr의 말대로 과거와 현재는 연결돼 있습니다. 역사는 계속해서 유동하는 유기체입니다. 어떤 연구가 굳어졌다고 해서 그것이 절대 진리나 정답이 될 수 없습니다. 자랑스러운 우리의 역사를 바로 찾고 후손들에게 제대로 가르치는 것은 우리의 사명입니다.

우리나라 역사 교육은 지나치게 현대사 위주로 가고 있지 않나 생각합니다. 우리 역사가 어찌 현대사뿐이겠습니까? 5,000년 혹은 그 이전의 자료가 있다면 그것도 우리 역사가 아닐까요? 그런데 우리는 삼국시대를 거쳐 고려, 조선에 지나치게 갇혀 있습니다. 근현대사도 마찬가지고요. 진보 쪽에서는 자신들의 주장이 담긴 현대사를 늘리고 싶어 하고, 보수 쪽에서는 일제강점기 때부터 굳어진 사관을 그대로 유지하려는 경향이 강합니다.

실증주의 역사학자들 중에는 상고사 부분에 대해서는 아예 부정해버리는 사람들도 있습니다. 증거가 미약하거나 없으니 우리 역사가 아니라는 거죠. 물론, 그런 의견도 좋습니다. 그렇지만 일단 연구는 해보아야 하지 않겠습니까? 그런데 연구 자체도 회피합니다. 자신들의 전공이 아니기 때문이죠. 다른 사람, 다른 연구자들이 다른 이론으로 자기들이 굳혀놓은 판에 끼는 걸 원치 않는 겁니다. 역사는 자신의 것이 아니라 우리 후손 모두의 것입니다. 그걸 잊어버리고 현실에 안주하는 순간, 우리 역사는 진실한 시간을 영영 잃어버릴지도 모릅니다.

오히려 이런 분야는 북쪽이 더 활발합니다. 정치적인 목적이 깔려 있긴 하지만, 북한은 상고사 연구가 많이 진행되어 있습니다. 심지어는 사실 여부를 떠나 단군묘까지 떡 하니 만들어 놓았습니다. 물론 1990년대에 들어서는 먹고사는 경제문제에 발목을 잡혀, 학문다운 학문을 하지 못하고 있다고 들었습니다. 상황이 이런데도 우리나라 사학계는 진보와 보수로 나뉘어 역사 교과서의 정통성 문제로 엄청난 에너지를 낭비하고 있습니다. 한번 생각해보십시오. 진짜 에너지를 쏟으며 정성을 기울여야 할 부분이 어디입니까? 삼국시대 이전 우리 민족의 뿌리에 대해 주류 사학계가 속 시원하게 제대로 가르쳐준 적이 있습니까? 이런 쪽은 아예 터부시되고 있지 않나요?

물론 국정교과서 문제는 중요한 사안입니다. 그런데 정치적 목적에 따라 일희일비할 때가 아닙니다. 우도, 좌도 그릇된 부분도 있고 옳은 부분도 있습니다. 약점도 있고, 강점도 있습니다. 그러니 서로 상대의 말을 경청하고 조금씩 양보하자는 얘깁니다. 엄연히 나와 생각이 다른 사람들이 존재하는데 그걸 깡그리 무시해서는 같이 공존할 수 없습니다. 싫든 좋든 한 울타리 안에서 같이 살아야 할 민족이기에 그렇습니다. 과거의 공과功過는 분명히 기록하되 자신들에게 불리한 부분은 쏙 빼고 상대를 공격하는 부분만 강조해서는 안 된다는 겁니다. 정의라는 이름으로 공존과 화합의 정신이 배제되어서는 안 되니까요.

솔직히 교과서에 진보 교과서가 따로 있고 보수 교과서가 따로 있다는 건 슬픈 일입니다. 선생님들도 진보든 보수든 자신의 정치적 시각에 따라 학생들을 가르쳐서는 안 됩니다. '공적'이라는 말 속에는 공정하게 양쪽의 공과를 가르쳐야 할 의무가 담겨 있습니다. 어느 쪽으로 치우치지 않고 꺼내놓아야 합니다.

한국전쟁 중에 일어난 미군 혹은 국군에 의한 양민학살 문제의 예를 들어봅시다. 이런 불행이 차후에 또다시 일어나지 않도록 명명백백히 밝혀내어 억울한 사람들의 한을 풀어주어야 함은 자명한 일입니다. 하지만 이것이 마치 어느 한쪽 편에서만 일방적으로 일어난 것처럼 호도하고 선전해서는 안 되는 것 아닐까요? 국가의 부름을 받아 전쟁에 참여하는 군인들도 때론 희생자입니다. 또한 언제든 가해자가 될 수 있는 존재들입니다. 양민학살은 양쪽 군대 모두에 의해서 벌어졌고 그것을 공정하게 기술하는 것이 바른 교과서입니다. '미군의 양민학살'이나 '공산당의 양민학살'이 아닌, '한국전쟁 중에 일어난 양민학살'이라는 파트로 말입니다.

이것은 당장 1~2년 안에 해결될 문제가 아닙니다. 그때그때 적당히 집필진을 모집해서 쓸 일도 아니고요. 한 국가의 천년 교육이 걸린 일인데 왜들 이리 급합니까? 먼저 시민과 학계의 의견을 수렴하는 과정부터 거쳐야 합니다. 다양한 계층의 다양한 의견이 반영되고, 자료가 수집되고 그 뒤에 집필의 초안이 이루어져야 합니다. 집필은 양쪽의 공과를 모두 싣게 해서 학생들로 하여금 토론하고 스스로 생각하게 해야 합니다. 어느 쪽의 잘못을 들추는 교육이 아니라 이런 비극이 다시는 일어나지 않도록 하는 데에, 그리고 학생들이 해야 할 역할에 대한 교육이 이루어져야 합니다. 그것이 진보와 보수에서 각자 주장하는 '참' 교육입니다.

정치적인 목적이나 개인적인 야망에 따라 밀어붙이기식으로 사업을 추진하는 경우는 일단 경계하고 보아야 합니다. 그렇게 시간에 쫓겨서는 제대로 된 교과서가 절대로 나올 수 없습니다. 또다시 논란만 커질 뿐이죠. 일단 초안이 나온 뒤에 시민단체의 공청회 등을 거쳐 다시 의견을 조율하고, 최종적으로 학생들에게 내보여야 합니다.

거듭 말씀드립니다만, 교과서란 잘한 것만 실리는 정의로운 윤리책이 되어서는 안 됩니다. 때론 솔직하게 치부도 드러내고, 그것에 대한 평가는 학생들 스스로 내리게 해야 합니다. 교과서를 통해 미군은 나쁘다, 빨갱이는 나쁘다를 주입하는 게 아니라, 학생들 스스로 역사의 한가운데 동참하여 왜 이런 비극이 일어났고, 앞으로 이런 비극이 다시는 발생하지 않도록 어떤 노력을 해야 할지 깨닫게 해야 합니다. 그게 바로 매력적이고 아름다운 국가를 만들어가기 위해 우리가 해야 할 일입니다.

눈을 크게 뜨고
저 멀리 세계를

저는 종종 대학에 가서 학생들 앞에서 강연을 합니다. 그런 자리에서도 가끔 이야기하는 것인데, 우리가 매력적인 국가가 되기 위해서는 잊고 있던 '선비 정신'을 되살리는 것이 중요하다고 생각합니다. 살다 보면 저절로 알게 되겠지만, 어느 학교를 졸업하고, 어느 회사를 다니고, 어떤 직업을 가졌나보다는 얼마나 행복한가가 더 중요합니다. 그렇다면 어떻게 해야 행복할까요?

요즘은 전 세계가 브랜드 시대입니다. 개개인도 자기만의 색깔을 만들어가야 합니다. 나라도 마찬가지고, 정치인도 마찬가지입니다. 정치인들이 자신의 색깔이 아닌 당과 지역을 위해 일할 때 우리 정치는 점점 후진하는 것입니다. 막말을 하거나 인격살인을 서슴지 않는 사람들은 1차적으로 정치인의 자격이 없기도 하고요.

우리나라가 세계로 뻗어가려면 우선 내부의 문제부터 해결해야 합니다. 우리 내부를 좀먹는 가장 큰 문제는 진보와 보수로 갈라진 이념논쟁의 과잉입니다. '빨갱이' 혹은 '친일파'라며 서로 비아냥거리기 일쑤죠. 이 문제에 대해서 저는 한 번쯤 대타협의 장이 필요하다고 생각합니다.

친일파 문제는 공정하게 시시비비를 가리되 악질적인 친일과 어쩔 수 없는 친일을 구분해 논의해야 합니다. 당대의 지식인들이나 부유층 가운데 표면적으로 어쩔 수 없이 친일의 옷을 입었지만, 뒤로는 독립운동 자금을 대거나 학교를 세워 인재양성에 힘쓴 분들도 많습니다. 36년이란 세월은 사실상 한 세대를 뛰어넘는 긴 시간입니다. 단기간 독일 치하에 있었던 프랑스 같은 상황과 일대일로 비교할 수는 없다는 것입니다. 사실 '일제 36년'이라고 하는데 청일전쟁 이후 일본의 지배를 받았으니 실제로는 50년도 넘는 기간입니다. 한 사람의 전 생애에 가까운 기간입니다. 살다 보면 한 번쯤 일본인들 밑에서 머리 한번 굽힐 일이 왜 없었겠습니까?

'빨갱이'라는 용어도 마찬가집니다. 안타까운 일이지만 해방 직후 북으로 건너간 사람들 중에는 엘리트 지식인들이 참 많았습니다. 우리가 서로 죽고 죽이는 전쟁을 하면서 '빨갱이'라는 말만 나와도 두려워했지만, 이들은 이들 나름대로 사회주의를 통해 나름의 낙원을 건설하겠다고 일어섰던 사람들입니다. 결과적으로는 일인 독재를 강화하는 데 쓰인 실패한 시도가 되고 말았지만 말입니다.

그렇다고 자유민주주의 체제 안에서 그들의 활동을 용인하자는 게 아닙니다. 하지만 생각해보세요. 우리나라에는 지금도 아들이, 혹은 아버지가 북의 체제에 가담했다는 이유로 빨갱이 소리를 들으며 숨죽여 살고 있는 사람들이 많습니다. 그들에게까지 손가락질을 해댈 필요는 없다고 생각합니다. 또한 예술가들 중에도 단지 사회주의 사상을 지녔다고 해서 그 가치를 인정받지 못하는 분들이 많이 있는데, 그들의 사상과 이념에 관계없이 이런 분들에 대한 연구가 이루어져야 한다고 생각합니다. 만주에서 활동한 독립운동가들도 마찬가지고요.

한 세대를 훨씬 넘는 기간 동안, 일본 지배 하에서의 생계형 친일을 적극적 친일과 구분하여 용서할 필요가 있습니다. 마찬가지로 공산군 점령 하에서의 생존형 '부역' 또한 구분하여 용서하는 게 좋겠습니다. 한편, 아직까지 땅속에 묻혀 있는 독립운동의 사례를 샅샅이 발굴하여 고귀한 희생에 감사하고, 어렵게 생계를 이어갔을 그 유족들을 찾아내어 지원을 아끼지 말아야 합니다. 독립운동사를 연구하는 어느 학자의 이야기로는 아직도 독립유공자 중 20~30%만이 연구되고 포상되었다고 합니다. 이를 위한 사회적 대타협이 정치의 선진화와 후손들을 위한 살기 좋은 국가 건설에 중요한 밑거름 역할을 할 것입니다.

우리가 정말 경계해야 할 것은 진보와 보수, 기성세대와 청년세대 등 이념, 계층, 지역의 갈등을 이용해 자신의 이익을 채우는 위선적인 행동과 바른 말을 해야 할 때 하지 않는 기회주의입니다. 진보를 외치지만 북한의 인권에 대해서는 한마디도 하지 못하는 사람들, 북한의 인권을 내세우며 정치적으로 이용하는 사람들, 자신의 정치적 목적과 입지를 위해 기성세대와 청년세대의 갈등을 부추기는 사람들, 아는 것을 바르게 말하지 않는 지식인들…. 내가 누군가를 비난하기 전에 스스로의 모습을 먼저 한 번 돌아보아야 할 것입니다. 진정으로 용기 있는 사람들은 어느 쪽에 가서도 할 말을 하는 사람들입니다. 김구 주석이 지금도 존경을 받는 이유는 남쪽과 북쪽 어느 쪽에도 서지 않고 민족의 편에 섰기 때문 아니겠습니까? 정치인이든, 운동가든, 양심 있는 사람들이 더 많이 나와야 합니다. 그것은 바로 어느 쪽에도 치우치지 않은 바른 교육에서 시작됨은 두말할 나위도 없겠죠.

앞으로 세상은 더욱 복잡하게 변해갈 것입니다. 우리는 개인을 넘어서서 이 나라 전체를 매력적으로 바꿀 필요가 있습니다. 매력이란 연예인이나 미스코리아처럼 예쁜 외모, 혹은 좋은 학벌이나 출중한 언변을 뜻하는 게 아닙니다. 한 사람, 한 단체, 한 국가의 내면에서 풍겨 나오는 이미지에 의해 좌우되는 것입니다. 어떤 사람이 말을 잘한다고 해서 매력적으로 보이는 건 아닙니다. 그 말 속에 담긴 생각의 깊이가 다르고, 한 마디 한 마디가 주변 사람들을 움직일 수 있는 힘이 있다면 그 사람의 매력이 드러나는 것입니다. 그건 단지 외형적인 스펙만으로 결정되는 게 아닙니다. 스스로의 내면에 대한 공부가 되지 않으면 타인을 움직이는 깊은 울림은 쉽게 나오지 않습니다.

중국, 일본과 달리 우리나라가 가진 건 특히 인적자원입니다. 매력을 지닌 인적자원들이 많이 나와야 합니다. 요즘 우리의 한류 스타들은 이념적으로 충돌하는 이웃 국가에 가서도 수많은 팬들을 들었다 놨다 하지 않습니까? 우리나라는 '크라운 주얼리'가 될 수 있습니다. 일본과 중국으로 둘러싸여 고립되는 것이 아니라 가운데서 가장 빛나는 다이아몬드가 될 수 있다는 얘깁니다.

우리나라 사람들이 얼마나 정이 많고 정치에도 관심이 많습니까? 택시를 한번 타보면, 기사님들 수준이 웬만한 정치평론가 뺨칩니다. 긍정적으로 보자면 이런 것도 한 국가의 에너지입니다. 앞에서 살펴본 교과서 문제에서 드러난 이런저런 갈등과 다툼은, 이런 에너지들을 하나로 묶는 시스템이 아직도 후진적이고, 각자 자신들의 이익에 따라 그때그때 입장이 바뀌기 때문입니다. 결국 고통받는 것은 여전히 국민들입니다.

이제 다 털어버리고 통합의 길로 나아가면 어떨까요.
좌든 우든, 빨갱이든 친일파든, 아픈 갈등을 털어내고
뜨겁게 손 한번 잡아보자고요.

Friend of WCO says ————————————————————————————

평화를 누리기 위해서는 먼저 이해가 있어야 합니다.

그리고 월드컬처오픈은 우리가 살고 있는

이 지구촌의 문화와 사람들에 대해

서로가 더욱 깊이 배우고 이해할 수 있도록

열린 장을 만들어갑니다.

— 마이클 블룸버그, 전 뉴욕 시장

꿈꾸지 않으면
미래는 오지 않는다

• • •

통일은 남북한 공통의 목표입니다. 통일에는 시간이 걸릴 것이고 반드시 공유하는 로드맵이 필요합니다. 신뢰를 달성하기 위해서는 남북 모두 과거의 관행을 반드시 재고해야 합니다. 오랜 시간과 기다림이 필요한 것이 신뢰지만, 한 번 형성되면 그처럼 단단한 게 또 없습니다.

남북한 간의 교착상태가 오래 계속되고 있습니다. 2014년 3월 박근혜 대통령이 독일 드레스덴에서 북한에 우호의 손길을 내밀어 교착상태가 풀리는가 싶었지만, 북한은 박 대통령의 제의에 모욕적인 언사로 응답했습니다. 북한은 방송이나 〈로동신문〉 사설을 통해 자신들의 견해를 표출하곤 하는데, 당시 그들이 보인 반응은 한 나라의 국가원수에게 할 수 없는, 도를 넘어선 언행이었습니다. 그만큼 꼬여 있다는 방증이겠지요. 이후에도 북한은 국제사회의 우려에도 불구하고 계속해서 핵실험을 하며 힘을 과시하고 있습니다. 손을 잡을 수 있는 최소한의 틈조차 막혀버린 현실입니다.

그래도 다행인 건 수사Rhetoric의 세계가 현실 세계 그 자체는 아니라는 점입니다. 10년 넘게 남북한은 하나의 협력 프로젝트로 남북 모두가 이득을 볼 수 있다는 사실을 보여줘 왔으니까요. 비무장지대DMZ 너머 북한 땅에 있지만 자동차로 단숨에 갈 수 있는 개성공업지구KIR가 숱한 풍파를 견뎌낸 것이 그것입니다. 두 나라의 정치가들은 모두 알고 있습니다. 개성공업지구는 어떠한 경우에도 보루가 되어야 한다는 사실을요.

천안함 침몰 후 한국 정부는 2010년 5월에 대북 무역과 투자를 금지했습니다. 하지만 개성공단만은 예외로 하는 슬기를 발휘했습니다. 저는 아주 잘한 일이라고 생각합니다. 지난해 북한 측이 5만 5,000명의 근로자를 공단에서 철수했을 때도 한국 정부는 인내하면서 협상을 벌여 새로운 남북 공동경영 구조 아래 개성공단 운영이 재개됐습니다. 섣불리 대응했다면 남북한 모두에게 재앙이 되었겠지만 기다림이 해결의 문을 열어준 셈이지요.

하지만 북한이 미사일을 발사하고 유엔과 미국이 이에 강경하게 대응하면서 우리 측의 입장도 공세로 바뀌었습니다. 결국 개성공단의 폐쇄라는 우려하던 일이 벌어지고 만 것입니다. 참으로 안타까운 일입니다. 개성공단에 입주한 기업들이 대부분 중소기업들인데 피해가 이만저만이 아닐 것입니다. 또 북한의 근로자들은 일자리를 잃고 하루아침에 실업자가 되었겠지요. 과거나 현재나 정치놀음에 희생되는 것은 늘 국민들입니다. 그런 의미에서 북한 정권의 미사일 도발은 이유야 어찌 됐든 악수가 됐습니다.

통일부의 지난해 발표에 따르면, 2005년 이래 한국의 자본과 기술, 북한의 근로규율과 근면성을 탄탄하게 결합한 개성공단은 23억 달러에 달하는 제품을 생산했다고 합니다. 무역 규모는 94억 5,000만 달러나 되었죠. 개성공단에는 그것보다 훨씬 큰 성과를 낼 수 있는 잠재력이 있습니다. 원래의 계획대로 개성공단은 2007년까지 250개(2014년 기준, 현재의 2배)의 한국 기업을 유치했습니다. 또 추가된 확장 계획에 따라 2012년까지 무려 70만 명의 북한 근로자를 고용할 예정이었습니다. 흔한 속담 중에 '일석이조'란 말이 있는데, 남북한 모두에게 이보다 더 좋은 묘수는 없습니다. 남쪽은 저렴한 값에 노동력을 살 수 있어서 좋고, 북쪽은 수많은 근로자들이 임금을 받아 삶의 질을 향상시킬 수 있습니다.

신뢰야말로
최우선적으로 필요한 가치

북한에 어떠한 변화의 조짐도 보이지 않는다고 생각하는 사람들이 한 가지 잊은 게 있습니다. 김정일 국방위원장은 위험을 무릅쓰고 적진과 가까운 최전선 지역의 일부를 남한 사람들이 드나

드는 공단부지로 제공했습니다. 그는 군부의 반대를 누르고 그런 결단을 내렸을 거라고 생각합니다. 대규모 투자를 기대한 김 위원장은 삼성을 비롯한 한국의 주요 기업들에게 개성공단 투자를 요청했다가 그 자신이 통솔하는 관료집단에 의해 계획을 저지당하기도 했다고 합니다.

신뢰야말로 남북한에 최우선적으로 필요한 가치가 아닐까요. 그러나 신뢰를 달성하기 위해서는 남북 모두 과거의 관행을 반드시 재고해야 하며, 관계 진전의 계기를 마련할 토대를 상대편에 제시해야 합니다. 또한 신뢰란 단기간에 형성되지도 않습니다. 오랜 시간과 기다림이 필요한 것이 신뢰지만, 한 번 형성되면 그처럼 단단한 게 또 없습니다.

대체적으로 보면 개성은 한반도의 얽히고설킨 많은 문제들로부터 격리된 성역이었습니다. 북한이 노동자들을 성급히 철수시키기 전까지는 그랬습니다. 개성공단의 그런 특별한 지위가 복원되고 유지되어야 합니다. 남북한 모두 그 점을 잊어서는 안 됩니다. 그러기 위해서는 정치와 무관하게 비즈니스는 그저 비즈니스이기 때문에, 다시는 사보타주의 대상이 되지 않을 것이라는 북측의 확고한 보장을 한국 기업들은 받을 필요가 있습니다.

그런 보장을 바탕으로 한국은 합작사업의 재개를 허용해야 할 것입니다. 물로 그 전에 개성공단이나 금강산의 문이 먼저 열리고 남북이 다시 화해의 장으로 나와야겠지요. 북한의 남동쪽 해안에 있는 금강산 국제관광특별구는 2000년 초부터 2008년까지 190만 명의 한국 관광객들을 유치했습니다. 2008년 7월 산책을 나선 관광객이 피격돼 사망한 사건으로 한국은 금강산 관광을 중단했습니다. 참으로 안타까운 사건이었지만, 그로 인한 교착상태는 남북한 양쪽에 손해만 끼쳤습니다. 개성과 마찬가지로 금강산도 큰 그림으로 보면 모두에게 이득이 되는 윈윈 프로젝트이지요. 그 프로젝트를 다시 살려야 합니다.

일단 한국 정부의 진의가 명백해진 다음에는 북한 정부가 화답해야 합니다. 김정은 노동당위원장은 최근 13개 경제특구를 새로 설치했습니다. 하지만 북한의 낮은 평판을 감안하면, 선뜻 경제특구에 투자할 기업은 극소수일 것입니다. 북한이 중국에 종속되는 것이 더 심화되지 않기를 바란다면, 김 위원장에게 유일한 현실적인 대안은 한국이어야 합니다. 한국 정부는 북한의 우호적인 움직임이 포착되면 적극적으로 나설 필요가 있습니다.

한국 기업들의 입장에서 보면 북한이 제공하는 이점은 분명합니다. 같은 말을 쓰고, 노동력과 물류의 입지 같은 조건들이 모두 유리합니다. 또한 중국이나 베트남보다 가깝습니다. 교육 수준이 높지만 실업 상태인 북한의 노동력, 광활하지만 활용도가 낮은 토지, 피폐한 인프라와 공장 시설은 모두 한국 기업에게는 좋은 기회를 제공하고 있습니다. 애써 멀리 나갈 필요가 없고 1시간이면 닿을 수 있는 우리 모두의 땅을 잘 활용해야 할 것입니다.

바로 가까이에 좋은 선례가 있습니다. 중국과 대만의 양안관계는 남북관계만큼 불안했습니다. 하지만 25년 동안 중국과 대만은 비즈니스 관계를 구축해왔고, 그런 경제적 접근이 긴장을 완화시켰습니다. 남북한은 중국·대만 관계의 실용적·장기적·전략적 접근법으로부터 배울 게 많을 것입니다. 삼성과 현대 등 한국의 대기업들은 특히 중국을 포함해 아시아 전역에서 대규모 기업 활동을 벌이고 있습니다. 정작 문밖의 북한에서만 활동이 전혀 없습니다. 얄궂고도 비극적인 일이죠. 이런 상황은 바뀔 수 있고 또 바뀌어야 하는데, 이는 앞서 누누이 강조했듯이 남북한 사람들 모두를 위한 일입니다.

우리는 같은 민족이니까, 그렇습니다

일각에선 고개를 갸웃거립니다. 그렇게 하는 것은 북한 정부의 잘못된 행태에 보상을 주는 것 아니냐는 비판이 그것입니다. 그건 핵심을 잘못짚은 비판입니다. 물론 유엔 안전보장이사회의 대북 제재는 준수해야 합니다. 그리고 우호관계국들과의 신의와 협조 또한 중요합니다. 하지만 개성공단 사업 확대와 금강산 관광의 재개로 북한이 얻을 이득은 미미하다는 점을 잘 설득시킬 수 있어야 합니다. 많지 않은 달러를 조금 더 벌게 된다고 해서 북한이 새로운 핵폭탄이나 중대한 변화를 일으킬 미사일을 마련할 수 있는 것은 아니니까요. 그래서 남북경협 확대는 시도할 가치가 있습니다. 우리에게는 실보다 득이 많다는 얘깁니다.

정책을 수정해야 하는 이유는 두 가지 더 있습니다. 우선, 기존의 대북정책이 효과를 내지 못했다는 데 주목해야 합니다. 핵 문제도 그렇고 인권문제도 그렇습니다. 좀 더 장기적이고 창의적인 방향으로 정책을 전환시킬 필요가 있습니다. 둘째, 한국에게만 맡겨진 책임과 의무가 있습니다. 한국인들에게는 북한도 '우리나라'에 포함됩니다. 물론 북한을 파트너로 다룰 때 신중해야 하고, 우리가 북한을 존중하는 것과 마찬가지로 북한도 남쪽에 있는 국가를 존중하라고 강력히 요구해야 합니다. 하지만 우리가 모두 알고 있는 것은 '우리끼리는 다르다.'는 것입니다. 우리는 같은 민족이니까, 그렇습니다.

이 모든 것은 좀 더 큰 그림을 향해 나아갈 것을 요구합니다.

통일은 남북한 공통의 목표입니다. 통일에는 시간이 걸릴 것이고 반드시 공유하는 로드맵이 필요합니다. 통일을 향해 나아가는 명백한 길은 효과가 입증된 것을 기반으로 하는 것이죠. 개성공단은 효과가 입증됐습니다. 개성공단 사업을 확장하고 새로운 공단들을 건설함으로써 우리는 2가지를 북한에 보여줄 수 있습니다. 첫째는 우리의 진정성입니다. 둘째는 윈윈이 대결보다 좋다는 것입니다. 김정은 위원장은 '더 이상 허리띠를 졸라맬 필요가 없다.'고 그가 다스리는 북한 주민에게 약속했습니다. 약속을 지키려면 한국의 도움이 절대적이라는 걸 그 스스로 자각해야 합니다.

북한은 앞으로도 계속 상대를 힘들게 할 것이며, 또 어떤 때는 짜증나게 하는 파트너일 것입니다. 하지만 우리는 사소한 문제로 인한 짜증이 장기적인 목표에 타격을 주지 못하게 해야 합니다. 최근 몇 년간 한국은 북한과 거리를 둠으로써 중국에게 북한 경제 지배를 허용했습니다. 러시아, 그리고 심지어는 일본이 북한과 새로운 연결고리를 만들고 있습니다. 한국 정부는 느림보 행보를 유지할 여유가 없습니다. 한국 정부가 직면한 도전은 북한을 둘러싼 북방외교 게임에 한국이 참여할 뿐 아니라 그 게임에서 주도적인 역할을 맡고 또 그 역할을 유지하는 것입니다. 현명한 정치 지도자들이라면 지금 당장, 그렇게 움직여야 합니다. 이 문제만큼은 여야 구분 없이 정부를 중심으로 거국적으로 마음을 모아 초당적으로 협의하고 대책을 세우고 사람을 써야 합니다. 회비가 얽힌 그간의 경험을 바탕으로 남북문제, 통일문제 해결의 지혜를 찾아내야 합니다.

그리고 우리는 부지런히 꿈을 꾸어야 합니다.

꿈꾸지 않으면 통일도 오지 않습니다.

부처의 눈으로
세상을 보면

· · · ·

저는 누구와 함께 일하건 윈윈 상황을 상상합니다. 적수를 파멸시키겠다는 환상을 갖지 않습니다. 조화의 추구 자체를 목표로 삼으면, 전에는 상상도 못했던 해결책을 발견하게 됩니다. 상호 연결된 오늘의 세계에서는, 위험한 대결을 피하는 조화로운 해결책을 궁리하는 것 외에 다른 선택이 없습니다.

국가 지도자는 외교를 잘해야 한다고 생각합니다. 외교가 참으로 중요한데 오늘날 외교는 제대로 구실을 못하고 있습니다. 대화와 소통보다는 힘의 논리가 더 앞섭니다. 협상 없이 문제를 바로잡으려고 할수록 문제는 더 꼬이는데 말이죠.

최근 이라크나 시리아 같은 곳에서 제기되는 도전은 너무 심각한 상황에 이르렀기 때문에, 우리는 근본적인 데서 잘못된 것이 아닌지 생각해볼 필요가 있습니다. 전 지구적인 통합의 시대에 심각한 외교적 긴장과 잔혹한 충돌까지 일어나고 있다는 것은 얼마나 이상한 일입니까. 문제의 일부는 17세기 이래 국제전략을 지배해온 서구의 외교적 전통의 근본적인 전제에서 유래한다고 봅니다.

국제관계에 영향을 미치는 서구식 사고의 틀은 경쟁을 핵심적인 원칙으로 상정합니다. 서구 외교사의 전개에서 당연하게 여겨진 게 있습니다. 패권을 차지하려는 나라는 승자독식의 투쟁으로 다른 나라를 이겨내야 한다는 것입니다. 하지만 그런 시각이 기후변화 같은 공동의 관심사가 있는 전 지구적 공동체 시대에 적합한 것일까, 고민해야 합니다. 과연 우리의 모든 국제적 교환관계가 '만인이 만인과 투쟁하는' 홉스적인 세계에서 이뤄져야만 할까요?

제 외교경험에 따르면 도교, 힌두교, 그리고 무엇보다 불교와 같은 동양의 철학적 전통이 외교에 대한 대안적 접근법을 제공합니다. 불교는 경쟁 대신 조화를 강조합니다. 또한 불교는 상호 연결된 세계의 외교적 도전에 대응할 수 있도록 우리를 도와주는 구체적인 관여engagement 전략을 제시합니다.

물론 불교적 접근법 역시 인간이 항상 협력만 하는 존재라고 순진하게 전제하지는 않습니다. 오히려 불교는 모든 상황에서 진정한 진보를 달성할 잠재력이 있는 통찰력을 선사합니다. 그러한 가능성은 관계의 이중성과 복합성을 살필 때에만 포착할 수 있습니다. 우리는 도처에서 선악구도에 따라 단순화된 느낌을 전달하는 매체의 보도에 접합니다. 이들 보도가 묘사하는 세계에는 암묵적으로 선악 이분법적 해석 틀이 적용되고 있습니다. 하지만 인간관계의 심층 패턴은 그런 선악구도를 넘어선 것입니다.

체스의 패권,
바둑의 균형

이제까지 대부분의 외교란 무자비한 패권게임이었습니다. 그들에게 조화란, 국가의 행위를 전략적으로 정당화하기 위해 필요한 '입에 발린 말'에 불과했습니다. 하지만 조화가 실제로 외교의 목표가 되어야 하는 것은 아닐까요? 분명한 것은 국가 간의 조화라는 개념이 서구의 외교적 전통에서도 전혀 낯선 것은 아니라는 점입니다.

역사적으로 보면, '유럽 협조 체제Concert of Europe'를 달성하기 위한 외교적 목표는 국가들이 서로 협력하는 평화적인 질서라는 염원에 호소하는 것으로 보였습니다. 그러나 이런 은유적 호소에도 불구하고, '협조'는 완곡한 표현에 불과했다고 이해하는 게 낫습니다. '협조'는 자국의 이익을 추구하는 강대국들이 약소국 문제에 내릴 처분에 붙인 그들만의 용어였습니다. 한 역사가의 말을 빌자면, '유럽 협조 체제'가 말하는 조화란 "실제로는 강대국들이 자기들끼리 합의한 바를 강압적으로 약소국들에게 강요하는 것"을 의미했습니다.

불교는 국제관계에 대한 그런 패권적 접근법이 존엄성과 조화에 대한 간명한 헌신보다 덜 효과적이라고 봅니다. 겉으로 보이는 것들의 심층에는 좀 더 깊은 질서가 자리 잡고 있습니다. 조화에 대한 우리의 이해를 상징성 있는 한 걸음 한 걸음으로 전진하며 실천한다면, 국제정치에 대한 논의의 본질 자체가 긍정적인 방향으로 바뀔 수 있습니다.

　서구 전통에서 체스는 외교를 상징합니다.

　체스에서와 마찬가지로 서구의 전략가들은 국제정치가 제로섬의 틀에서 움직인다고 봅니다. 상대편 말들을 하나씩 가져오다가 종국엔 왕을 '체크메이트checkmate'합니다. 이 영어단어 'checkmate'의 근원적 유래가 '왕이 죽었다.'는 페르시아어 표현이라는 점은 시사하는 바가 큽니다. 국제관계를 놀이에 비유해보면, 서양에 비해 동양의 접근법은 좀 더 품위가 있습니다. 공존과 공영의 가능성에 근본을 두고 있기 때문입니다. 중국에서는 '웨이치圍棋', 일본에서는 '고碁'라 불리는 바둑은 서양의 체스와 근본적으로 다릅니다. 바둑은 경쟁 상황에서도 적의 무자비한 제거가 아니라 상호 조화를 추구합니다.

　패권을 전제로 하는 서양의 체스에서 승리에 이르는 길은 단 한 가지뿐입니다. 왕을 공략하다가 왕을 없애버리는 순간 게임이 끝납니다. 하지만 바둑에서 이기는 방법은 헤아릴 수 없이 많습니다. 지난번 알파고와 이세돌 9단의 대결에서도 보았듯이 반집으로 이기기도 하고 수백 집 차이로 이기기도 합니다. 바둑에도 승자는 있지만, 바둑은 무수한 게임의 양상이 마치 춤출 때처럼 다양하게 펼쳐집니다. 바둑은 완전한 지배를 가정하지 않습니다. 바둑에서 성공은 조화와 균형의 산물이기 때문입니다.

조화와 마찬가지로 '균형'이라는 은유도 서구의 외교적 전통에서 오랫동안 외교의 한 가지 기예技藝로서 자리를 차지해왔습니다. 18세기부터 20세기 초반까지 '세력균형balance of power'의 개념은 유럽 강대국 간의 국제관계에서 지침 구실을 했습니다. 세력균형의 원칙에 따라 외교는 이합집산을 거듭하는 동맹관계와 국제문제에 대한 암묵적인 합의를 엮어냈습니다. 한 나라나 블록의 패권부상을 저지하기 위해서였습니다.

하지만 외교가 추구한 균형의 본질은 이상할 정도로 한계가 있었습니다. 이 접근법은 오로지 기성 강대국 클럽의 목표와 이익에 도움을 줄 뿐이었습니다. 유럽 내 패권다툼이나 식민지 쟁탈전에서 다른 국가와 국민은 졸卒이나 판돈 구실을 했습니다. 게다가 균형의 원칙 자체를 바람직한 목표나 지침으로 여기는 나라가 없었다는 바로 그 사실 때문에, 균형은 깨졌습니다. 균형이 깨지면 균형을 복원하는 문제가 항상 대두됩니다.

균형은 게임에 참가하는 경쟁자들이나 적들이 추구하는 목표를 달성하지 못하게 막는 수단이었습니다. 여기서 목표는 지위나 권력의 상대적인 서열에서 꼭대기에 도달하고, 다른 경쟁국들의 문제에 결정적인 영향력을 행사하는 것이었습니다. 이러한 견지에서 볼 때, 유럽의 국제관계 체제에서 유지되는 균형은 불안정한 균형이었습니다. 그런 균형은 일방이 자신에게 유리한 방향으로 균형을 뒤집어엎을 수 없는 상황일 때만 유지됐습니다. 균형이나 균형에 따른 이득은 그 자체로서 추구할 만한 목표로 간주되지 않았기에 누구도 지키겠다는 의지가 없었습니다. 이러한 불안정한 균형 속에 내재한 위험은 아무리 과장해도 지나치지 않습니다. 100년 전 1차 세계대전의 발발로 그 위험은 현실화됐습니다.

/

조화, 평정심,
순간순간의 자각

균형을 중시하는 인간사에 대한 불교의 접근법은, 북한에도 즉시 적용해볼 수 있습니다. 많은 서구의 전략가들은 패권적 사고법으로 평양문제에 접근합니다. 그들은 그저 북한을 '압박'하기만 하면 된다고 생각합니다. 북한 체제를 변화시키는 승리나, 최고 수뇌를 제거하는 것만 생각합니다. 하지만 우리가 경험을 통해 알게 된 것처럼, 그런 접근법이 반드시 성공하는 것은 아닙니다.

미국은 라틴아메리카와 중동에 수십 년 동안 개입했지만, 일방적으로 개입할 때마다 나중에 '역류blowback'가 수반된다는 것을 확인했습니다. 분쟁을 복잡하게 하고 악화시키는 예상치 못한 여파가 있었던 것입니다. 단기적인 목표를 달성하더라도 조화를 깨면 새로운 문제, 특히 보통사람들이 희생되고 그들의 거센 반발에 부딪히게 된다는 문제가 발생합니다. 당연히 북한 핵무기를 제거하는 것은 중요합니다. 하지만 그 과정에서 차질이 생기면 더 큰 문제가 등장합니다.

주미 대사로 재직할 때 저는 항상 불교의 지혜에 의지했습니다.

불교의 '마음챙김念, mindfulness', '중도적 균형balance', '순간순간의 자각awareness'이 국제관계의 모든 측면에 적용될 수 있음을 알았습니다. 어떤 외교적 상황에서 중압감을 느낄 때, 현재 상황에서 희망이 보이지 않을 때, 휴식을 취하면서 내면의 자아로 돌아가는 게 꼭 필요합니다. 시간을 내어 명상하고, 스스로와 평온한 관계가 되고, 평정심을 되찾으면, 세상을 보는 시각에 놀라운 변화가 생긴다는 것을 저는 발견하곤 했습니다. 중심을 잡기 전에는 심각한 결정을 내리지 말아야 한다는 것도 그때 깨달았습니다.

저는 누구와 함께 일하건 윈윈 상황을 상상합니다. 적수를 파멸시키겠다는 환상을 갖지 않습니다. 조화의 추구 자체를 목표로 삼으면, 전에는 상상도 못했던 해결책을 발견하게 됩니다. 상호 연결된 오늘의 세계에서는, 위험한 대결을 피하는 조화로운 해결책을 궁리하는 것 외에 다른 선택이 없습니다.

가치 있는 불교의 개념 중 하나는 '무심無心'입니다.

제 개인적 수행에서 무심은 중요한 부분을 차지합니다. 무심은 '마음이 없음'을 뜻하기보다는 정확히는 '고정된 생각이 없음'을 의미합니다. 무심은 마음이 모든 것에 열려 있으며, 어떤 생각이나 감정에 점령당하지 않은 상태입니다. 그런 상태가 되면 사람은 항상 중립적이고 차분해집니다. 자아의 외부에서 오는 관점과 함께할 수 있게 됩니다. 그런 상태가 되면 편견을 넘어 상대편을 있는 그대로 볼 수 있습니다.

첫 번째 단계는, 외교에서 감정을 잘 다스리는 것입니다. 상대편의 발언이나 행동 때문에 흥분할 이유가 없습니다. 그들은 나의 일부분이 아니니까요. 나는 그들의 언행을 반사하는 거울이 돼야 합니다. 거울은 자신이 반사시키는 이미지 때문에 짜증 내는 일이 없습니다.

이미지는 왔다가 가는 것입니다. 물론 이미지들에 대한 자각은 하고 있어야 합니다. 이미지에 담긴 메시지나 방향의 변화 말입니다. 그리고 자신의 감정적인 반응에 대해서도 자각해야 합니다. 그렇게 무심하게 대상과 거리를 유지할 수 있고, 무슨 일이 일어나는지 자각할 수 있으며, 자신의 감정적인 반응을 알게 된 사람은 무심의 경지에 도달한 것입니다.

마음을 대양大洋에 비유하는 것도 유용합니다.

우리의 마음은 하루 종일 물결에 흔들리는 대양과 같습니다. 충격과 욕설은 우리의 생각에 구름이 끼게 합니다. 하지만 혼란스러움이 별로 없는 평정한 상태를 이루면, 대양은 하늘을 완벽하게 비출 수 있습니다. 마찬가지로 감정이 휘젓지 못하는 마음은 온 세상을 놀라울 정도로 정확하게 비출 수 있습니다.

사물은 왔다가 갑니다. 사물이 오는 것과 가는 것을 내버려두면 본질을 잡을 수 있습니다. 자신과 상대편에 대한 좀 더 객관적인 관찰자가 될 수 있습니다. 대화 중에 자기만을 고집하는 에고ego가 사라지기 때문입니다.

우리가 가장 흔히 범하는 오류는, 어떤 사건이나 이미지에 대해 우리가 집착하고 매혹되는 것을 정념正念과 혼동하는 것입니다. 불교에 따르면 명상은 모든 직업에 도움을 줍니다. 다시 말해서 명상은 가치판단과는 아무런 상관이 없습니다. 명상은 집중과 자각에 관련된 것입니다. 같은 이유로 불교의 수행은 그 어떤 특정 종교와도 충돌하지 않습니다. 마음수행은 그리스도교나 이슬람과도 잘 어울립니다.

세력의 균형이 아니라
관점의 균형

어쨌든 도덕적인 판단은 관점의 문제입니다. 수천 년을 단위로 삼아 역사를 고찰하면, 어떤 사건이나 행위자에 대해 공평

한 평가를 할 수 있습니다. 그럴 때 우리는 실제 순간으로부터 멀리 떨어져 있게 됩니다. 그러나 만약 우리가 순간에 집중한 상태로 가치판단을 한다면, 우리가 옳다고 본 그 생각이 실은 옳지 않았다는 것이 한 달이나 1년 혹은 10년 후에 밝혀질 수도 있습니다.

언젠가 북한 정권에 대해 이렇게 말하는 미국인을 만난 적이 있습니다.

"우리는 북한을 신뢰할 수 없다. 대량살상 무기가 있는 장소를 공격하고 체제 변화를 압박해야 한다."

저는 우선 일반적인 의미에서 북한의 변모와 핵무기 제거라는 목표에 대한 그의 말에 동의한다는 점을 밝혔습니다. 그런 다음, 그의 논리를 연장해보기 위해 다음과 같이 질문했습니다. 우리의 행동은 북한의 일반 주민들에게 어떤 결과를 가져올 것인가. 저는 '북한 변화의 궁극적인 목표가 무엇인가?'라는 주제로 계속 되돌아가며 그와 의견을 나눴습니다. 가능하다면 공영과 공존이 최우선 목표라는 제 의견을 제시했습니다. 저는 또 한꺼번에 모든 것이 가능하지는 않겠지만, 원원의 가능성이 저기 어딘가에 있다는 뜻을 그에게 전했습니다. 저는 그가 개진한 입장의 타당성 자체를 부인한 적은 없습니다. 그저 철저히 검토할 필요가 있는 다른 접근법도 있다는 것을 그에게 상기시키고자 했을 뿐입니다.

그때 저는 그가 한 가지 목표에 집착하고 있다는 것을 느낄 수 있었습니다. 그 목표를 성취할 수 있는 다른 여러 길을 고려하지 않은 채 말입니다. 저는 그가 목표에 이르는 과정, 그리고 남북한과 주변국 국민들이 직면하고 있는 문제들에 더 큰 관심을 갖도록 만들기 위해 노력했습니다. 노무현 정부에서 주미대사로 임할 때, 저는 한국이 북한 인권문제에 대해 충분히 우려하고 있지 않다는 취지의 말을 많이 들었습니다.

저는 이렇게 대답했습니다. 저는 큰 의미에서 인권문제에 대해 매우 우려하고 있고, 북한 사람들이 겪고 있는 비극을 충분히 이해하고 있다고요. 그런 다음 우리가 만약 언론 매체가 보도하는 이미지에 집착해, 북한 사람들이 겪고 있는 부당함 뒤에 있는 좀 더 큰 제도적, 문화적 문제들을 이해하지 못한다면, 충동적인 대응으로 의도와는 달리 인권문제를 중단기적으로 악화시킬 수 있다고 설명했습니다.

이런 맥락에서 '마음챙김'이란 인권에 대한 진정한 의식을 의미합니다. 흔히 '인권'이라 하면 단순히 선거권이라든가 임의로 체포당하지 않는 자유 등을 상상합니다. 그러나 더 큰 인권의 개념을 생각해야 합니다. 우리는 영양공급이 부족하거나 아사에 처한 수백만의 사람들을 생각해야 합니다. 그들이 인권을 누리도록 하려면 우리는 어떻게 해야 할까요? 이것이 우리가 대답해야 할 핵심적인 질문입니다.

불교는 모든 관계에 대한 장기적이고도 균형 잡힌 초점을 외교에 제공합니다. 국제관계에서 진보는 달성 가능합니다. 하지만 이를 위해서 우리는 부처의 '중도中道, middle way'를 고려해야 합니다. 국제관계라는 게임의 모든 참가자들에게 '윈윈'의 가능성을 창출하고 극단의 선택을 피할 때, 우리는 의미 있는 방식으로 전진할 수 있습니다. 한 가지 시각만을 고집하며 문제를 억지로 해결하려고 든다면, 또 공습에만 의지하려고 한다면, 우리는 일시적인 것 이상의 결과를 얻기 힘들 것입니다. 그 결과도 얼마 가지 않아 뒤집힐 것입니다. 이런 정신으로 감행한 행동은 아무것도 안 하는 것보다 더 나쁜 결과를 낳기 쉽습니다.

우리들의 충동적인 반응, 승자독식의 관점, 일관성 없는 정책 목표는 인류의 공동 목표에 대한 우리의 좀 더 깊은 헌신의 기반을 약화시킬 수 있습니다. 우리는 그 점을 계속 인식하고 있어야 합니다. 그래야 우리는 세력균형이 아니라 '관점의 균형balance of perspectives'을 수립할 수 있을 것입니다. 그리고 그 과정에서 국가들 사이의 진정한 조화를 이룰 수 있을 것입니다. 조화와 관용, 그것은 문화의 또 다른 이름이기 때문입니다.

Friend of WCO says ────────────────────────

지난 수년간 국제사회는 평화유지군을 파견하며
갈등 극복과 평화 건설을 위해 노력해왔습니다.
그러나 지속적인 효과를 위해서는
더 깊은 차원에서 노력해야 한다는 것을
이제 우리는 깨닫습니다.
그것이 바로 진정한 평화와
화해의 문화가 필요한 이유입니다.

— 마르야타 라시, 핀란드 전 유엔 대사 · 유엔 경제사회이사회 회장

중국의 부상과 미국의 역할에 대하여

2016년 2월, 'PCI 빌딩 브릿지스 어워드' 수상 연설문 전문

저는 대학원생으로, 세계은행 이코노미스트로, 또 주미 한국대사로 12년을 미국에서 보낸 바 있습니다. 저는 젊은 날 한때 몸담았던 미국에서의 경험과 교훈이 제 삶에 있어서 결정적 역할을 했다고 믿고 있습니다.

이렇게 서두를 꺼낸 이유는 '중국의 부상과 미국의 역할'에 그간 나름대로 고민해온 부분을 말씀드릴 기회를 갖기 위해서입니다. 아시다시피 중국의 부상은 19세기 아편전쟁 이후 동아시아에서 당연시됐던 '나약한 중국'이란 지정학적 현실을 바꿔놓은 새로운 현상입니다. 예상을 뛰어넘은 중국의 급속한 부상은 중국 자신에게 도전일 뿐만 아니라 한국, 일본 등 동아시아 여타 국가들의 미래에도 많은 도전을 안겨주고 있습니다. 미국 입장에서도 중국을 끌어들여 포용하는 일은 중대한

도전입니다. 특히 중국의 인접국이면서 미국의 동맹국인 한국에는 사활적 사안입니다. 중국의 부상이 어떻게 전개되느냐에 따라 향후 한국의 미래와 잠재력은 큰 영향을 받을 수밖에 없기 때문입니다.

중국 속담에 '일산불용이호一山不容二虎'라는 말이 있습니다. 하나의 산에 호랑이 두 마리가 같이 있을 수 없다는 뜻입니다. 이 속담대로라면 하나의 지역에는 오로지 하나의 지배자만 존재할 수 있습니다. 이를 동아시아에 적용한다면 미국과 중국은 이 지역에서 서로 지배적인 세력이 되려고 애를 쓸 것이기 때문에, 해결이 불가능한 다양한 충돌을 피할 수 없을 것이란 추론이 가능합니다.

동아시아에 이 속담은 정말 적용 가능한 걸까요? 더 중요하게는, 두 마리 호랑이 사이의 어쩔 수 없는 시각차가 심각한 지정학적 싸움으로 변질되지 않도록 하려면 무엇을 어떻게 해야 할까요? 산의 지배권을 놓고 두 호랑이가 싸우지 않고, 공존할 수 있도록 하려면 어떻게 해야 할까요? 저는 이 흥미로운 주제를 가지고 동아시아에서 미국이 해야 할 긍정적인 역할에 대해 생각해보고자 합니다. 아울러 중국은 무엇을 해야 하고, 두 슈퍼 파워와 밀접한 관계를 맺고 있는 한국은 이 복잡한 '지정학적 춤' 속에서 무엇을 할 수 있는지에 대해서도 살펴보고자 합니다.

앞서 말한 중국 속담은 중국 대륙에서 여러 세력들이 패권을 놓고 오랜 기간 다툰 끝에 최후의 승자가 절대적 권위를 가진 통일 왕조를 수립하는 과정을 설명할 때는 적합한 비유라고 할 수 있습니다. 중국의 전통적 정치관에 따르면 천하의 주인은 하나입니다. 그 하나가 결정되기 전까지는 '난亂'이고, 하나를 중심으로 질서가 잡힐 때 비로소 '치治'가 이루어집니다. 질서정연한 정치 체제를 위해서는 반드시 하나로 통일된 힘이 필요하다는 게 중국인들의 시각입니다.

이런 관점은 중국의 대외관계에도 확대 적용됐습니다. 압도적으로 강력한 왕조가 중국에 들어서서 위계질서의 정상을 차지하면, 대외질서 또한 중국을 정점으로 조공국들이 줄을 서는 수직적 위계체제로 정비될 때 천하의 평화와 안정이 유지된다는 것입니다. 이런 시각에 따르면 동아시아의 패권이 하나로 통일되지 않으면 동아시아는 난세亂世에 빠질 가능성이 크다고 할 수 있습니다.

중국 중심의 전통적 대외관은 19세기 들어 제국주의가 등장하면서 심각한 도전에 봉착합니다. 의심할 나위 없는 천하의 주인이었던 중국은 아편전쟁으로 영국에 굴욕을 당하고, 급기야 반半식민지 상태로 전락했습니다. 무력과 약육강식의 경제 시스템을 이용해 부국강병을 추구한 제국주의 국가들의 기술력과 금융 수단에 의해 동아시아의 초강대국이 맥없이 무너진 것입니다. 중국인들은 반식민지 상태에서 수모를 겪었던 치욕의 세기를 지금도 잊지 않고 있습니다. 경제발전을 위한 중국의 몸부림은 굴욕이 촉발한 열정의 소산입니다. 중국은 국가부흥을 이룩하고, 오랜 기간 자신들이 누렸던 천하의 패권을 되찾는 데 온 힘을 기울여 왔습니다.

처음에는 영국, 프랑스와 독일, 이어 일본에 의해 19세기 제국주의의 파괴적이고 굴욕적인 폐해를 경험한 중국은 그 어떤 패권경쟁에서도 절대 밀려서는 안 된다는 뼈저린 자각을 하게 됩니다. 이러한 자각은 주변국과의 관계에서 중국이 차지하는 합당한 위치에 대한 중국인들의 전통적 인식과 맥을 같이 하고 있습니다. 하나의 산에는 두 호랑이가 같이 있을 수는 없다는 관념이 그 배경에 자리 잡고 있는 것입니다.

제국주의와 식민주의에 당한 중국의 경험에서 보자면 이러한 인식은 자연스러울 수도 있습니다. 하지만 지난 2세기 동안 세계는 엄청나게 변화했고, 우리는 지금 과거와는 전혀 다른 게임을 목격하고 있습니다. 1차, 2차 세계대전의 발발로 제국주의는 역사의 뒤안길로 사라졌습니다. 수직적 질서 대신 유엔 헌장에 따라 주권평등과 영토보전을 원칙으로 하는 새로운 서구적 질서가 동아시아에도 자리 잡았습니다. 베스트팔렌 조약에서 시작해 유엔 창설의 모태가 된 1945년 샌프란시스코 국제회의에서 완성된 복합적이고 다자적인 신新질서가 동아시아에 이식된 것입니다.

    20세기를 거치며 국가 간 관계는 19세기의 제국주의적 패권경쟁에서 교류와 협력으로 상호이익을 극대화하는 새로운 모델로 점차 변화했고, 세계는 이 모델을 받아들였습니다. 교류와 협력에 기반한 세계질서 패러다임은 과학·기술의 획기적 발전에 따른 경제적 통합이 가속화하면서 21세기 들어 더욱 확장되고 있습니다. 경제와 무역에서의 상호의존이야말로 세계 평화와 번영의 열쇠인 것입니다.

    물론 지역별로 편차가 큰 것이 사실입니다. 그럼에도 새로운 체제가 출현했다는 사실에는 이론의 여지가 없습니다. 가장 오랫동안 글로벌 경제체제를 수용해온 유럽이 이런 변화에서 가장 앞서가는 지역이 됐습니다. 이제 유럽에서 특정 국가의 패권은 더 이상 중요한 문제가 아닙니다. 공동번영과 상호이익의 추구가 공동체를 형성한 유럽 국가들의 주된 관심사입니다. 공통의 문제해결을 위해 이해당사국들이 역할과 책임을 명확하게 나눠 갖는 과정을 통해 유럽은 안정성과 예측가능성을 확보하고 있습니다.

    제도적·문화적 통합 수준에서 동아시아는 아직 유럽에 못 미치고 있습니다. 하지만 공동 금융기구의 설립과 2011년 한·중·일 3국 협력사무국TCS 출범에서 보듯이 범세계적인 역사의 진행 경로를 밟으며 유럽과 같은 방향으로 나아가고 있습니다. 하지만 지금 동아시아는 특유의 역사적 유산과 문화적 특성으로 인해 새로운 추세와 과거의 잔재가 뒤섞여 있는 혼란스런 상태입니다. 동아시아에도 결국은 안정적이고 평화로운 질서가 출현하겠지만 문화적·구조적으로 유럽과는 차이를 보일 것입니다.

따라서 중국의 부상과 미국의 역할에 대해 우리가 물어야 할 가장 중요한 질문은 어떻게 하면 동아시아가 낡은 질서의 유산을 딛고 호혜적 관계에 입각한 수평적 질서로 가는 심대한 변화를 순탄하게 이루어낼 수 있느냐는 것입니다. 동아시아가 또 다시 국가 간 패권 다툼의 장場이 된다면 이는 호혜적 관계로 나아가는 국제사회의 흐름에 역행하는 것일 뿐만 아니라 동아시아 모든 국가에 해로운 결과가 될 것입니다.

저는 동아시아가 유행이 지난 과거의 모델로 돌아가지 않기를 간절히 소망합니다. 우리가 꿈꾸는 상호존중과 공존공영의 새로운 질서가 이루어질 때 우리는 진정한 발전을 이룩할 수 있습니다. 이를 위해 국가 간의 관계는 수평적이어야 합니다. 미래지향적 시각을 갖고 새로운 혁신을 통해 앞으로 나아가야 합니다. 기꺼이 이런 비전과 함께 할 사람들이 중국, 한국, 일본에 많이 있다고 저는 생각합니다.

이런 목표를 실현하려면 미국이 새롭고 혁신적인 역할을 통해 동아시아에 강력한 비전을 제시해야 합니다. 또 중국을 그 비전속에 포함시켜 중국이 해야 할 역할을 명확하게 해야 합니다. 지난 세기 동아시아 역사에는 미·중이 협력한 많은 사례들이 있습니다. 그 사례들에서 우리는 안정적인 동아시아 질서의 구체적인 단초를 발견하게 됩니다.

서구 제국주의의 침탈로 중국이 쇠락할 때 미국의 대중對中 정책은 다른 제국주의 국가들과는 확연히 달랐습니다. 존 헤이John Milton Hay 국무장관이 1899년 유럽 국가들에게 대중 자유무역과 경제적 특혜 철폐를 요구한 것을 계기로 미국은 중국에 대해 '문호 개방 정책Open Door Policy'을 추구했습니다. 아울러 미국은 중국에 영토적 야심을 갖지 않은 거의 유일한 강대국이었습니다. 오히려 그 반대로 미국은 2차 세계대전 당시 중국과 연합해 일본 제국주의 세력을 제압함으로써 중국이 한 세기에 걸친 반식민지 상태에서 벗어나게 하는 데 중요한 역할을 했습니다.

1949년 중국 공산당이 집권하고, 대만으로 쫓겨난 국민당 정권을 워싱턴이 지원하면서 미·중 관계에는 중대한 변화가 생겼습니다. 냉전에 따라 새로운 지정학적 질서가 동아시아에 태동하면서 미국은 중국 '공산주의자'들의 위협에 맞서기 위해 이 지역에 더욱 깊이 개입하고 관여하게 됐습니다. 물론 그에 따른 긍정적 효과도 있었습니다. 하지만 미국과 중국은 한반도에서 군사적으로 충돌했고, 이념적으로 분단된 동아시아에서 수십 년 간 긴장과 대치 상태를 이어가기도 했습니다.

하지만 1970년대 들어 미국이 중국과의 관계를 개선하고, 국제사회에서 중국이 능동적 역할을 하도록 독려하면서 미·중 관계는 좋은 쪽으로 변화하기 시작했습니다. 교역과 경제 성장의 새로운 기회에 고무된 중국은 정치·경제적 개혁의 길로 들어서는 역사적 결단을 내렸고, 국제무역 질서에 합류하고 미국 시장에 적극 뛰어들어 눈부신 경제성장을 이룩했습니다. 미국은 미국대로 양자 및 다자 협력을 강화하는 다양한 프로그램과 정책을 수립하고 시행함으로써 중국을 적극적으로 포용했습니다. 1960년대와 1970년대 대내 정치에 치중했던 중국은 이 기회를 적극 활용해 경제대국으로 부상했습니다. 정치·외교·경제적으로 중국을 국제사회에 편입시키려는 미국의 노력이 큰 진전을 이루면서 중국은 2001년 세계무역기구에도 가입했습니다. 요컨대 미국은 중국의 부상에 대체로 호의적이고 긍정적인 역할을 한 것입니다. 이러한 역사적 경험은 특정 사안을 둘러싼 이견과 오해를 피할 수는 없겠지만 중국의 부상 속에서도 미·중이 호혜적 협력을 유지할 가능성이 크다는 점을 강력히 시사하고 있습니다.

동아시아의 특수성이 반영된 새로운 협력모델

전체적으로 지난 세기 동아시아의 지배적 외부세력으로서 미국의 행동은 일본 제국주의와의 전쟁과 냉전 그리고 미·중 화해와 탈냉전에 이르기까지 동아시아의 평화와 안정 및 번영에 기여했습니다. 미국은 기본적으로 비非제국주의적인 국제질서와 우드로 윌슨Woodrow Wilson의 자결주의 원칙을 고취시켜 왔습니다. 동아시아에서 미국이 보여준 긍정적 역할의 선례들은 중국을 포용해 새로운 질서 속에서 분명한 권리와 책임을 가진 강대국으로 통합시킬 수 있음을 말해줍니다. 다시 말해 동아시아에서 두 마리의 호랑이가 역내 평화와 안정, 공동번영을 위해 함께 일할 수 있는 길이 있다는 뜻입니다.

하지만 저는 동아시아의 국가들 스스로의 노력만으로 새로운 지정학적 질서를 만들어낼 수 있을지에 대해서는 솔직히 회의적입니다. 동아시아에는 지난 300년 동안 유럽이 보여준 근대적 국제질서와 지역 협력의 경험이 없습니다. 과거사와 영토문제에서 비롯된 분쟁은 언제라도 발화發火할 수 있는 심각한 상태에 있습니다. 대중 무역에 관한 '문호 개방 정책' 등 지난 세기 미국이 했던 일들을 돌이켜보면 오히려 미국이라는 외부세력이 '정직한 중개자' 역할을 할 때 동아시아에 안정적이고 호혜적인 질서 구축이 용이해질 것으로 생각합니다.

좀 더 큰 지정학적 필요성을 감안할 때 지금 미국 앞에 놓인 분명하고 시급한 과제는 동아시아의 호혜적이고 협력적인 질서 구축 과정에 중국을 동등한 자격으로 참여시켜 건설적 역할을 하도록 하면서 중국과 협력하는 것입니다. 그 질서는 우리가 유럽에서 보는 것과 유사하겠지만 동아시아의 특수성이 반영된 독특한 모양이 될 것입니다. 저는 미국이 그 과정에 중국을 참여시키고, 새로운 질서 속에서 중국이 얻게 될 분명한 이익을 확신시켜줄 수 있는 성숙함과 경험을 갖고 있다고 생각합니다.

미국은 중국의 부상에 대해 '아시아 회귀' 또는 '아시아 재균형' 정책으로 대응해 왔습니다. 동아시아가 갖는 새로운 경제적 중요성을 감안하면 동아시아의 부상에 대비하는 데 미국이 가진 자원을 더욱 집중시킬 필요가 있다는 점에서 중요한 정책이라고 봅니다. 하지만 식민주의의 고통스런 경험을 갖고 있는 중국은 아시아에 대한 관여를 증대시키려는 미국의 움직임을 중국을 견제하고 포위하려는 술책으로 오해하는 경향을 보이고 있습니다. 두 세기에 걸친 굴욕을 딛고 부상하고 있는 중국의 심리에는 과거에 대한 고통스런 상처와 현재의 성취에 대한 자긍심이 묘하게 뒤섞여 있습니다. 그러므로 중국이 미국의 의도에 의구심을 품고, 외부세력에 피해의식을 갖는 것에 동의하진 못해도 이해는 할 수 있습니다. 성취에 대한 중국인들의 뚜렷한 자부심 뒤에는 급속한 경제 성장이 초래한 국내적 도전들에 대한 걱정도 있습니다. 이런 우려와 맞물려 외부 세력에 대한 경계심이 민족주의를 부채질하는 현상도 나타나고 있습니다.

동아시아의 안정적이고 호혜적인 질서에 대한 미국의 정당한 관심이 중국의 부상을 막으려는 시도라는 인상을 주지 않도록 조심할 필요가 있습니다. 대다수 미국인들은 중국에 대한 강력한 관여 정책을 원하고 있고, 중국이 진정한 이해당사자가 되면 많은 기회가 생길 것으로 보고 있습니다. 하지만 미국이 행동으로 중국을 견제하고 포위하려 한다는 인상을 주면 줄수록 중국은 이 포위망을 밀어내기 위해 애를 쓰게 될 것입니다.

'송무백열松茂柏悅'이라는 중국 속담이 있습니다. 소나무가 무성하면 잣나무가 기뻐한다는 뜻입니다. 이 속담은 동아시아의 미래를 상상하면서 떠올릴 수 있는 새로운 패러다임의 가능성을 제시하고 있습니다. 국제사회의 다른 나라들과 협력하는 중국, 동아시아의 열린 공동체 형성에 더욱 기여하는 중국을 원한다면, 미국이 앞장서서 중국의 부상을 환영해야 합니다. 또 초등학생에서 대학교수, 지방 정부 관리에서 대기업 최고경영자까지 다양한 분야와 레벨에서 대화를 통해 지속적으로 중국을 포용하는 노력을 계속해야 합니다. 중국이 무성해지는 것을 미국이 기뻐하며 환영할 때 중국도 그에 화답하며 보다 책임 있는 역할을 할 것입니다. 중국도 이제는 상호존중과 공존공영에 기반한 동아시아의 새로운 질서를 향해 조금씩 움직이는 조짐을 보여주고 있습니다. 같은 산에서 공생하며 함께 자라는 나무를 모델로 삼아야지 배가 고파 산을 헤매고 돌아다니는 호랑이를 모델로 삼아서는 안 된다는 말로 미국은 중국을 설득할 수 있을 것입니다.

미국이 동아시아에서 해야 할 역할에 대해 좀 더 구체적으로 살펴보고자 합니다. 미국은 동아시아 협력의 공동 아젠다를 제시하고, 편협한 민족주의와 국수주의를 억제하는 역할에서 리더십을 보여줘야 합니다. 또 다자적 틀을 통해 북한 핵 문제 등 잠재적 분쟁 요소에 대처하는 데서도 계속 주도적인 역할을 해야 합니다.

동아시아에서 협력을 독려하고, 공통의 문제에 관심을 갖도록 하기 위해서는 비즈니스와 금융, 교역 분야에서도 미국이 다양한 관여 정책을 추진해야 합니다. 경쟁과 효율, 합리성을 고취함으로써 지속적인 상호이익을 도모해야 합니다. 또 경제교류에서 개인의 참여 기회를 확대하고, 규범과 고도의 투명성 기준을 준수하도록 요구해야 합니다.

지금도 동아시아에서 반反식민주의적 민족주의는 여전히 강력합니다. 이 때문에 다자간 협력을 위한 소중한 노력들이 차질을 빚을 수 있습니다. 미국은 과거 식민주의 시대에 반식민주의 편에 서서 제국주의자들의 야욕을 저지했고, 그로 인해 일본과 전쟁을 하기도 했습니다. 그 덕분에 동아시아는 자유와 주권을 회복했습니다. 저를 포함해 많은 한국인들은 제국주의적 착취의 시대를 종식시키기 위해 미국인들이 치른 희생에 깊이 감사하고 있습니다. 과거사를 둘러싼 동아시아의 갈등이 확대되고 민족감정을 부추긴다면 모두가 함께 가야 할 동아시아에 새로운 난관이 조성될 수 있습니다. 과거의 잘못이 오늘의 문제로 비화하지 않도록 미국이 나서서 지도력을 발휘해줄 것을 기대합니다.

명실상부한 새로운 질서를 동아시아에 구축하는 최선의 방법은 협력의 성공 사례를 만드는 것입니다. 저는 북한 핵 문제 해결이 바로 그런 모범 사례가 될 수 있다고 생각합니다. 최근 실시된 북한의 5차 핵실험은 동아시아 모든 국가들의 신속하고 단합된 대처를 요구하고 있습니다. 우리가 북핵 문제의 의미 있는 해결책을 찾기 원한다면 저는 이것이 가능하다고 믿습니다. 이를 위해서는 우리들 스스로 지정학적 전략에 휘둘리지 말고, 핵의 비확산과 지역안보라는 2가지 핵심 가치에 집중해야 합니다. 또 북한과 진지하게 대화하면서 서로 긴밀히 협력해야 합니다.

비록 의제가 북한의 비핵화로 제한돼 있긴 하지만, 6자회담은 동북아 주요 국가들이 모두 참여하는 전례 없는 다자간 협상의 장 구실을 해왔습니다. 6자회담을 통한 공동 노력이 결실을 거두게 된다면 이는 다자적 거너번스의 의미 있는 선례가 될 것입니다. 미국이 동북아 국가들과 함께 북핵을 비롯해 심각한 이슈를 함께 다룬다면 역내의 두 거인인 미·중이 협력하는 획기적 사례로 기록될 것입니다. 이는 기후변화에 대한 대응과 군사 교류에서 협력하기로 한 합의들과 함께 양국관계의 안정적이고 장기적인 비전의 토대가 될 수 있을 것입니다.

안보위협에 대한 미·중의 공동대응 합의는 신뢰 구축의 결정적 선례가 되면서 동아시아 국가 전체의 관계 증진으로 이어질 것입니다. 이러한 전반적 변화는 동아시아의 유일한 고립국가인 북한을 우리 시대의 공통된 흐름에 합류하도록 유도하는 유일한 방법이 될 것입니다. 지리적 현실로 인해 미·중은 동아시아에 함께 있을 수밖에 없습니다. 우리는 중국이 동아시아의 공존공영을 뒷받침하는 건설적 방안을 모색하기를 기대합니다. 중국의 노력에는 동아시아에서 미국의 존재를 상수이자 안정화 요소로 받아들이는 실용적 접근이 포함되어야 합니다. 저는 동아시아에서 미국이 수행하는 역할을 중국도 환영하면서 양국관계에서 서로 '송무백열'의 접근법을 취하기를 희망합니다.

저는 중국이 새롭게 확보한 정치·경제적 힘과 영향력을 외부에 공세적으로 투사投射하기보다는 국내와 역내 발전에 사용함으로써 번영을 증진하고, 미국과의 협력을 통해 미래지향적 질서를 수립하는 긴 안목의 리더십을 보여주기를 기대합니다. 미국은 이제 높은 발전 단계에 오른 동아시아 국가들에 점점 더 많은 관심을 기울여야 합니다. 또 미국은 평화와 번영을 위한 다양한 노력에서 중국이 좋은 동반자가 될 수 있다는 사실을 공개적으로 인정해야 합니다. 중국도 지금처럼 글로벌화한 세상에서 전통적 질서로 되돌아갈 수 없다는 점을 이해해야 합니다. 양국 모두 이런 현실을 받아들이고, 모두에게 이익이 되는 최선의 균형점을 찾아야 합니다.

주변국 모두와 긴밀한 다자적 관계를 맺고 있는 한국은 동북아의 중견 국가로서 누구에게도 위협이 아닙니다. 미국과는 동맹 관계, 일본과는 뿌리 깊은 관계, 중·러와는 동반자 관계를 맺고 있는 한국은 상호존중과 공동번영, 상호의존을 바탕으로 역내 공동체 형성을 진척시킬 수 있는 특별한 위치에 있습니다. 또 한국은 미·중 사이에서, 또 동아시아 전체에서 공통의 기반에 입각한 새로운 질서를 창출하는 '촉진자facilitator' 역할을 할 수 있다고 생각합니다. 식민주의나 제국주의와 무관한 한국의 이런 역할과 기여는 동아시아 국가들의 환영 속에 한국의 위상을 높이면서 한반도 통일을 향한 노력에도 유리한 환경을 조성하게 될 것입니다.

결론적으로 지난 세기를 거치며 동아시아에서 미국의 존재는 지정학적 상수가 됐습니다. 이해당사자이자 정직한 중개자로서 미국이 빠진 동아시아 질서는 대결과 갈등의 낡은 패턴으로 회귀할 위험이 높습니다. 따라서 미국과 중국은 고도로 네트워크화한 21세기 지구촌의 시대정신에 부응해 미래지향적이고 호혜적인 동아시아 질서를 앞당기는 데 힘을 합쳐야 합니다.

성공의 열쇠는 상대방의 필요와 시각을 배려하는 건설적이고 긍정적인 자세로 국제관계에 접근하는 데 있습니다. 미국과 중국은 상호존중과 다양한 협력을 통해 공통의 이익을 실현하는 현실주의적 시각을 가져야 합니다. 인터넷에서 새로운 글로벌 교역체제까지 수많은 분야에서 나타나고 있는 새로운 발전은 양국 간의 유례없는 협력을 가능케 할 뿐만 아니라 요구하고 있습니다. 하지만 그 과정이 얼마나 순조롭게 진행될지는 미국 지도층의 지혜와 창의, 그리고 중국 지도자들의 책임감과 비전에 달려 있다고 생각합니다.

다자적이고 협력적인 미래를 강력히 지향하는 동아시아의 중견국가인 한국의 시민으로서 저의 간절한 소망은 유럽에서 꽃을 피운 상호존중과 공존의 새로운 질서가 동아시아에 뿌리내리는 걸 보는 것입니다. 우리는 크고 작은 나라들이 마치 나무들처럼 서로 어울려 함께 뿌리내리고 무성한 가지를 뻗어 우리 머리 위로 푸르고 평화로운 지붕을 이루는 새 질서를 동아시아에 만들 수 있습니다. 아름다운 수풀 속에서 모든 종류의 호랑이들이 마음대로 오가는 것을 우리는 환영할 것입니다.

물은 네모난 그릇에 담으면 네모가 됩니다.

물은 동그란 그릇에 담으면 동그랗게 됩니다.

물은 위에서 아래로 흐릅니다.

물은 어디에서든 수평을 유지합니다.

물은 어떤 곳으로든 다 흘러들어 갑니다.

물은 추우면 얼음으로 단단해지기도 하고

더우면 공기 속으로 사라져버리기도 합니다.

물의 결정체는 매우 아름답습니다.

사람의 몸은 대부분이 물로 구성되어 있습니다.

사람은 물 없이 살 수 없습니다.

좋은 물은 건강에 좋습니다.

괜찮아요

괜찮아요.

노란 색깔이어도 괜찮아요.

파랑 빛깔이어도 괜찮아요.

분홍색이어도 괜찮아요.

울퉁불퉁해도….

땡땡이어도….

외눈이어도….

모자를 써도

다, 괜찮아요.

다 함께 모이면

달콤한 사탕이 되니까.

다 함께 노래하면

인어 공주님의 예쁜 옷이 되니까.

다 함께 춤추면

멋진 노래가 되니까.

마른땅을 촉촉히 적셔주는

물이 될 수도 있고…,

저자소개 **홍석현**

1949년 서울에서 태어났다. 서울대학교 전자공학과를 졸업한 후 스탠퍼드대학교에서 산업공학 석사와 경제학 박사학위를 받았다. 세계은행IBRD에서 이코노미스트로 일했으며, 세계신문협회 회장과 주미 한국 대사를 역임했다. 현재 중앙미디어그룹(중앙일보, JTBC) 회장, 전략국제문제연구소CSIS 이사, 채텀하우스 고문, 베르구르엔 거버넌스연구소 21세기위원회 멤버이며, 한국서예진흥위원회 위원장, 한국기원 총재, 월드컬처오픈 위원장으로도 활동하고 있다. 2016년 태평양세기연구소PCI 빌딩 브릿지스 어워드를 수상했다.

우리가 있기에 내가 있습니다

2016년 12월 12일 초판 1쇄 | 2016년 12월 21일 4쇄 발행

지은이·홍석현

펴낸이·김상현, 최세현
책임편집·최세현 | 디자인·최윤선

마케팅·권금숙, 김명래, 양봉호, 최의범, 임지윤, 조히라
경영지원·김현우, 강신우 | 해외기획·우정민
펴낸곳·(주)쌤앤파커스 | 출판신고·2006년 9월 25일 제406-2012-000063호
주소·경기도 파주시 회동길 174 파주출판도시
전화·031-960-4800 | 팩스·031-960-4806 | 이메일·infosmpk.kr

ⓒ 홍석현(저작권자와 맺은 특약에 따라 검인을 생략합니다)
ISBN 978-89-6570-372-3 (03810)

쌤앤파커스(Sam&Parkers)는 독자 여러분의 책에 관한 아이디어와 원고 투고를 설레는 마음으로 기다리고 있
습니다. 책으로 엮기를 원하는 아이디어가 있으신 분은 이메일 book@smpk.kr로 간단한 개요와 취지, 연락처
등을 보내주세요. 머뭇거리지 말고 문을 두드리세요. 길이 열립니다.